LE TRIPODE

Littératures ■ Arts ■ Ovnis

Edgar Hilsenrath

LES AVENTURES DE RUBEN JABLONSKI

Traduction de l'allemand
par Chantal Philippe.

LE TRIPODE

20 mars 1944. Les Russes sont là !

L'armée russe est arrivée, et la libération avec. Sur des charrettes tirées par de petits chevaux Panje. La vraie armée avait contourné la ville, ce que nous voyions, c'étaient les renforts.

Le premier Russe que j'ai vu était un Kirghiz aux yeux bridés. Légèrement ivre, il tapait comme un malade sur le petit Panje, brandissait d'une main son pistolet-mitrailleur, et regardait les spectateurs en criant : « Berlin ! Berlin ! » L'armée faisait manifestement route vers Berlin. Puis on a vu de plus en plus de Russes. Les gens applaudissaient. Personne n'avait de fleurs, pourtant nous aurions voulu leur en offrir pour exprimer notre joie.

Nous étions enfermés depuis trois ans dans le ghetto, et voilà que nous étions libres.

Alors je me suis dit : « Jablonski, maintenant il faut que tu voies à quoi ressemble la liberté. »

La ville était divisée en deux, un secteur ukrainien, autrement dit chrétien, et un secteur juif. « Maintenant, tu vas dans le quartier chrétien, voir comment c'est là-bas. »

J'ai couru dans les rues de l'ancien ghetto jusqu'au carrefour et aux barbelés. Des Juifs avaient déjà cisaillé les fils de fer, et je n'ai eu aucun mal à passer.

La ville de Moguilev-Podolski, un tas de ruines ukrainiennes sur le Dniestr, avait été totalement détruite par les bombes. Les deux rues principales, la Poltavska et la Pouchkinskaïa traversaient le secteur juif et le secteur chrétien en longeant le Dniestr. J'ai suivi la rue Pouchkine jusqu'au cœur du secteur chrétien. C'est là que se trouvait le quartier des autorités, avec la prison, le commissariat de police, les casernes, la gare et le grand cinéma russe. Les Ukrainiens nous regardaient, nous les Juifs, d'un air ébahi, mais ne disaient rien. Avant-hier encore, il était interdit aux Juifs de pénétrer dans cette partie de la ville sous peine de mort. Ils n'arrivaient apparemment pas à croire que nous avions désormais les mêmes droits. J'ai rencontré une jeune fille juive que je connaissais.

— Ruben Jablonski !

— Oui, c'est moi.

— Comment ça s'est passé pour toi, l'arrivée des Russes ?

— Bien.

— Nous, on a fait du pillage hier.

— Nous aussi. Les Allemands et les Roumains étaient partis et les Russes pas encore là. La ville n'était à personne. On a profité au mieux de la situation.

— Oui, a dit la fille.

Elle s'appelait Miriam et venait de la même ville que moi, de Siret.

— On a piqué des magazines au kiosque de la petite gare.

— Oui. Nous aussi.

La petite gare était un arrêt secondaire dans le ghetto.

— Et surtout du sucre, dit Miriam, mais aussi de la farine et les colis d'amour pour le front, il y en avait plein.

— Les colis d'amour. Oui, pour les soldats du front. Ils n'en ont plus besoin…

— Plus besoin, dit Miriam.

— Il y avait du chocolat, et du pain d'épices. Cela faisait des années que je n'avais pas mangé de chocolat. Le premier goût de la liberté.

Miriam m'a pris le bras. Nous avons déambulé comme deux rêveurs dans les rues chrétiennes.

— Le soleil de mars est déjà chaud, dit Miriam. La vie est belle.

— Elle va être encore plus belle. Attends qu'on soit rentrés chez nous.

— Chez nous, à Siret.

— Oui, à Siret.

Miriam est retournée au ghetto, je suis resté encore un moment à flâner. Je suis allé au bord du Dniestr tout proche et je me suis assis sur une pierre. Je savais à quel point c'était dangereux, les Allemands étaient encore sur l'autre rive et je devais veiller à ne pas me faire avoir au dernier moment par un tireur d'élite. Mais au fond, cela m'était égal, maintenant. Je fixais le fleuve puissant qui charriait des blocs de glace. À deux kilomètres de là, les Russes avaient déjà entrepris de construire un pont flottant, on entendait de temps en temps les coups sourds de leurs haches. Le pont du chemin de fer avait sauté l'avant-veille, et les Russes voulaient finir rapidement leur pont pour se lancer à la poursuite des Allemands. Je me suis mis à rêver en pensant à mon enfance en Allemagne. « Berlin ! » braillait à son Panje le petit Kirghiz aux yeux bridés, tout en brandissant sa mitraillette. Berlin ! Berlin !

1

Berlin ! Mot magique ? Formule magique ? Quand l'avais-je entendu pour la première fois ? C'était au jardin d'enfants. J'avais cinq ans, et j'étais assis à côté d'une petite amie de mon âge, dont j'étais très amoureux. Gertrud avait les yeux bleu clair, des nattes blondes, des bras et des jambes fluets. Elle était née papillon et ne s'était métamorphosée en petite fille que pour m'emprunter des crayons de couleur et de la pâte à modeler brunâtre, et peut-être aussi pour me barbouiller les bras et les mains, parfois aussi la figure, et naturellement… pour me faire tourner la tête.

— Je vais chez ma mamie à Noël, dit Gertrud.

— Tu m'emmènes ?

— Oui.

— Où elle habite, ta mamie ?

— À Berlin.

— C'est où ?

— Là où habite ma mamie.

Je suis rentré tout excité à la maison.

— À Noël, je vais à Berlin avec Gertrud, ai-je dit à mon père.

— Ah bon, a dit mon père. Et qui est Gertrud ?

— Ben, c'est Gertrud.

— Gertrud est sa petite amie du jardin d'enfants, dit ma mère, qui entrait à ce moment-là dans la pièce.

Et j'ai dit :
— Sa mamie habite à Berlin.
— Sais-tu où se trouve Berlin ? a demandé mon père.
— Oui, c'est là où habite la mamie de Gertrud.

Mon père m'expliqua pourquoi Gertrud allait chez sa grand-mère et ce qu'était la fête de Noël célébrée par les chrétiens. C'était une fête familiale. On installe un arbre de Noël dans la salle de séjour avec beaucoup de bougies, et on y suspend des petits anges et des cœurs en pain d'épices et toutes sortes d'autres décorations. Les maisons sont deux fois plus chauffées, il neige dehors et à Noël, il ne faut pas prendre froid à cause des cordes vocales. Parce qu'à Noël, on chante de beaux chants comme par exemple *Douce nuit*, etc., et personne ne doit être enroué. En plus, il y a des cadeaux. Ils sont sous l'arbre de Noël et on a juste à les déballer.
— Qui met les cadeaux sous l'arbre de Noël ?
— Le père Noël.
— Il vient chez la mamie de Gertrud ?
— Bien sûr.
— Il vient aussi chez nous ?
— Non.
— Pourquoi ?
— Parce que nous sommes juifs, a dit mon père. Et le père Noël va seulement chez les chrétiens.

Mon grand voyage à Berlin est évidemment tombé à l'eau. Gertrud n'a pas tenu parole et ne m'a pas emmené avec elle. J'ai alors compris que les décisions importantes ne se prenaient pas au jardin d'enfants. Cela ne m'a pas empêché d'aimer Gertrud comme avant, même si je n'étais pas prêt à le reconnaître.

— Tu veux te marier avec Gertrud ? a demandé mon père.

— Non.

— Pourquoi ?

— Parce que je veux me marier avec ma maman quand je serai grand.

— Tu aimes ta maman ?

— Oui.

— Et Gertrud ?

— Elle, non.

— Et elle, elle t'aime ?

— Non. Elle veut juste m'embêter. Elle me barbouille avec les crayons de couleur. Même sur la figure.

— Je le savais, a dit mon père en riant.

— Quoi donc ?

— Ceux qui se taquinent s'aiment bien.

— C'est pas vrai !

Peu de temps après Noël, Gertrud et moi avons décidé de faire tout seuls le voyage de Halle-sur-la-Saale à Berlin. C'était très simple. On prendrait ma trottinette, en sortant du jardin d'enfants, on tournerait dans la Bernburger Straße et on la suivrait jusqu'au Reileck, puis on prendrait la Ludwig-Wucherer-Straße qui conduisait tout droit à la gare centrale. Toutes les grandes villes se trouvaient juste derrière la gare centrale. On n'aurait plus qu'à longer les rails et on arriverait sûrement très vite à Berlin. Malheureusement, cela n'a pas marché, parce que peu après ce grand projet, Gertrud a déménagé avec ses parents dans une autre région, et je suis entré à l'école au printemps. Je n'ai jamais revu Gertrud.

Berlin ! Ce mot magique réapparut soudain en 1933. J'avais sept ans, je savais lire et écrire. Nous étions en train de déjeuner et mon père lisait le journal, même si ma mère n'aimait pas cela.

— À Berlin, le Reichstag est en flammes, a dit mon père en laissant tomber le journal sur ses genoux.

— Le Reichstag ! s'est exclamée ma mère.

— Le Reichstag est à Berlin ? ai-je demandé avec curiosité.

— Tais-toi ! a dit mon père.

Il était nerveux, je ne l'avais jamais vu dans cet état.

— Est-ce que tout Berlin est en train de brûler ? ai-je demandé.

— Tais-toi !

Notre servante entra avec la gelée du Dr Oetker.

— Les communistes ont mis le feu au Reichstag, dit-elle. Je viens de l'entendre à la radio.

Mon père hocha la tête. Lorsqu'elle fut ressortie, il dit à mi-voix :

— Ce n'étaient pas les communistes. C'étaient les nazis.

Je savais que les nazis portaient des uniformes marron et des bottes fringantes. Un jour j'en ai vu un groupe sur un camion dans les rues de Halle. Ils agitaient des drapeaux et braillaient en chœur : « Allemagne, réveille-toi, Judas, crève ! » J'aurais bien demandé à l'un d'eux s'il avait mis le feu au Reichstag, mais je n'ai pas osé. La mamie de Gertrud était la seule à le savoir avec certitude. Quel dommage d'avoir perdu Gertrud de vue ! Un jour, elle m'avait raconté qu'à Berlin, sa mamie ne faisait rien d'autre de toute la journée que de s'accouder à la fenêtre et de regarder la rue. Souvent la nuit aussi, parce qu'elle ne pouvait pas dormir. Elle avait sûrement vu qui avait mis le feu au Reichstag, les communistes ou bien les nazis.

« Notre Führer Adolf Hitler vit à présent à Berlin, dit mon maître d'école. Berlin est la capitale du Reich. Retenez bien cela. Notre bien-aimé Führer – Dieu le garde en bonne santé et lui prête longue vie –, qui mérite toute notre confiance, a de grands projets pour sa ville. Des projets de construction. Berlin sera bientôt la capitale du monde. Mais d'abord, notre Führer doit anéantir la suprématie des Juifs. Ils enjuivent tout. Même la capitale du Reich. »

La mamie de Gertrud est-elle juive ? Alors pourquoi a-t-elle quand même un arbre de Noël ?

Adolf Hitler. Les Juifs. Les communistes. Les nazis. L'incendie du Reichstag. La mamie de Gertrud. Berlin. La capitale du Reich. Des mots. Des notions. Des idées. Un jour ou l'autre je donnerai ma trottinette, parce que mon père m'a promis un vélo de garçon. Alors c'est sûr, j'irai à Berlin – quand je saurai bien en faire. La capitale du Reich est juste derrière la gare centrale de Halle-sur-la-Saale.

Quand j'ai eu mon vélo, j'allais tous les jours jusqu'à la gare, quelquefois même un peu plus loin. Une fois, je me suis risqué sur la route jusqu'à Schkeuditz, où vivait ma tante. Elle m'a donné des friandises juives qu'elle faisait selon la recette de ma grand-mère. Je lui ai dit que je voulais aller à Berlin à vélo, alors elle s'est moquée de moi en disant : peut-être, quand je serais plus grand.

Les nazis avaient ruiné mon père, car les clients aryens avaient peur d'acheter dans son magasin de meubles. Le magasin devait d'ailleurs être aryanisé. J'ai appris tout cela en écoutant ce que disaient mes parents quand ils croyaient que nous, les enfants, ne les entendions pas. Mon frère était encore tout petit. Je lui ai expliqué ensuite ce que signifiaient les mots « aryanisé » et « ruiné ».

— Le magasin de papa va être aryanisé.
— Qu'est-ce que c'est ?
— Je ne sais pas.
— Et qu'est-ce que ça veut dire, ruiné ?
— Je ne sais pas exactement non plus. Je crois que ça veut dire que les nazis prennent tout aux Juifs. À notre papa aussi. Et après, il est ruiné.
— Notre papa est juif ?
— Ben oui.
— Moi aussi ?
— Toi aussi.
— Est-ce que les nazis vont me prendre mon nounours ?
— Ils le prendront sûrement.
— Mais il n'a qu'une oreille.
— Ça ne fait rien.

En 1938, mon père décida d'envoyer femme et enfants à l'étranger. J'appris que c'était pour des raisons de sécurité. Nous devions aller chez nos grands-parents en Roumanie, en Bucovine. J'appris encore d'autres détails : mon père resterait en Allemagne pour se défaire de l'appartement et du magasin – il faut faire les choses en règle –, avant de partir à son tour. Pas en Roumanie, mais à Paris, où l'attendaient, d'après lui, des visas d'immigration aux États-Unis pour toute la famille. Nous viendrions alors de Roumanie à Paris avec ma mère pour retrouver mon père, nous vivrions dans un bel hôtel, nous ferions des promenades, regarderions Paris, puis nous irions chercher les visas… et en route pour l'Amérique ! Tout cela semblait très simple.

— Mais je ne peux pas partir sans avoir vu la capitale du Reich, dis-je à mon père. C'est important, Berlin. Berlin est la capitale du monde.

— Oublie cette histoire de Berlin, dit mon père. Vous devez partir le plus vite possible à l'étranger. Il n'y a plus de temps pour Berlin.

— Quand est-ce que je verrai Berlin ?

— Quand nous reviendrons d'émigration.

— Ce sera quand ?

— Je ne sais pas.

Puis vint le jour du départ. Juillet 1938. C'était une belle journée d'été, et pour nous, le jour le plus chaud de l'année, car il n'y avait pas assez de place dans nos petites valises pour les épais vêtements d'hiver, et nous avions dû les enfiler. Mon père nous accompagna jusqu'à Leipzig.

Je me revois debout à la fenêtre ouverte du train, regardant au-dehors. En même temps que la gare centrale de Halle-sur-la-Saale qui disparaissait lentement au loin, mon enfance semblait m'échapper, pour toujours. Elle restait sur place, se perdait dans le vent et dans le bruit cadencé du train. Soudain, je vis Gertrud. Elle était exactement comme au jardin d'enfants, elle n'avait ni vieilli, ni grandi. Les mêmes yeux bleu clair, les nattes blondes, les jambes fluettes. Mais au lieu de bras, des ailes de papillon. Gertrud voletait en riant, portée par le vent, près de la fenêtre ouverte.

— Où vas-tu ?

— À Berlin.

— Parle plus fort, cria Gertrud, je ne t'entends pas. Il y a tant de vent !

— À Berlin ! À Berlin !

— Tu m'emmènes ?

— Non.

— Pourquoi ?

— Parce que je vais d'abord en Roumanie chez mon papi

et ma mamie. Et ensuite à Paris. Après, je reviendrai à Berlin en passant par l'Amérique.

— Pourquoi c'est si compliqué ? cria Gertrud en riant, sa petite bouche grande ouverte.

Je criai dans le vent : « Je ne sais pas ! »

2

Pendant le long voyage en train à travers l'Europe de l'Est, ma mère me parla de la petite ville juive où nos grands-parents nous attendaient. Elle s'appelait Siret et était située non loin de la frontière russe, à une quarantaine de kilomètres de Czernowitz. C'était un lieu enchanté, dit-elle, comme dans un conte de fées. Il n'y vivait pratiquement que des Juifs, la plupart étaient assimilés, comme nous, mais il y avait aussi des Juifs orthodoxes qui portaient de longs manteaux noirs, des bas blancs et des bonnets de fourrure, même en été. Les jours de marché, des Tziganes y venaient, mais surtout des paysans des villages environnants, des Roumains, des Hongrois et des Ukrainiens dans leurs costumes traditionnels colorés. Les paysans marchandaient avec les Tziganes et les Juifs sur la place du marché et dans les rues étroites. Ils faisaient beaucoup de bruit, buvaient de la gnôle et mangeaient des harengs salés et des saucisses. Ma mère dit que Siret se trouvait en Bucovine, une province qui avait appartenu à l'Autriche, mais avait été annexée par la Roumanie après la Première Guerre mondiale. Ma mère nous expliqua que le grand empereur d'Autriche avait envoyé ses Juifs dans ce coin oriental de l'Empire pour germaniser le territoire. Cela devait sembler une mauvaise plaisanterie aux oreilles d'un nazi. Mais c'était comme ça. Les Juifs, fidèles à l'empereur, étaient des sujets dignes de confiance. De toutes les minorités nationales de cette région, ils étaient les plus germanophiles. C'est grâce à eux qu'avec Czernowitz, sa belle capitale, la Bucovine était devenue au fil du temps un haut lieu de la culture allemande. Cela n'a pas changé, dit ma mère. Jusqu'à ce jour. Le grand empereur avait dû pressentir que peu de temps après s'être établis, les Juifs feraient marcher ses affaires. Au sens impérial du terme, cela signifiait qu'ils contrôleraient le commerce, soutiendraient l'usage de l'allemand comme langue d'enseignement dans les écoles et les universités, et marqueraient l'art et la littérature d'un sceau qui n'était pas étranger à la nature allemande, évidemment teinté de judaïsme, ce qui visiblement n'avait guère gêné l'empereur.

En Bucovine, dit ma mère, l'ancienne Autriche continuait de vivre, celle qu'elle avait connue avant la Première Guerre mondiale, mêlée d'anciennes traditions juives et d'une touche de Balkans, juste ce qu'il fallait pour se sentir chez soi. À Siret, il y avait des tavernes tziganes où notre papi allait tous les jours boire son quart de vin et manger de la viande fumée et des poivrons, mais il y avait aussi de vrais cafés viennois où l'on pouvait avoir du café avec de la crème Chantilly et des mille-feuilles et de la *Sachertorte*. Ma mère allait jadis jouer au rami dans l'un de ces cafés, et elle espérait pouvoir recommencer. Elle dit qu'après la Première Guerre mondiale, les Roumains avaient changé les plaques des rues, elles portaient maintenant des noms roumains, mais les Juifs de Siret n'y prêtaient pas attention. Comme par le passé, les Juifs de Siret flânaient le soir dans la Kirchengasse ou se rencontraient sur la Ringplatz. Le seul véritable hôtel s'appelait toujours Annahof et les fêtes populaires avaient lieu comme au temps de l'empereur sur la Hutweide.

Mon grand-père était venu nous chercher en fiacre à la gare de Siret. Lorsque j'ai demandé à ma mère pourquoi il n'était pas venu en automobile ou en taxi, elle m'a expliqué que dans la circulation aussi, peu de choses avaient changé depuis le début du siècle. Les pauvres allaient à pied et trimballaient eux-mêmes leurs bagages quand ils en avaient, les riches prenaient un porteur et une voiture à cheval. Pour les grandes occasions, on louait un fiacre.

Notre entrée dans la petite ville eut tout d'un défilé triomphal. Mon grand-père avait manifestement veillé à ce que toute la ville soit au courant de notre arrivée. C'était un homme respecté, l'un des plus riches marchands de bestiaux de la région. L'arrivée de membres de sa famille venus de l'Ouest, et même d'Allemagne, le pays de Schiller, Goethe et Beethoven, faisait sensation. Nous avons traversé la petite ville à une allure délibérément lente. Mon grand-père ne cessait de soulever son chapeau pour saluer des gens qui s'arrêtaient en pleine rue ou sur le trottoir et nous regardaient, fascinés. La plupart connaissaient déjà ma mère, mais semblaient l'avoir oubliée. Nous étions à présent des Européens de l'Ouest. Des enfants couraient derrière le fiacre et essayaient de s'accrocher, juste pour nous voir de plus près, des marchands à la sauvette se retournaient sur nous comme s'ils n'en croyaient pas leurs yeux et les artisans qui travaillaient à leur fenêtre ouverte ou à des établis devant les maisons s'immobilisaient. Je fus particulièrement impressionné par un vieil homme à longue barbe blanche portant un châle de prière et une kippa brodée. Il se tenait sur le balcon délabré d'une vieille maison. Lorsque nous sommes passés sous son balcon, il s'est arrêté de prier, nous a salués aimablement, a souri puis a murmuré quelque chose. Peut-être une bénédiction.

La maison de mon grand-père se trouvait à l'extérieur de la petite ville, sur ce qu'on appelait la montagne. Le terme de montagne suffisait en guise d'adresse, puisqu'il n'y en avait qu'une à la sortie de la ville. Le nom de la rue importait peu. Tout le monde savait où nous habitions : sur la montagne. Nous étions attendus à la maison. Il y avait ma grand-mère, les deux oncles célibataires qui vivaient encore là, la servante Veronja et le palefrenier Gregorij. Et des visiteurs : d'autres oncles et tantes, grands-oncles et grand-tantes, cousins et cousines, les amies de ma grand-mère et les amis de mon grand-père, ainsi que les amis et amies d'autres parents, les voisins avec toute leur famille, et naturellement les domestiques des voisins, qui étaient amis de Veronja et Gregorij et voulaient aussi nous voir. Tous nous regardaient avec étonnement, nous les visiteurs de l'Ouest, l'invasion venue de l'Allemagne hitlérienne : ma mère, mon petit frère et moi. Alors c'est comme ça qu'ils sont, les Allemands. Ces histoires avec Hitler et les nazis, ce ne sont sûrement que des rumeurs. De telles choses n'existent pas. Les Allemands sont un peuple noble et cultivé. Tout Allemand est un petit Schiller, Goethe ou Beethoven. Il paraît même qu'en Allemagne, les routes sont pavées, et qu'il y a la lumière électrique dans toutes les maisons. Et d'où venez-vous ? De Halle-sur-la-Saale ? Nous n'avons jamais entendu parler de cette ville. Allons, vous venez sûrement de Berlin. Berlin, ça, on connaît. Une ville formidable. Vous aussi. Vous avez l'air de vrais Occidentaux qui vivent dans une grande ville. Des Berlinois !

Mon frère et moi avons couru dans la cour voir les poules, les oies, les chèvres, mais surtout l'étable avec les vaches et les chevaux. « Le poney est pour vous, avait dit mon grand-père. Vous pouvez le monter tous les deux. Chacun son tour. »

C'est donc là que nous devions rester un moment.

3

Nos premiers mois à Siret, la fin de l'été et l'automne de 1938, furent les plus beaux de mon enfance. Ici, en Bucovine, dans cette bourgade d'Europe orientale, je me suis senti pour la première fois à l'abri de la menace quotidienne des nazis. Je me sentais heureux : nulle part ne flottaient de drapeaux à croix gammée, pas de SA, ni de SS, pas de colonnes Morris couvertes d'affiches antisémites. J'ai bien vite oublié les discours cyniques des maîtres nazis de mon ancienne école et les tracasseries quotidiennes des petits hitlériens de ma classe. Comme nous étions convaincus que nous ne tarderions pas à partir pour Paris, mon grand-père ne nous avait pas inscrits à l'école roumaine, mais il avait engagé une préceptrice qui nous enseignait toutes les matières, bien entendu en allemand. Pendant notre temps libre, nous allions nous baigner dans la rivière ou nous balader avec notre poney. Nous faisions sensation avec lui parmi les jeunes de la ville, et avons bientôt été entourés d'une troupe de garçons et filles de notre âge. À l'automne de 1938, je suis entré dans l'équipe municipale de football et ma qualité de véritable Allemand et véritable Occidental m'a valu d'être tout de suite nommé capitaine.

Tout ce qui avait trait à la langue et à la culture allemandes inspirait ici le respect. C'est aussi pour cette raison que nous étions reçus avec ma mère chez les familles les plus honorables. Je crois que ce qui leur importait était d'entendre du bon allemand, car nous étions considérés comme les représentants de cette culture qu'ils ne voulaient pas abandonner malgré la domination des Roumains et la nationalité roumaine qu'ils avaient adoptée. Beaucoup de ceux qui nous invitaient ne manquaient pas une occasion de citer Goethe et Schiller. Ils pensaient que nous serions impressionnés.

Au début de novembre parvint la nouvelle de la Nuit de cristal. En Allemagne, des synagogues avaient été incendiées. Des Juifs auraient été abattus dans la rue et déportés par milliers. « Ce sont les nazis qui ont fait cela, disaient les Juifs de Siret. Pas les Allemands. »

Personne au monde ne ronflait aussi fort que mon grand-père Schloime. Pas plus Sindbad, le grand pirate goy, que Tevje, le marchand de lait, ni Gregorij, notre palefrenier n'en étaient capables, ou Veronja, notre servante qui dormait sur le banc de la cuisine, ni Lasar, le porteur d'eau un peu idiot et paresseux, que j'avais surpris un jour en train de ronfler derrière le puits. Quand grand-père Schloime se mettait à ronfler, il réveillait tout le shtetl. Les chiens à l'attache se mettaient à aboyer, les chats feulaient et miaulaient, et filaient craintivement dans la rue boueuse par les trous des clôtures pour aller se cacher. Les volailles perturbées caquetaient, cancanaient et cacardaient toutes ensemble, et même les oiseaux dans les arbres se réveillaient en sursaut et seraient à coup sûr tombés morts par terre si le bon Dieu l'avait voulu. Partout, dans les masures des Juifs, dans les maisons aux couleurs vives ou carrelées de blanc, les gens s'éveillaient et allumaient les lampes à huile et à pétrole, même chez le rabbin.

C'est comme si je le voyais. Voilà le rabbin. Il pointe sa barbe blanche à la fenêtre et dit à Moischele, l'aîné de ses petits-enfants :

— On dirait qu'il y a de l'orage.

— Non, Sede, dit l'aîné des petits-enfants du rabbin. C'est seulement le vieux Schloime, tu sais bien, le grand-père des deux garçons qui ont fui pour échapper à Hitler et qui habitent maintenant dans notre shtetl.

— Ah oui, dit le rabbin. Hitler et l'orage du vieux Schloime. Ça doit être cela.

— Dis, Sede, pourquoi le vieux Schloime ronfle si fort ?

— Parce qu'il dort sur le dos, Moischele.

— Et pourquoi il dort sur le dos ?

— Parce qu'il ne dort pas sur le ventre.

— Et pourquoi il ne dort pas sur le ventre ?

— Je ne sais pas, Moischele, mais je crois que cela a à voir avec les trois oreillers de plume que sa fille aînée lui met sous le dos quand il va se coucher.

— Est-ce que le vieux Schloime est un Juif de Pâques ?

— Que veux-tu dire, Moischele ?

— Eh bien, Sede, je veux dire qu'à Pâques, un bon Juif se met trois oreillers sous le dos.

— C'est cela, Moischele.

— Alors, chez le vieux Schloime, c'est Pâques toutes les nuits ?

— C'est juste, Moischele.

Cela ressemble à un conte. Et ce n'est pas exact. Car notre rabbin n'aurait certainement jamais employé le mot de Pâques. Pâques n'existe pas, du moins pour un Juif pratiquant. Chez nous, la fête qui tombe au moment de Pâques s'appelle Pessah, une fête que nous autres Juifs célébrons pour commémorer la sortie d'Égypte des enfants d'Israël. Il n'est pas exact non plus qu'à Pessah, un Juif se mette trois oreillers de plume sous le dos. Il peut y en avoir quatre, ou seulement deux, et pas *sous* mais *derrière* le dos, pendant le repas rituel de Pessah, et non la nuit au lit.

Je me souviens d'avoir vraiment été réveillé par les ronflements du grand-père. C'était une nuit limpide. La lune éclairait la chambre. Je me suis glissé en chemise de nuit jusqu'au lit du grand-père, je lui ai chatouillé le crâne, le nez, et j'ai toussé. Grand-père s'est arrêté de ronfler quelques secondes, il semblait étouffer, il a émis un râle, ouvert soudain les yeux – de petits yeux bleu clair –, m'a regardé et a demandé : « Qu'est-ce qu'il y a ? » et il s'est rendormi.

Un jour, j'ai demandé à ma mère :

— Pourquoi grand-père dort dans ma chambre ?

— Parce qu'il ne veut plus dormir dans la sienne depuis que grand-mère est morte.

— Le lit est trop grand ?

— Oui.

— Il n'a pourtant pas grandi ?

— Eh bien, c'est comme ça.

Avant, c'était grand-mère qui allumait les bougies le soir de shabbat. Depuis qu'elle était morte, c'est ma mère qui le faisait. Un silence solennel régnait dans la pièce lorsqu'on allumait les bougies. Je revois ma mère comme si c'était hier, un foulard sur la tête, les mains tendues au-dessus des bougies de shabbat dans un geste d'imploration. Elle récite la prière, les yeux fermés. Tout est très calme dans la pièce. La servante Veronja guette derrière la porte. À peine ma mère a-t-elle achevé la bénédiction, Veronja entre, ôte le chandelier de la table et va le poser sur la grande commode, prend une nappe propre et met le couvert pour le repas de shabbat, et termine en replaçant le chandelier sur la table.

Au repas de shabbat, toute la famille est réunie. Grand-père bénit le vin : « Loué sois-tu, Éternel, notre Dieu, roi du monde, qui a fait pousser la vigne. » Puis il récite à peu près la même bénédiction sur le pain : « Loué sois-tu, Éternel, notre Dieu, roi du monde, qui nous a donné le pain de la terre. »

— Grand-père, pourquoi un Juif lève son verre de vin le soir de shabbat et dit une bénédiction ?

— Je ne sais pas, mon petit pigeon, C'est comme ça. Mon père le faisait, mon grand-père aussi. On l'a toujours fait.

— Est-ce que le bon Dieu boit du vin ?

— Je crois, oui.

— Il boit beaucoup ?

— Je ne pense pas. Dieu fait tout avec mesure. Les hommes aussi doivent tout faire avec mesure.

— Et la bénédiction du pain ?

— C'est à peu près la même chose.

— Pourquoi un Juif bénit son pain et pas ses bâtons de réglisse ? La réglisse, c'est quand même meilleur.

— Je ne sais pas, mon petit pigeon. Mais c'est probablement qu'autrefois, quand les prières ont été inventées, il n'y avait pas encore de bâtons de réglisse.

— Il y avait déjà du pain ?

— Oui. Du pain, il y en a toujours eu.

À shabbat, tout le shtetl avait un air solennel. On ne voyait dans les rues ni voitures à cheval, ni autres véhicules, car à shabbat, les Juifs ne devaient pas circuler. Beaucoup de choses étaient interdites, à shabbat. On n'avait pas d'argent sur soi, et on ne devait pas faire plus de mille pas. Les Juifs ne pouvaient même pas faire de feu à shabbat. Seuls les goys le pouvaient. Chez nous, c'était Veronja qui allumait le fourneau. On n'avait pas non plus le droit de fumer, de faire de la musique, ni de jouer aux cartes. Tous les travaux habituels cessaient à shabbat. Nous n'avions même pas le droit de jouer au football. Notre poney restait à l'écurie, nous ne pouvions pas le monter ce jour-là, car non seulement les hommes doivent se reposer, mais les animaux aussi.

Quand j'étais encore un petit garçon, j'allais souvent sur le balcon le soir. Comme la maison de mon grand-père se trouvait sur une hauteur, j'avais vue sur tout le shtetl. Lorsqu'on allumait les petites lampes à huile et les lampes à pétrole, on entendait de la musique. Mais ce n'était rien de particulier. C'étaient juste les Tziganes qui planaient sur un petit nuage au-dessus du shtetl et jouaient pour nous sur leurs violons des airs tziganes et de vieilles chansons juives. Je les écoutais longtemps, si longtemps que je finissais par avoir sommeil et aller me coucher. C'est pour cela que je dormais si bien. Personne ne pouvait me réveiller, sauf quelquefois grand-père Schloime, quand il ronflait vraiment trop fort.

J'ai treize ans et je viens de faire ma bar-mitzva. « Bar-mitzva » veut dire « fils de la bonne action ». C'est un peu la même chose que la confirmation des chrétiens, mais pas tout à fait parce que cela n'a rien à voir avec Jésus. Les Juifs pieux prennent la bar-mitzva très au sérieux, car à partir de ce jour-là, un Juif est entièrement responsable devant Dieu et devant les hommes. Ses péchés sont comptés ainsi que ses bonnes actions. À treize ans, c'est un homme. Il peut se marier – il le doit, même – et engendrer une nombreuse progéniture, ainsi Dieu le veut-il. Car il est écrit : « Soyez féconds et multipliez-vous. »

Je suis dans la petite synagogue de Siret à côté de mon grand-père. J'ai treize ans, et je dis toutes les prières, comme les autres adultes, bien que je trouve cela assez ennuyeux et préférerais jouer au football. Mais je prie, pour ne pas contrarier grand-père, car grand-père Schloime est fermement convaincu que les prières peuvent faire changer d'avis le bon Dieu qui, comme on le sait, laisse les Juifs errer sans but depuis deux mille ans. Pendant les pauses entre les prières, j'entends chuchoter derrière moi. En louchant par-dessus mon épaule, je vois un vieil homme qui me montre du doigt.

Et j'entends ce qu'il dit à son voisin :

— Vous voyez ce garçon ? C'est le petit-fils du vieux Schloime. Et savez-vous d'où il vient ?

— Non, je ne le sais pas.

— Il vient d'Allemagne.

— Qu'est-ce que vous me dites là ! De si loin ?

— Il s'est enfui à cause d'Hitler.

— D'Hitler ?

— Oui.

— Que le diable l'emporte !

— Tout juste.

— Je lui souhaite ce qu'il y a de mieux.

— À qui ? Au garçon ?

— Non, à Hitler.

— Qu'est-ce que vous lui souhaitez donc ?

— Seulement ce qu'il y a de mieux.

— Que voulez-vous dire ?

— Eh bien, que voulez-vous que je dise ? Je veux dire : qu'il pousse comme un oignon !

— Comme un oignon ?

— Oui.

— C'est-à-dire ?

— Ben comme un oignon, la tête dans la terre. Qu'il étouffe, ce maudit chien !

— Le garçon ?
— Non, pas lui, Hitler !

Je n'avais jamais vu autant de Juifs à la fois. Dans cette bourgade d'Europe orientale, il semblait n'y avoir que des Juifs. Ils traversaient la rue en courant ou restaient devant les maisons à bavarder. Tous les commerces ou presque appartenaient à des Juifs. À la tombée du jour, de jeunes Juifs musardaient sur ce qu'on appelait la promenade. C'est aussi là que se tenait le marché aux mariages. Il suffisait de s'asseoir dans un café et de regarder les jeunes filles qui flânaient, jamais seules, toujours avec une ou plusieurs amies. J'avais treize ans. À treize ans, on est un homme. Les garçons plus âgés m'emmenaient tous les soirs à la promenade ou au marché aux mariages.

4

Les seins de Rebecca, la fille des voisins, me plaisaient particulièrement. Je la voyais souvent depuis le balcon de chez mon grand-père, mais elle passait toujours dans un tourbillon si rapide que j'avais à peine le temps de les regarder vraiment. C'était autre chose lorsque nous allions nous baigner à la rivière ou le soir sur la promenade. À la baignade, nous nous asseyions non loin d'elle pour la regarder, et le soir sur la promenade, nous la suivions carrément en blaguant et en disant n'importe quoi pour la faire rire. Mais aucun d'entre nous n'osait la toucher. Pourtant ça n'aurait pas été difficile de la bousculer ou de lui prendre le bras en passant. Juste comme ça.

Un jour, j'ai dit à Isiu Schächter, mon meilleur ami :

— Je n'ai plus qu'un seul vœu dans la vie.

— Quoi donc ?

— Je voudrais toucher les nichons de Rebecca.

— Tu n'es pas sérieux ?

— Si. C'est comme ça. Les toucher une seule fois, et mourir.

— Mais ce n'est pas possible. Rebecca est une pure jeune fille. Personne ne l'a jamais embrassée, ni fait quelque chose d'aussi moche que ça.

— Tu crois ?

— J'en suis sûr.

J'ai demandé au petit-fils du rabbin :

— Dis-moi, Moischele, comment peut-on toucher quelqu'un sans qu'il s'en rende compte ?

— Comment veux-tu que je le sache ?

— Tu es quand même le petit-fils du grand rabbin, non ?

— Oui, c'est vrai.

Moischele s'est mis à réfléchir. On voyait les efforts qu'il faisait. Puis il sembla illuminé par l'esprit du grand rabbin.

— J'y suis, a dit Moischele. Il faut distraire la personne en question de telle sorte qu'elle ne s'aperçoive de rien, même pas qu'on la touche quelque part.

Nous avons essayé de distraire Rebecca par toutes sortes de blagues possibles et imaginables. Mais cela n'a servi à rien. Personne ne pouvait vraiment distraire Rebecca. C'est seulement à la baignade que j'ai eu l'idée du siècle.

Il y avait vraiment une baignade dans la petite ville juive. Avec un café, un court de tennis et un terrain de football. La rivière venait des Carpates et son eau était si propre que les chevaux pouvaient s'y abreuver. La plupart du temps, je traversais à dos de poney le pont sur la rivière Siret, jusqu'à la route sur l'autre rive, où se dressait un poteau indicateur : Czernowitz, 40 km. Bien entendu, je n'allais pas jusqu'à Czernowitz, je longeais seulement l'autre rive jusqu'à ce que je sois sûr que Rebecca puisse me voir de la plage. Alors je descendais dans l'eau avec mon poney en le faisant caracoler un peu pour que ça ait l'air dangereux, puis nous passions en nageant devant Rebecca, moi sur le dos de mon poney. Elle avait beau faire semblant de ne rien remarquer, je savais qu'elle nous avait vus.

Ce jour-là, de retour sur la bonne rive, je lui ai demandé :

— Tu ne veux pas essayer ?

— Tu veux dire… aller dans l'eau avec le poney ?

— Oui.

— Jamais de la vie, a dit Rebecca. Imagine que je tombe et que je me noie.

— Tu ne sais pas nager ?

— Non.

— Je pourrais t'apprendre.

— Vraiment ?

— Oui.

J'ai d'abord donné à Rebecca une leçon théorique de natation. Puis nous sommes descendus ensemble dans l'eau.

— Attention, ai-je dit. C'est très simple. Tu vas faire dans l'eau ce que je t'ai montré en théorie.

— Et si je coule ?

— Mais non. Tu ne vas pas couler. Tu n'as qu'à t'allonger sur mes bras. Il ne peut rien t'arriver. Vraiment rien.

Mes amis ne perdaient pas une miette de la leçon pratique. Ils avaient fait des paris. Les uns disaient : « Il n'arrivera pas à lui toucher les seins, même dans l'eau. » Les autres disaient : « Mais si, il va y arriver. Il vient d'Allemagne, non ? Il était sûrement dans les Jeunesses hitlériennes. Il sait comment s'y prendre. »

Je n'ai jamais osé toucher les seins de Rebecca. Même dans l'eau. Mais je ne l'ai pas dit à mes amis. Cette histoire a alimenté nos conversations pendant plusieurs semaines, pendant tout l'été 1939. Et chaque jour, je devais raconter en long, en large et en travers à mes amis comment c'était de toucher les seins de Rebecca, et comment Rebecca était ravie que j'aie osé le faire.

Il y avait deux organisations sionistes au shtetl, le Betar, orienté vers l'extrême droite et les libéraux de gauche de l'Hanoar Hatzioni. En fait, j'étais attiré par ceux de l'extrême droite parce que je rêvais d'une grande armée juive qui réglerait son compte à Hitler. Je me voyais en général juif. Plus tard, quand nous aurions vaincu Hitler, nous enverrions nos troupes victorieuses en Palestine pour chasser les Anglais et reprendre légitimement possession de la Terre sainte que le bon Dieu en personne nous avait offerte. Mais il en a été autrement. Comme tous mes amis étaient de gauche, j'ai rejoint les sionistes de gauche et je suis même devenu chef de groupe à quatorze ans.

Je n'avais pas de problèmes avec les sionistes, exception faite de mes culottes courtes. À Siret, aucun garçon ne portait encore de culottes courtes à quatorze ans, et surtout pas aussi serrées que les miennes.

— Pourquoi viens-tu aux réunions en culottes courtes ? m'a demandé un des garçons.

— Parce que je n'en ai pas de longues.

— Et pourquoi elles sont si serrées ?

— C'est à force d'être lavées.

— Mais comment c'est en Allemagne ?

— En Allemagne, tous les garçons sont en culottes courtes.

— Aussi serrées ?

— Oui. Surtout aux Jeunesses hitlériennes. Leurs culottes sont particulièrement étroites. Une culotte doit être ajustée.

— Mais ici, tu n'es pas aux Jeunesses hitlériennes.

C'était vrai, mais nous étions des émigrants démunis et ne pouvions pas nous permettre grand-chose à l'époque, pas de vêtements neufs pour ma mère, ni de pantalons pour nous, les garçons. Alors je portais mes vieilles culottes courtes et rétrécies, que cela plaise à mes amis ou non. Mais avec le temps, ils s'y sont faits.

Et en fait c'était un peu la même chose avec mes origines allemandes. D'un côté, mes amis se moquaient de moi à cause des culottes courtes et des Jeunesses hitlériennes, de l'autre ils aimaient bien m'écouter, surtout quand il m'arrivait de prendre la parole dans des discussions politiques. Ils étaient habitués à l'allemand balkanique de la région, et mon saxon venu du lointain arrière-pays semblait les épater. C'est aussi une des raisons pour lesquelles ils m'ont nommé chef de groupe chez les sionistes.

Nous allions presque tous les jours au café avec notre mère. Nos consommations étaient inscrites sur un compte que grand-père Schloime réglait une fois par mois. Le café Rosenzweig était renommé pour ses mille-feuilles « comme au temps de l'empereur » et son véritable moka à la chantilly. La plupart du temps, des gens venaient à notre table pour bavarder avec ma mère ou bien – comme elle le disait en plaisantant – pour nous entendre parler en bon allemand. « Savez-vous, chère Madame, lui dit un jour un monsieur d'un certain âge, c'est un plaisir que de vous écouter, vous et vos enfants. »

Un autre vieux monsieur s'est approché de notre table :

— Savez-vous, chère Madame, pendant la Première Guerre mondiale, les Allemands et les Autrichiens occupaient la moitié de l'Europe. Et savez-vous ce qu'un officier allemand m'a dit un jour ?

— Quoi donc ?

— Vous autres, les Juifs, êtes les seuls, avec les *Volksdeutsche*, à comprendre notre langue. Et croyez-moi, chère Madame, il avait écrit personnellement à l'empereur pour l'informer que les Juifs, rien qu'en raison de la langue, étaient les alliés naturels de l'Empire allemand.

— Dommage, a dit ma mère, qu'Hitler ne le sache pas.

— Ah oui, Hitler, c'est vraiment un idiot, a dit le vieux monsieur en hochant la tête.

Les Juifs les plus modestes de Siret parlaient yiddish, une langue que j'ai apprise en quelques semaines. La plupart de ceux qui avaient une certaine culture occidentale parlaient un jargon où se mêlaient le yiddish et l'allemand. Les gens cultivés parlaient allemand, avec l'accent typique de la Bucovine du temps de l'Autriche-Hongrie. Dans la maison de mon grand-père, on entendait trois variantes linguistiques. Entre nous, nous parlions un mélange de yiddish et d'allemand ; avec les gens simples, par exemple le bourrelier d'à côté ou les marchands ambulants qui entraient à la cuisine boire un café ou un schnaps, on parlait yiddish ; et avec les visiteurs distingués tels que l'apothicaire ou le médecin, on parlait allemand. Mon grand-père, en particulier, était passé maître des trois variantes. Personne ne savait mieux que lui jurer et vitupérer en yiddish. Mais il maîtrisait aussi notre patois, et quand il s'entretenait avec l'apothicaire ou le médecin, on aurait pu croire qu'il avait eu Goethe ou Schiller pour maître d'école.

La maison de mon grand-père était au bord de la route que nous appelions « montagne de Shotz ». Cette route montait en effet vers Shotz, diminutif et simplificatif du nom de Suceava. Avant, toute la famille vivait dans cette maison, mais depuis que les filles de mon grand-père, autrement dit mes tantes, s'étaient mariées et que grand-mère était décédée, il ne restait que mes deux oncles encore célibataires, mon grand-père, ma mère, mon frère et moi, et bien sûr la servante Veronja et le palefrenier Gregorij, lequel ne prenait à vrai dire la place de personne puisqu'il dormait avec les vaches et les chevaux.

Il y avait toujours quelque chose à faire à Siret. Pendant les vacances d'été, nous allions à la plage, jouions au football ou au tennis, nagions dans la rivière qui s'appelait aussi Siret, ou faisions des balades avec le poney. Le soir, nous flânions sur la promenade. Sinon, nous allions aussi aux réunions des sionistes, aux danses folkloriques sur la Hutweide et une fois par semaine au cinéma. Il y avait aussi quelques cafés, des tavernes tziganes, des restaurants et des librairies, lesquelles offraient un choix de livres en yiddish, en roumain, mais surtout en allemand, que l'on pouvait louer pour quelques lei. Pratiquement toutes les semaines, un mariage juif était célébré quelque part, et on dansait la moitié de la nuit aux accents des violons tziganes.

Le jour du marché hebdomadaire, des paysans ukrainiens et roumains des villages environnants venaient au shtetl. Ils allaient sur la Hutweide avec charrette et cheval, plus tard, ils se soûlaient dans les tavernes et titubaient dans les rues en braillant. Souvent, les paysans venaient aussi le dimanche, en costume de fête bien propre, ils allaient chercher les servantes et retournaient sur la Hutweide pour danser leurs danses traditionnelles. Nous les regardions souvent, et dansions parfois avec eux. Les Juifs, les Ukrainiens, les Roumains et les autres vivaient ensemble en paix.

— Si Hitler se fourvoyait par ici, dit un vieux Juif à la synagogue, il ouvrirait de grands yeux, et la bouche avec.

— Que voulez-vous qu'Hitler vienne faire ici ? dit son voisin. Croyez-vous qu'Hitler n'a rien de mieux à faire que de venir à Siret ? Je parie qu'il n'a jamais entendu parler de Siret.

— Et pourquoi pas ?

— Eh bien, je ne sais pas.

— Croyez-vous vraiment que Siret est dans le trou du cul du monde ?

— Dans celui de l'Europe. Et l'Europe n'est pas le monde.

5

Le voyage à Paris de mon père avait été retardé. C'est seulement au début de 1939 qu'il se réfugia en France – avec dix marks en poche comme nous l'avons appris par la suite, plus un paquet de cigarettes d'importance vitale pour le gros fumeur qu'il était. Quelque chose avait cloché dans son émigration bien huilée et si bien planifiée. En France, il fut pourchassé par la police des étrangers. L'histoire des visas d'immigration aux États-Unis se révéla aussi être une illusion. Lorsque la Deuxième Guerre mondiale éclata peu après, notre voyage en France tomba aussi à l'eau. Nous étions coupés de mon père.

Rien ne fut plus jamais si limpide que la fin de l'été et le début de l'automne 1938, pourtant, nous avions déjà des raisons de nous inquiéter. Mais à douze ans, on ne prend pas tant les choses au sérieux, et je voyais notre émigration plutôt comme une aventure. Cependant, après la Nuit de cristal et toutes les mauvaises nouvelles qui suivirent, j'ai mûri très vite. J'ai aussi commencé à comprendre que la guerre allait nous rattraper. Par les conversations des grandes personnes, j'ai appris que le monde entier avait laissé tomber les réfugiés juifs.

Les événements se précipitèrent. En Europe, les pays étaient l'un après l'autre la proie d'Hitler. Les Russes ne restaient pas non plus tranquilles. Ils entrèrent en Pologne, envahirent bientôt les pays baltes et s'emparèrent de la

Bessarabie et de la moitié de la Bucovine. Ici, on pleurait particulièrement sur Czernowitz. Nous y étions allés tant de fois le week-end, pour voir des amis ou de la famille, passer du temps dans les cafés ou flâner le soir dans la Herrengasse. Czernowitz était surnommée la Petite Vienne, en référence à la Vienne de la fin du siècle. Mais c'était en fait une ville juive, comme Siret. Et les Juifs parlaient allemand et pleuraient l'empereur. Maintenant, Czernowitz appartenait aux Russes.

Puis la guerre est venue chez nous. La Roumanie est devenue fasciste. Les colonnes de la Garde de Fer, les Chemises vertes, défilaient dans la ville. Un pogrome eut lieu à Bucarest. Des Juifs furent rassemblés à l'abattoir et pendus. Bientôt des troupes allemandes stationnèrent dans le pays, au titre d'alliées du maréchal Antonescu. Le 22 juin 1941, des troupes roumaines franchirent la frontière russe avec la Wehrmacht.

Nous avons été évacués peu de temps avant l'entrée en Russie. Des gendarmes roumains nous ont conduits à Craiova, une ville de l'intérieur, puis à Radautz, à seulement dix-huit kilomètres de Siret. Nous croyions que les Roumains ne nous feraient rien si nous restions tranquilles. Mais c'était une erreur.

Le 14 octobre, sur un ordre inattendu, tous les Juifs de Bucovine, de Bessarabie et du nord de la Moldavie ont été déportés vers l'est. Un beau matin, des gendarmes roumains nous ont conduits à la gare de Radautz. Personne ne savait où nous allions, ni quelle était la destination. Parqués dans des wagons à bestiaux aux portes cadenassées, nous étions transportés aux frais de l'État. Des rumeurs circulaient dans les wagons : dans l'Est, des commandos SS avaient fusillé tous les Juifs, c'est là-bas qu'on nous emmenait, quelque part en Ukraine, le pays des exécutions de masse. La plupart n'y croyaient pas. Pourquoi les SS fusilleraient-ils des Juifs de Bucovine qui appartenaient à la culture allemande ? Ensuite : qu'avions-nous fait ? Il n'y avait aucune raison. Et pour finir : nous étions convoyés par des gendarmes roumains. Ils ne laisseraient certainement pas faire. Ils n'étaient pas tous fascistes.

Le voyage dans le wagon à bestiaux cadenassé a duré des jours. Une nuit, nous avons atteint le Dniestr. Nous avons campé sur la berge, et le lendemain matin, on nous a transportés de l'autre côté à l'aide de bacs et de radeaux.

Quelques semaines avant notre arrivée en Ukraine, le territoire entre le Dniestr et le Bug avait été remis à l'administration des Roumains. Les commandos SS opéraient à présent de l'autre côté de la zone d'influence roumaine, à l'est du Bug. Notre destin dépendait désormais des Roumains. Dans les semaines et les mois qui suivirent, les fascistes roumains liquidèrent des milliers de Juifs au cours de marches de la mort et dans des camps de travail. Quelques convois furent acheminés plus loin vers l'est, livrés aux SS et fusillés sur la rive orientale du Bug. Mais la plupart, dont ma famille et moi, furent enfermés dans des ghettos. Cela représentait un sursis et une chance de survie. Nous étions censés mourir de faim, car les ghettos étant isolés du monde extérieur, les vivres n'y parvenaient qu'en très petites quantités et par les voies périlleuses du marché noir. Les Roumains étaient convaincus que de cette manière, la population juive serait de toute façon décimée. Il y avait de nombreux ghettos, petits et grands. Nous étions dans le plus grand… le ghetto de Moguilev-Podolski, ville ukrainienne en ruine sur la rive orientale du Dniestr.

6

Moguilev-Podolski… un gigantesque champ de ruines, image de la dévastation. Nous avons pris peur en arrivant sur l'autre rive du Dniestr. C'était donc ici, au milieu de ruines, que nous allions vivre. Le premier jour, nous avons campé en rase campagne, le lendemain, on nous a entassés dans le cinéma russe. L'immense salle était pleine à craquer, mais nous avons fini par trouver une place parmi les déportés. Nous, c'est-à-dire ma mère, mon frère, le grand-père, ma tante Jenny et mon oncle Moscu, plus quelques amis de la famille venant aussi de Siret. Le jour suivant, nous sommes partis pour le ghetto, secteur isolé réservé aux Juifs. Au début, on pouvait passer d'une partie de la ville à l'autre, ensuite, on nous a interdit de sortir du ghetto sous peine de mort.

Un ami de mon oncle, Lonju Abraham, connaissait le commandant de la ville, un Roumain. Cet homme lui remit un papier qui lui permettait d'occuper une école russe avec ses amis de Siret. Je crois que ce document nous a sauvé la vie, car il nous mettait à l'abri d'une autre déportation. Nous sommes allés tout de suite à l'école en question, un bâtiment abandonné dans la rue Poltavska. Nous l'avons réquisitionnée sans autre forme de procès et nous y sommes installés avec tous nos bagages. Dans les classes, il y avait de véritables poêles russes en argile. Nous avons pu nous chauffer après avoir trouvé du bois. Il faisait chaud, c'était bon. Nous avions aussi emporté de Siret des provisions suffisantes pour quelques jours.

Entre-temps, des dizaines de milliers de déportés étaient arrivés à Moguilev-Podolski. La plupart d'entre eux dormaient dans les ruines, beaucoup sont restés dans la rue. C'était la fin d'octobre et l'hiver russe commençait déjà, avec un froid glacial. En décembre, on trouvait des gens morts de froid dans les rues. Les choses n'ont fait qu'empirer. Les fossoyeurs peinaient à déblayer les montagnes de cadavres. Fin décembre, une épidémie de typhus s'est déclarée. Ceux qui n'étaient pas emportés par le typhus mouraient de faim et de froid. L'hécatombe avait commencé.

La nuit, des gendarmes roumains venaient au ghetto avec la police juive nouvellement créée et conduisaient les sans-abri à la gare sous prétexte que le ghetto était surpeuplé. Personne ne savait où les sans-abri étaient emmenés, mais le bruit circulait que les Roumains les livraient aux Allemands. Les Allemands stationnaient sur le Bug, on savait qu'ils fusillaient tous les Juifs qui tombaient entre leurs mains. J'entends encore les hurlements et les gémissements des gens qu'ils emmenaient. Les pleurs transperçaient la nuit et le froid.

Pendant ce temps, nous étions bien au chaud. Comme le papier du commandant nous mettait à l'abri de la déportation, notre seul souci restait le ravitaillement. Nos provisions s'épuisaient peu à peu et nous commencions à avoir faim. Mon oncle et ses amis de Siret ont décidé d'organiser un petit marché noir. Chacun de nous a donné ce qu'il avait, alliances, bagues, montres, etc. Nous sommes allés dans les villages environnants avec ce pécule. Nous savions que sortir du ghetto était puni de mort, mais nous avons quand même pris le risque. Quelques-uns d'entre nous sont donc sortis par des chemins détournés et ont rapporté des sacs de farine, des œufs, des pommes de terre et même du beurre. Comme nous avions un grand four dans l'école, nous avons aussitôt entrepris de faire du pain. Les garçons, mon frère, moi et quelques adolescents, étions chargés d'aller le vendre dans la rue. C'était risqué, mais ça a marché. Je me souviens d'avoir arpenté le ghetto avec quelques pains sous mon manteau en murmurant aux gens : « Du pain ! Du pain ! » Le pain a vite été écoulé et j'avais les poches pleines de reichsmarks allemands. Je dois avouer que je n'ai pas été tout à fait honnête, car, tenaillé par la faim, j'arrachais en chemin un peu de croûte, que je dévorais avidement. Les pains avaient l'air écorchés, mais personne ne l'a remarqué. J'ai remis l'argent à la maison. Avec cet argent, nous avons acheté d'autres vivres et c'est ainsi qu'a commencé notre commerce clandestin. Nous nous procurions aussi de la viande dans les villages, que nous revendions également. Il restait un peu de viande et de pain pour notre consommation personnelle.

Des files de sans-abri stationnaient souvent devant notre école, mais nous ne voulions héberger personne, par peur du typhus. Les sans-abri étaient couverts de poux, et celui qui se faisait piquer était perdu. Nous ne pouvions survivre que si nous nous protégions de la contagion. Cependant, nous faisions beaucoup pour les pauvres. Nous leur distribuions de la soupe faite de restes et d'épluchures. Cela apaisait notre mauvaise conscience.

À Moguilev-Podolski, il y avait même un bazar. Le ghetto était hermétiquement isolé du monde extérieur, mais les Roumains fermaient les yeux et laissaient entrer quelques paysans. Ils apportaient un peu de farine et de pommes de terre qu'ils vendaient à des prix exorbitants.

Quand nous avions été déportés, on nous avait dit que ceux qui emportaient de l'argent ou des objets de valeur seraient fusillés. Nous avions pris quelques bijoux, mais la plupart n'avaient pas osé. Les pauvres n'avaient de toute façon ni argent ni bijoux, et ils ont été les premiers à souffrir de la faim. Seuls ceux qui avaient des objets de valeur ou des vêtements en bon état à échanger pouvaient survivre. Les pauvres vendaient leurs derniers biens. Ils échangeaient leur dernière chemise, leur dernier pantalon, leur unique paire de chaussures contre du pain. On a alors vu tituber dans les rues des gens enveloppés dans des sacs de farine, les pieds entourés de chiffons.

Un de mes amis, Joël Goldwasser, avait été arrêté au cours d'une rafle et déporté vers le Bug, mais il était parvenu à s'échapper. Je l'ai rencontré au bazar. Il m'a expliqué que le secteur roumain s'arrêtait au Bug. Les Allemands étaient sur l'autre rive. Mais je le savais déjà.

— Les SS les ont tous fusillés après les avoir obligés à creuser leur tombe. Je me suis mis à courir vers la rivière, puis j'ai traversé à la nage pour rejoindre le secteur roumain. Plus tard, je suis revenu à Moguilev-Podolski par les chemins et à travers champs.

— Tu as eu de la chance que les gendarmes roumains ne t'aient pas attrapé en route. Ils ne prennent pas de gants avec les Juifs qui se font pincer en dehors du ghetto.

— Oui, je sais, dit Goldwasser. Mon père est sorti du ghetto il y a quelque temps pour aller dans les villages acheter des vivres. Les gendarmes l'ont pris et abattu sur place.

Lorsque je traversais le bazar, j'avais toujours sur moi du pain que je donnais aux pauvres. Certains étaient assis au bord de la rue et pleuraient. Ils pleuraient de faim. Un jour, une jeune femme s'est approchée. Elle était dans un état pitoyable, grouillant de poux, les yeux hagards. Elle m'avait reconnu, j'étais le marchand de pain.

— Du pain, a-t-elle murmuré. Donnez-moi un morceau de pain.

— J'ai déjà distribué tout ce que j'avais.

— Rien qu'un bout, un seul. Vous pouvez me sauter, a-t-elle murmuré très vite, … juste un bout de pain.

— Je n'en ai plus.

— Dans les ruines. Je le fais dans les ruines.

— Je n'ai pas de pain.

Elle était en haillons, dans un état lamentable, mais c'était encore une belle femme.

— Je n'ai pas de pain.

7

Personne ne savait pourquoi le gouvernement roumain n'avait déporté qu'une partie des Juifs du pays et épargné les autres. Cela concernait exclusivement les régions annexées qui avaient appartenu à la Russie et à l'Autriche, soit en premier lieu la Bucovine et la Bessarabie, mais aussi quelques villes et bourgades du nord de la Moldavie. Les Juifs du Vieux Royaume semblaient avoir été omis, notamment ceux de Bucarest. La communauté juive de Bucarest faisait des collectes d'argent et de vêtements pour nous. Leurs colis arrivaient tant bien que mal, par des voies clandestines. Cela permettait d'organiser des distributions de soupe et de vêtements pour les pauvres. À partir de la fin de l'automne 1942, les choses sont allées un peu mieux. La plupart des sans-abri ayant été emmenés, le ghetto n'était plus aussi surpeuplé. Qu'ils aient été fusillés ne dérangeait pas les autorités. Il y avait davantage de place au ghetto. Les rafles nocturnes ont peu à peu cessé. Après la chute de Stalingrad, notre situation a radicalement changé. Les Roumains en avaient assez de la guerre et cherchaient à établir des contacts avec les Anglais et les Américains. Ils laissaient les Juifs tranquilles. Certes, nous vivions toujours dans le ghetto, mais depuis qu'il n'y avait plus de rafles, c'était moins difficile. Les Roumains laissaient entrer davantage de paysans avec des sacs emplis de vivres. Le seul problème était que la plupart des habitants du ghetto n'avaient pas d'argent. Les distributions de soupe battaient leur plein. Les files d'attente s'alignaient à l'infini devant les chaudrons. Il y avait aussi un bordel, et un café où on pouvait boire de l'ersatz de café. Au cours de mes promenades, j'ai découvert une boulangerie clandestine qui avait de la farine blanche et vendait de petites pâtisseries. Un jour, j'ai acheté un de ces gâteaux et l'ai laissé fondre lentement sur ma langue pour prolonger le plaisir. C'était un avant-goût de la liberté.

Le Dniestr coulait en bordure du ghetto. À l'été 43, quelques Juifs se risquèrent à aller se baigner. Bien sûr, aucun de nous n'avait le droit de nager jusqu'à l'autre rive. C'était interdit. Mais nous pouvions nous baigner de notre côté. Là-bas, en face, c'était la Bessarabie. Je contemplais l'autre rive avec nostalgie en pensant que lorsque nous serions libérés, je traverserais la rivière, puis la Bessarabie, jusqu'à Czernowitz, et plus loin… jusqu'à Siret. J'étais un Juif allemand, mais mon pays d'adoption était la Bucovine, et la petite ville juive de Siret. C'est là que j'étais chez moi.

Il n'y avait évidemment pas que des Juifs de Siret à Moguilev-Podolski. Les convois de déportés venaient de partout, de Radautz, de Czernowitz, de Strojinetz et même des pieuses bourgades orthodoxes de Wijnitz et Sadagura. Il en venait de Bessarabie, et il y avait aussi des Juifs du coin, que les Allemands avaient oublié de fusiller. Les survivants de l'ancienne communauté juive de Moguilev-Podolski. Au ghetto, on parlait yiddish et allemand, mais aussi ukrainien et roumain. Nous, les Juifs de Bucovine parlant allemand, nous nous distinguions considérablement des Juifs locaux et de ceux de Bessarabie, et pas seulement du point de vue de la langue. Nous avions aussi une autre mentalité. Les gens de Bucovine se sentaient autrichiens, en l'occurrence de l'empire d'Autriche-Hongrie, qui n'existait plus depuis longtemps.

Ils parlaient toujours de leur empereur François-Joseph et de la belle Vienne d'autrefois, qui ressemblait tant à Czernowitz.

Un jour – c'était au printemps 41 –, j'ai été pris au piège. J'étais parti en promenade l'après-midi et revenais par le bazar pour m'acheter quelques knishes frais, des petits gâteaux aux pommes de terre. C'était dangereux car on était immédiatement entouré de mendiants qui essayaient de s'emparer des friandises. J'étais en train d'acheter deux knishes quand les gendarmes ont surgi. Puis j'ai vu la police juive. Ils avaient encerclé et bouclé le bazar. Il n'y avait aucun moyen de s'échapper. En un rien de temps, ils ont rassemblé une foule de gens et les ont dirigés vers la gare. Je faisais partie du lot, sans savoir ce qui m'attendait. Je me retrouvais soudain parmi les déportés.

À la gare, j'ai vu encore plus de gendarmes et de policiers venant d'autres directions, qui poussaient devant eux des gens désespérés. On nous a vite fait monter dans un train vide qui attendait, et les portes ont été verrouillées. Le train a démarré en direction du Bug à travers l'Ukraine.

« Jablonski, je me suis dit. C'est la merde. Une fois sur le Bug, ils vont tous vous fusiller. Il faut que tu trouves le moyen de te carapater. »

Une possibilité d'évasion s'est offerte à environ soixante-dix kilomètres de Moguilev-Podolski pendant une pause-pipi. Les gendarmes avaient ouvert les wagons pour laisser les gens descendre. Le soir tombait. J'ai sauté du train et j'ai disparu dans un champ de maïs.

Durant quelques jours, je me suis nourri de passereaux, de corneilles, de lézards et de produits des champs. Je dormais à même la terre. On n'était qu'au début de l'automne, mais les nuits étaient déjà plus que fraîches et j'étais bleu de froid en me réveillant au petit matin.

J'avais souvent faim, mais j'étais en vie et c'était le principal. La journée, je marchais en direction de Moguilev-Podolski, toujours sur mes gardes à cause des gendarmes. À environ trente kilomètres de la ville, je suis arrivé dans un petit village ukrainien. Les chiens à l'attache se sont déchaînés sur mon passage, mais je m'en fichais. J'avais faim et froid.

Je me suis arrêté devant une cabane et j'ai frappé à la porte. Quelqu'un est venu au bout d'un moment.

Une jeune paysanne a ouvert la porte. Elle était assez grosse et avait les joues rouges. J'ai baragouiné quelque chose en ukrainien, et elle m'a fait signe d'entrer.

— Qui es-tu ? a-t-elle demandé.

— J'ai échappé aux gendarmes.

— Juif ?

— Oui, j'ai sauté du train.

— Où est-ce qu'ils t'emmenaient ?

— Au Bug, pour me livrer aux Allemands. Ils fusillent tous ceux qui leur sont livrés.

— Oui, j'en ai entendu parler. Le diable les emporte !

— Oui, ai-je dit.

Elle m'a poussé dans la cuisine et m'a fait asseoir sur un tabouret.

— Tu as l'air d'avoir faim et froid.

— Oui.

— Je vais te faire une soupe bien chaude.

— Merci.

Elle a posé sur la table deux assiettes et deux verres.

— La vodka va te réchauffer, a-t-elle dit.

Je l'ai observée tandis qu'elle servait la soupe et remplissait les verres. Elle devait avoir la trentaine. Elle portait une robe paysanne rapiécée aux couleurs vives et un foulard rouge sur la tête.

— Tu as de la chance d'avoir frappé à la bonne porte. Chez le voisin, tu te serais fait descendre.

— Tuer ?

— Oui. Ivanovitch hait les Juifs. Il en a déjà tué un qui frappait chez lui. Un Juif qui avait faim, comme toi. En fuite, aussi.

— Quand était-ce ?

— En hiver. Le Juif était raide de froid. Ses os craquaient pour de vrai.

— Tu as vu quand il l'a tué ?

— Oui, a-t-elle dit.

— Quand les Soviétiques reviendront, ils le pendront.

— Quand est-ce qu'ils vont revenir ?

— Bientôt, a-t-elle dit.

— Je vis seule, a-t-elle dit. C'est dur, quand on est seule.

— Tu n'as pas de mari ?

— Si, mais il est à la guerre. Les Russes l'ont emmené avant l'arrivée des Allemands. Quand ils ont battu en retraite.

— Tu sais s'il est encore en vie ?

— Non.

Nous avons mangé la soupe brûlante et bu de la vodka.

— Je m'appelle Lydia, a-t-elle dit. Et toi ?

— Ruben, ai-je dit. Ruben Jablonski.

Elle a ri.

— Ruben Jablonski. Vous avez de drôles de noms, vous, les Juifs.

Elle buvait beaucoup, en trinquant avec moi. Soudain, elle a empoigné mon pénis.

— Quel âge as-tu ?

— Seize ans.

Elle a hoché la tête, ouvert mon pantalon et pris mon membre dans sa bouche.

— Tu as seize ans, a-t-elle dit, mais ta queue en a vingt et un.

— Comment cela ?

— Parce qu'elle est déjà grande.

— Tu peux rester quelques jours chez moi, a-t-elle dit. Mais fais attention que les voisins ne te voient pas.

— Oui. Je ferai attention.

La nuit, j'ai dormi avec Lydia. Elle m'a raconté qu'elle n'avait pas eu d'homme depuis des années. Le voisin Ivanovitch avait essayé quelquefois, mais elle l'avait repoussé. « Il sentait le cochon aigre, et la gnôle. Et il avait sur lui l'odeur du Juif qu'il avait tué. »

Lydia était chaude et insatiable. Elle me léchait sur tout le corps, et une fois, elle m'a mordu la queue.

Je suis resté quelques jours chez Lydia, puis j'ai décidé de prendre le large. « Ruben Jablonski, je me suis dit, il vaut mieux partir la nuit pendant que Lydia dort. Si elle s'en rend compte, ça pourrait barder. Elle sera peut-être tellement furieuse qu'elle pourrait appeler les gendarmes. Non, mieux vaut décamper sans faire de bruit. »

Au beau milieu de la nuit, je me suis habillé et suis sorti par la fenêtre. J'avais copieusement baisé Lydia, elle dormait à poings fermés avec un sourire béat. Dehors, le vent soufflait.

Je me suis emmitouflé dans ma veste et j'ai disparu dans les champs.

J'ai mis deux jours à atteindre Moguilev-Podolski, je marchais lentement en évitant les routes, toujours sur mes gardes à cause des gendarmes. Enfin, la silhouette de la ville en ruine est apparue à l'horizon. J'avais réussi. Je me suis dit: « Tu n'as plus qu'à suivre le Dniestr. La rivière te mènera tout droit au ghetto. »

La nuit était tombée lorsque je suis arrivé. Il était interdit de sortir après le coucher du soleil, celui qui se faisait prendre la nuit dans la rue était passible de la peine de mort. J'avançais prudemment en guettant les gendarmes. Je me suis frayé un chemin à travers les ruines en évitant les rues. J'ai enfin atteint la rue Poltavska. L'école où nous habitions n'était plus loin.

Ma mère a pleuré en me voyant.

— Nous pensions que tu ne reviendrais pas, a-t-elle dit.

— Mais je suis revenu.

8

Puis il y a eu la libération en mars 44. Nous ne sommes pas restés au ghetto, nous nous sommes installés dans le secteur chrétien. Je profitais de la vie sous le chaud soleil d'avril, je faisais de longues promenades et rêvais du retour. Le pont sur le Dniestr avait sauté. Sur les berges, il y avait des cadavres de soldats allemands et roumains abattus deux jours avant l'entrée des Russes lors d'une attaque de partisans. Aux vestiges du pont pendaient des soldats et des chevaux soufflés par l'explosion, restes de l'armée fasciste vaincue qui n'avaient pas pu franchir la rivière. J'aurais voulu quitter le plus vite possible ce théâtre de l'horreur, mais il n'y avait ni cars, ni voitures, ni trains pour me rapatrier. Fin avril, j'ai décidé de partir à pied. C'était peu après mon dix-huitième anniversaire.

Ma famille était d'accord pour que je rentre le premier. Les autres viendraient plus tard, dès qu'une possibilité se présenterait. Je devais faire le tour de Siret et leur dire si la ville était détruite, si notre maison était encore debout, si des étrangers l'occupaient, si nos meubles y étaient toujours ou si elle avait été pillée, si quelqu'un s'était occupé de nos bêtes pendant notre absence, je devais leur écrire si l'étable et l'écurie étaient toujours là et si les chiens de garde vivaient encore.

Ma mère s'était procuré deux bouteilles de vodka pour soudoyer les soldats russes. Elle m'a aussi donné vingt roubles et cinq de ses dollars secrets. Elle a soigneusement cousu les dollars dans la doublure de ma veste. J'ai dit au revoir à ma mère, à mon petit frère, au grand-père, à la tante et à l'oncle. Puis je me suis mis en route.

Au bord du Dniestr, des Juifs qui voulaient aussi rentrer chez eux attendaient un moyen de traverser la rivière. Ce n'était pas facile. L'un d'eux m'a dit : « Si tu as de la vodka, les Russes te prendront à bord d'un bateau de patrouille. Il faut attendre qu'il y en ait un qui passe. »

Vers minuit, un patrouilleur est passé. Il a accosté, un soldat a sauté sur la rive et demandé si nous avions de la vodka. Je lui ai dit que j'en avais deux bouteilles, sur quoi il m'a aidé à monter à bord. Quelques autres Juifs avaient aussi de la vodka, ils ont également embarqué. Puis le bateau est reparti. Mais au milieu de la rivière, un des Russes a coupé le moteur. Un autre nous a dit qu'ils nous jetteraient à l'eau si nous ne leur donnions pas davantage de vodka. Il a dit qu'ils voulaient aussi de l'argent. Nous avons fait une sorte de collecte et leur avons donné plus de vodka et un peu d'argent. Le Russe a compté l'argent et en a réclamé encore. Nous avons recommencé la collecte jusqu'à ce qu'ils soient satisfaits. Alors le bateau est reparti. En accostant sur l'autre rive, nous étions heureux d'être sains et saufs. Après avoir débarqué, nous nous sommes dispersés dans l'obscurité.

Nous étions dans la plaine de Bessarabie. Des champs sombres à perte de vue, çà et là quelques bois. Et des villages déserts. L'un des Juifs a dit :

— C'étaient des villages juifs. Tous les habitants ont été fusillés lors de l'invasion des Allemands et des Roumains. Les quelques paysans roumains qui vivaient dans ces villages sont apparemment partis.

— Quand j'étais petit, ai-je dit, j'allais souvent en Bessarabie avec mon grand-père. Il était marchand de bétail, et la Bessarabie était légendaire pour le bas prix de ses bêtes. La province grouillait de Juifs à l'époque. Surtout Chisinau et Belz. On voyait aussi des marchands ambulants et des colporteurs juifs sur les routes. Où sont-ils à présent ?

— Morts. Tous, a dit le Juif.

Nous avons marché toute la nuit.

— Il faut faire attention à ne pas nous faire repérer par une patrouille russe. Il paraît que les Russes enrôlent tous les hommes à partir de dix-huit ans pour le service militaire.

— Tu crois qu'ils font confiance aux Juifs ?

— Non. Le service militaire n'est qu'un prétexte. Ils enverront les hommes au travail forcé, peut-être en Sibérie ou dans le bassin du Donetz.

Le matin, notre groupe a atteint une petite gare. Des centaines de réfugiés campaient près des voies. C'étaient des Juifs de Transnistrie, une région d'Ukraine occupée par la Roumanie. Ils venaient de partout, de Berchad, de Iampol et Djurin. Ils avaient pu traverser le Dniestr et attendaient un train pour Czernowitz. En parlant avec quelques-uns d'entre eux, j'ai appris qu'ils étaient là depuis deux jours et deux nuits, mais jusqu'à présent personne n'avait vu de train.

— Ça ne sert à rien, ai-je dit. Il vaut mieux continuer à pied.

En fin d'après-midi, nous sommes arrivés dans un petit village bessarabien. Un paysan roumain nous a laissés dormir dans sa grange. Nous avions emporté quelques provisions, mais elles n'allaient pas tarder à être épuisées. Nous sommes repartis le lendemain matin et sommes de nouveau tombés sur une petite gare à une seule voie. Là aussi, des centaines de réfugiés juifs campaient. J'ai découvert parmi eux une connaissance de Siret, Helga Sabbath. Après nous être salués, nous nous sommes mutuellement raconté d'où nous venions. Helga était au ghetto de Berchad, non loin du Bug. J'avais beaucoup entendu parler de Berchad. L'hécatombe y avait été encore pire qu'à Moguilev-Podolski. Helga n'avait plus de famille, ses parents, ses frères et sœurs étaient morts du typhus, ses grands-parents, que je connaissais aussi, avaient été fusillés par les gendarmes roumains au cours d'une marche forcée qu'ils n'avaient pas pu suivre. Elle avait une jeune amie avec elle, une fille d'environ treize ans qui a roulé des yeux enamourés lorsque Helga a fait les présentations.

— C'est Martha. Elle n'a pas de famille. Je la connaissais et je l'ai emmenée avec moi.

Martha dit qu'elle venait aussi d'un petit village des environs de Radautz.

— Mes parents avaient un débit de boissons et une petite ferme.

— Où sont tes parents ? ai-je demandé.

— Morts.

Quelques soldats russes qui traînaient à la gare nous ont dit qu'un train en direction de Czernowitz était attendu l'après-midi même. Un train militaire est effectivement arrivé, chargé de chars et de munitions. Il n'est pas resté longtemps à l'arrêt, mais assez pour y monter. Les réfugiés se sont installés sur le toit des wagons et entre les blindés, et le train est reparti à l'allure d'une tortue. Des soldats descendaient de temps en temps pour réparer la voie, de manière sommaire mais suffisante pour continuer. Vers le soir, des avions allemands sont apparus. Ils ont fondu en piqué sur le train en tirant des rafales de mitrailleuse. Puis ils ont lâché quelques bombes. La plupart ont manqué leur but, mais l'une a touché le deuxième wagon, qui a été projeté en l'air. Le train s'est immobilisé. Des blindés et des caisses de munitions étaient tombés sur la voie. Il y avait aussi quelques morts. Les autres réfugiés et les soldats avaient sauté du train. Quelques soldats ont tiraillé avec leurs pistolets-mitrailleurs, mais n'ont pas touché les avions. Ils avaient fait demi-tour et disparu dans le crépuscule.

Il ne nous restait plus qu'à continuer à pied. Je me suis joint à Helga et Martha, et nous avons suivi à trois la route sans fin. Je n'étais pas mécontent de m'être débarrassé du groupe.

Vers le soir, nous sommes arrivés dans un village. Prenant son courage à deux mains, Helga a frappé à la porte d'une petite maison paysanne au toit de paille. Un vieux paysan est venu ouvrir.

— Juifs ?

— Oui.

— Je n'ai rien contre les Juifs, a dit le paysan. Je sais que les Russes les protègent. Alors c'est bon pour nous d'avoir des Juifs à la maison.

— Les Russes vous ont maltraités ? a demandé Helga.

— Oui. Ils nous ont pris un cochon et quelques poules.

— Ils ne vous prendront pas d'autres bêtes tant que nous serons là, a dit Helga.

Nous sommes entrés dans une petite salle de ferme à l'air confiné. Une vieille femme était assise près du foyer.

— Mes deux filles sont mariées, a dit le paysan. Avant, elles vivaient avec nous. Mon fils était dans l'armée roumaine et il est tombé à Stalingrad. Sa femme habite à côté. Vous avez du tabac ?

— J'ai du tabac, ai-je dit. Coupé.

Ma mère m'avait donné une blague à tabac bien remplie. « Tu en auras besoin comme moyen d'échange », avait-elle dit. Elle avait bien raison. Il n'y avait manifestement pas de tabac en Bessarabie.

— Cela fait des mois qu'il n'y a plus de tabac, a dit le paysan en secouant la tête. Vous pouvez acheter un cochon entier pour un petit paquet de tabac.

Je lui ai donné une poignée de tabac. Il a aussitôt bourré sa pipe et soufflé un nuage de fumée d'un air extasié.

— Si vous voulez, a-t-il dit, je vais demander au voisin du porc et des pommes de terre. Ma femme vous fera un bon rôti. Mais il me faut plus de tabac, pour le voisin.

Je lui ai redonné du tabac et il est sorti.

— Avec ce tabac, il rapportera un bon morceau de viande, a dit la vieille. Il me reste des betteraves, je vais vous faire de la soupe. Vous avez sûrement faim ?

— Oui, a dit Helga. Nous n'avons presque rien mangé depuis plusieurs jours.

Lorsque le paysan est revenu avec la viande et les pommes de terre, la vieille a demandé :

— C'est vrai que les Juifs ne mangent pas de porc ?

— Ceux qui sont croyants, dit Helga. Mais nous ne le sommes pas.

— Que se passe-t-il si un Juif croyant mange du porc ?

— Rien du tout, dit Helga. Il a mauvaise conscience.

— On dort mal quand on a mauvaise conscience, dit le vieux paysan.

— Nous, c'est seulement quand nous n'avons rien à

manger que nous dormons mal, dit Helga. Après un bon rôti de porc, nous dormons bien.

— Il y a quelques jours, les Russes ont pris Czernowitz, a dit le vieux paysan. Je suis allé à Czernowitz dans ma jeunesse. C'est une belle ville.

— Oui, ai-je dit. Czernowitz était la capitale de la Bucovine, la province voisine de la Bessarabie. C'était une ancienne ville impériale avec de nombreux théâtres et un Opéra et une université et de nombreux cafés.

— Et maintenant ? a demandé le paysan.

— On ne sait pas, a dit Helga, mais là où les Russes passent, l'herbe ne repousse plus. On ne sait pas ce que sont devenus les théâtres et l'université et l'Opéra et les nombreux cafés.

— Les Russes ont déjà pris la Roumanie ? a demandé la vieille.

— Pas encore, dit Helga. Mais j'ai entendu dire qu'ils avaient avancé de soixante kilomètres, c'est-à-dire soixante kilomètres au-delà de Czernowitz.

— Alors ils auraient pris Siret, ai-je dit.

— De toute façon, dit Helga, s'ils sont à soixante kilomètres après Czernowitz, le front doit être quelque part à proximité de Radautz.

— Radautz, a dit le vieux paysan. Je ne vois pas où c'est, mais j'ai entendu parler de Radautz.

— C'est à dix-huit kilomètres de Siret, ai-je dit. Nous avons été déportés en 41 depuis la gare de Radautz. Je la revois encore bien. On n'oublie pas ces choses-là.

— Les Russes sont venus deux fois, a dit le vieux paysan. La première fois, ils ont pris le cochon et quelques poules, la deuxième fois, ils voulaient de la vodka.

— Vous leur avez donné de la vodka ?

— Non, on n'en avait pas. Mais je leur ai donné de la gnôle roumaine… de la zuika… et ils étaient contents.

— La zuika se fait avec des prunes, a dit la vieille. On la fait nous-mêmes.

— J'en ai encore quelques bouteilles, a dit le vieux paysan. Si vous me donnez encore de quoi bourrer ma pipe, j'en ouvrirai une.

— D'accord, ai-je dit. Vous aurez du tabac.

— On vient de Berchad, a dit Helga, une ville sur le Bug.

— Et moi de Moguilev-Podolski, ai-je dit. Vous savez où c'est ?

— Non, a dit le paysan.

— C'est une ville d'Ukraine, sur le Dniestr, complètement détruite par la guerre. Un vrai champ de ruines. On a vécu presque trois ans dans ces ruines.

— C'était dur ? a demandé le paysan.

— Oui. On a encore eu de la chance, parce qu'on faisait du marché noir et on avait un toit au-dessus de la tête, mais la plupart des Juifs sont morts de faim et de froid dans les ruines. Ou du typhus. C'était un grand champ de mort. Mais ce n'est pas tout. Des milliers de gens ont été déportés ailleurs et fusillés ou battus à mort en chemin. Beaucoup ont été livrés aux Allemands et ne sont jamais revenus.

— Mais maintenant, vous rentrez chez vous, a dit le vieux paysan.

— Oui, a dit Helga. Maintenant, nous rentrons chez nous.

— D'où êtes-vous ? a demandé le vieux paysan.

— De Siret, a dit Helga. Et lui, a-t-elle dit en me montrant, il vient d'Allemagne, mais il vivait à Siret avant la guerre.

— Et la petite ? a demandé le paysan en montrant Martha.

— Elle vient d'un petit village des environs de Radautz.

— Sa famille est encore en vie ?

— Non, a dit Helga.

— Un peu avant la guerre de Russie, a dit le paysan, les Soviétiques sont venus et ont occupé la Bessarabie.

— À l'époque, ils ont aussi occupé la Pologne et les pays baltes, ai-je dit. Et même Czernowitz et la moitié de la Bucovine.

— Je ne sais pas, a dit le paysan. Je sais seulement qu'ils étaient chez nous, dans ce village.

— C'était en 40, a dit Helga.

— Oui, l'an 40, a dit le paysan.

— Comment les Russes vous ont-ils traités, à l'époque ?

— Mal. Ils nous ont tout pris, la maison, la ferme, et même les bêtes.

Il a soufflé lentement la fumée et décrit un demi-cercle devant sa tête avec sa pipe.

— Le pire, c'étaient les commissaires juifs, ils ont fait de notre vie un enfer.

— Des communistes juifs, ai-je dit. Staline a choisi en particulier des Juifs pour imposer sa politique ici. Je suppose que c'est parce qu'il y en avait beaucoup en Bessarabie, comme en Bucovine.

— Les paysans maudissaient les Juifs, a dit le vieux. Pourtant je leur ai dit : « Tous les Juifs ne sont pas commissaires. Regardez dans notre village. Est-ce que le cordonnier Horrowitz est un commissaire, ou le forgeron juif ou le cafetier juif ? Je bois toujours ma goutte chez lui et c'est une bonne gnôle, pas coupée d'eau comme chez le cafetier ukrainien Kolja. Et le forgeron juif ferre mes chevaux depuis des années et aussi vrai que je m'appelle Dimitriu, il ne m'a jamais roulé. » Mais ces paysans ne voulaient rien savoir. Ils disaient : « Tous les Juifs sont staliniens. Regardez les commissaires. »

— Ensuite les Allemands et les Roumains sont venus, ils ont chassé les commissaires et avec eux l'armée soviétique, ai-je dit. Mais maintenant, ils sont revenus.

— En 41, trois Juifs s'étaient cachés dans mon étable. Ils venaient de Chotin, ce n'est pas loin d'ici. Les gendarmes roumains ont fouillé toutes les maisons, la mienne aussi, et mon étable. Quand ils ont trouvé les trois hommes, ils les ont tout de suite alignés contre le mur et les ont fusillés. Moi, ils m'ont emmené à la police parce que j'avais caché les Juifs. Mais le maire me connaissait bien et il a parlé pour moi : « Il n'a pas vu que les Juifs étaient cachés dans son étable. » Alors j'ai dit : « Je n'ai rien vu. » Et ils m'ont laissé filer.

— Les Roumains et les Allemands ont abattu des milliers de Juifs sur leur passage. À l'époque, j'étais à Siret, mais nous avons entendu parler des exécutions de masse.

— Oui, les Roumains et les Allemands n'y sont pas allés de main morte. Ils nous ont dit : « Tous les Juifs sont communistes. C'est pour cela qu'ils doivent mourir. » L'un de nous a demandé : « Même les petits enfants ? » Le soldat a répondu : « Eux aussi. Ils tiennent ça de leur père et plus tard, ils deviennent des communistes encore pires. » Les fascistes étaient de sales racailles, conclut le paysan en crachant. Mais les Russes ne valent pas mieux.

— Les Russes ne tuent pas d'enfants, et pour nous, les Juifs, cela va mieux avec eux.

— Attendons, a dit Helga. On ne sait pas ce que les Russes ont derrière la tête.

La vieille avait préparé le rôti de porc et les pommes de terre. Cela sentait bon le laurier, les oignons et l'ail. Elle avait aussi fait une soupe de betteraves. Nous nous sommes mis à table. Le vieux paysan est allé chercher une bouteille de zuika et a dit :

— Celle-là, elle fait bien péter.

Juste comme nous commencions à manger, la belle-fille est entrée.

— On a des invités, a dit le vieux paysan. Des Juifs qui reviennent de déportation en Ukraine. Ils parleront pour nous au cas où les Russes auraient envie de venir nous prendre des bêtes cette nuit.

— Des Juifs ? a dit la belle-fille.

— Oui, a dit Helga.

La belle-fille a pris place à table et la vieille a posé une assiette de soupe devant elle. « C'est du bon bortsch », a-t-elle dit, puis elle lui a servi un verre : « Tiens, bois une petite zuika. » La belle-fille a levé son verre à notre intention en disant : « Je n'ai rien contre les Juifs. »

La vieille a montré le grand lit :

— Il y en a deux qui peuvent dormir dans le lit, le troisième dormira chez la belle-fille.

— D'accord, a dit la belle-fille. L'un d'entre vous peut venir chez moi.

Elle me lorgnait d'un air plutôt salace. Elle n'avait manifestement pas eu d'homme depuis que le sien était tombé à Stalingrad. Mais je n'avais pas envie d'aller chez elle. Elle était moche, avec un visage aux traits grossiers et une grande balafre sur la joue gauche.

— Tu veux aller chez elle ? a demandé Helga.

— Non. Je ne la trouve pas sympathique.

Nous parlions allemand, afin que le paysan et sa famille ne nous comprennent pas.

— Bon, a dit Helga, alors c'est moi qui irai dormir chez elle. Tu peux partager le grand lit avec Martha.

Cette fois, j'étais d'accord.

— Il veut rester avec Martha, a dit Helga en me désignant. Il a peur sans nous, parce qu'il fait des cauchemars.

— Il parle un drôle de roumain, a dit le vieux paysan, comme quelqu'un qui est né à l'étranger.

— Il vient d'Allemagne, a dit Helga.

— Alors, il a connu Hitler ? a demandé le vieux paysan.

— Pas personnellement, ai-je dit.

— Pourquoi Hitler voulait tuer tous les Juifs ?

— Parce qu'il était fou, a dit Helga.

— Tous les fascistes sont fous ?

— D'une certaine manière, oui, a dit Helga.

Nous avons mangé de bon appétit et vidé la moitié de la bouteille de zuika. Le vieux paysan a trinqué plusieurs fois avec moi et m'a demandé :

— Tu n'as vraiment pas connu Hitler ?

— Je l'ai vu une fois au cours d'une parade.

— Il avait vraiment une mèche sur le front et une moustache ?

— Oui.

Helga est partie avec la belle-fille. La vieille a fait notre lit puis a éteint la lampe à pétrole.

— Vous avez un lit dans l'autre pièce ? ai-je demandé.

— Non. On dormira par terre. Mais ne t'inquiète pas. On a des peaux de mouton et des couvertures.

Je me suis couché en caleçon et Martha en combinaison. Dans l'obscurité, elle a appuyé sa tête contre mon épaule. Je

Helga est revenue dès le lever du jour.

— Je n'ai pas pu dormir, a-t-elle dit. Et vous, avez-vous bien dormi ?

— Oui. Parfaitement bien.

Les deux vieux étaient aussi réveillés. La vieille faisait du thé et de la bouillie de maïs que les Roumains appellent «mamaliga».

— Je vous prépare une bonne mamaliga, a dit la vieille, et il y a du brinsa avec.

Le brinsa était du fromage de brebis.

Nous avons déjeuné de bon appétit.

— À combien on est de Czernowitz ?

— Une trentaine de kilomètres, a dit le vieux.

— On voudrait aller jusqu'à Czernowitz aujourd'hui, a dit Helga.

— En marchant bien, vous pourrez y arriver.

— On va essayer, dit Helga.

J'ai redonné un peu de tabac au vieux, et il m'a laissé la demi-bouteille de zuika.

— Vous n'êtes pas loin de Chotin, a-t-il dit. Mais ce n'est pas la peine d'y aller. Au prochain carrefour, vous verrez un panneau indicateur : Chotin, 16 km. Ne vous en occupez pas, prenez la direction opposée, et vous arriverez tout droit à Czernowitz.

Nous avons rassemblé nos affaires, pris congé des paysans en les remerciant, puis nous sommes partis.

En chemin, nous avons rencontré beaucoup de Juifs, ils voulaient tous aller en Roumanie en passant par Czernowitz. Ils nous ont mis en garde contre les Russes.

— Les Russes enrôlent tous les hommes à partir de dix-huit ans. Ils ne plaisantent pas, et ils les emmènent tout de suite. Lui surtout, il doit faire attention, ont-ils dit en me montrant.

Au carrefour, nous avons pris la direction opposée à Chotin. Le large ruban du Dniestr scintillait entre les troncs d'arbres clairsemés à l'orée de la forêt.

— Vous savez que nous avons tout le temps longé le Dniestr ?

— Oui, ai-je dit, mais sans le voir. Il coulait de l'autre côté de la forêt et des champs.

— En allant toujours tout droit, a dit Helga, on devrait rejoindre le Pruth.

— Le Pruth ? a demandé Martha.

— C'est la rivière qui passe à Czernowitz. Le Pruth vient de Pologne et traverse Kolomea. Les Russes en ont fait la frontière.

— La frontière ? a dit Martha.

— Je crois que les Russes veulent annexer tout ce qui se trouve de ce côté-ci du Pruth, ce sera l'Union soviétique, et ils laisseront le reste du pays aux Roumains.

— Comment tu le sais ?

— J'ai parlé avec des officiers russes. Ils auront bientôt conquis toute la Roumanie et mettront en place un gouvernement communiste. Mais le territoire situé au-delà du Pruth restera roumain.

— Tu as l'air de savoir pas mal de choses.

— Les officiers russes qui m'ont appris cela étaient juifs. Nous parlions yiddish et ils me l'ont dit en confiance.

— Reste à savoir comment des officiers juifs étaient si bien informés.

— Par leur général, qui d'ailleurs était aussi un Juif.

Je me suis mis à rire :

— Ah bon !

J'ai ôté mon manteau et plus tard ma veste. Le soleil était presque aussi chaud qu'en été. La campagne s'épanouissait en jaune et vert parsemés de fleurs de toutes les couleurs. Les jeunes pieds de maïs oscillaient légèrement au bord de la route. Helga avait retiré son foulard et laissait ses cheveux flotter au vent. Nous marchions d'un bon pas et nous nous sommes même mis à chanter, mélangeant les chansons roumaines et yiddish. Helga connaissait aussi des airs tziganes et les fredonnait pour elle. En fin de compte, la Bessarabie et la Bucovine étaient des pays tziganes. Nous connaissions tous ces chansons nostalgiques.

Nous avons atteint le Pruth en fin d'après-midi. De l'autre côté s'étendait l'ancienne cité impériale de Czernowitz.

J'ai expliqué :

— Les Autrichiens ont envahi la Pologne en 1772 et ont occupé la Galicie. Deux ans plus tard, en 1774, ils ont conquis la province voisine de Bucovine, qui était gouvernée à l'époque par les princes de Moldavie. Elle ne s'appelait pas encore Bucovine, ce sont les Autrichiens qui ont inventé ce nom.

— Czernowitz était déjà la capitale ? demanda Martha.

— Non. Il n'y avait pas de capitale. Czernowitz était alors un petit village. Je ne sais pas pourquoi les Autrichiens ont décidé d'en faire la capitale. En fait, c'est Sadagura, la bourgade voisine de Czernowitz, qui devait devenir la capitale, mais à l'époque, elle s'appelait Wagenbach, d'après un officier russe au nom allemand, et les Autrichiens n'ont pas voulu que leur capitale porte le nom d'un officier russe. Ils ont donc choisi Czernowitz. À l'origine, le village de Czernowitz se trouvait sur la rive gauche du Pruth. Après une inondation, les Autrichiens l'ont reconstruit, mais sur l'autre rive.

— Et c'est aujourd'hui Czernowitz ? demanda Martha.

— Oui.

— Et le village est devenu une ville ?

— Oui, une ville magnifique, la perle de la Bucovine. La Bucovine a appartenu à l'Autriche pendant cent cinquante ans. Après la Première Guerre mondiale, les Autrichiens se sont retirés et la Bucovine est devenue roumaine. La population roumaine jubilait, mais les Ukrainiens aussi, parce qu'ils auraient bien voulu annexer la province. Les Juifs ont été les seuls à regretter les Autrichiens. Ils étaient d'une loyauté absolue à l'empereur.

— Les Juifs étaient la minorité la plus digne de confiance en Autriche, dit Helga. À Czernowitz, les Juifs ont été particulièrement affligés du départ des Autrichiens, ce qui n'a rien de surprenant, car tout s'y faisait en allemand, la presse, le théâtre, etc., et voilà qu'ils devaient changer pour le roumain.

— Toute la vie culturelle était aux mains des Juifs.

— Oui.

— C'était la même chose à Siret, dis-je. Les Juifs de Siret se sentaient autrichiens.

— Quand ta famille est-elle venue à Siret ? demanda Helga.

— Peu après l'entrée des Autrichiens, en 1775. Ils venaient de Galicie, de Kolomea, je crois, ou de Horodenka.

— La plupart des gens de Siret venaient de Galicie, dit Helga. Ma famille venait de Lemberg.

— Lemberg, dit Martha, il paraît que ça ressemble à Czernowitz.

— Non, dit Helga. Je suis allée une fois à Lemberg. La ville est différente de Czernowitz, mais c'est la même atmosphère, un soupçon de François-Joseph, on sent partout sa présence dans la ville.

En arrivant au pont sur le Pruth, nous avons remarqué des sentinelles russes.

— Il vaut mieux traverser sous le pont, ai-je dit. Je n'ai aucune envie de me frotter aux sentinelles.

— Ils pourraient t'arrêter, a dit Helga, et t'expédier tout de suite à l'armée.

— Ils peuvent aussi m'envoyer au travail forcé.

Nous avons traversé sous le pont. Par moments, nous pataugions dans l'eau. La rivière n'était pas profonde, mais le courant était fort. Je tenais mon pantalon à deux mains, et les filles avaient relevé leur jupe au-dessus de la taille. Nous sommes enfin parvenus de l'autre côté et avons escaladé la berge.

9

Czernowitz ressemblait à une ville occupée, non à une ville libérée. Partout des blindés et des soldats russes. Des camions militaires filaient à toute allure dans les rues. Nous avons rejoint la gare, qui se trouvait dans la ville basse tout près du Pruth et avons suivi la ligne du tram jusqu'à la ville haute. Une vieille femme à sa fenêtre nous observait. Elle a demandé :

— Juifs ?

— Oui, a dit Helga.

— D'où venez-vous ?

— De Transnistrie, a dit Helga. En Ukraine.

— Vous étiez déportés ?

— Oui.

— On croyait que tous les déportés étaient morts.

— Pas tous, a dit Helga.

Nous sommes allés sur la Ringplatz au centre-ville. J'ai reconnu l'hôtel Schwarzer Adler.

— Regarde, ai-je dit à Helga. L'hôtel Schwarzer Adler. C'était l'hôtel le plus renommé et le meilleur de Czernowitz. Ma tante y a fêté son mariage en 1936. J'étais encore petit à l'époque.

— Il a l'air plutôt décrépit. On dirait qu'il a souffert de la guerre.

Nous avons continué jusqu'à la Theaterplatz. Ma tante avait habité de l'autre côté de cette grande place, pas celle qui s'était mariée au Schwarzer Adler, mais Binnutza Ruckenstein, une parente de ma grand-mère. Je suis allé dans sa maison demander des nouvelles des Ruckenstein. Quelqu'un m'a dit : « Ils sont partis quand les Roumains ont mis en place le ghetto. Maintenant, ils doivent habiter dans la Judengasse ou près du Türkenbrunnen. »

Nous avons continué notre enquête dans l'ancien ghetto. J'ai enfin trouvé la maison des Ruckenstein du côté de la Synagogengasse et de la Bindergasse. Helga et Martha cherchaient elles aussi leur famille. Nous nous sommes quittés en nous promettant de nous revoir.

Tante Binnutza n'a pas été particulièrement heureuse de me voir. Une bouche de plus à nourrir, c'était difficile, ils n'avaient rien. J'ai dit que je la dédommagerais avec du tabac, elle pourrait l'échanger contre des vivres, par exemple. Elle avait encore un fils avec elle, un peu plus jeune que moi, et son père, un fumeur.

Le vieux a été content quand je lui ai donné du tabac, et il m'a dit de faire comme chez moi.

Tante Binnutza m'a raconté l'arrivée des Allemands et des fascistes roumains en 41.

— Ils ont tout de suite abattu quelques milliers de Juifs, dont le grand rabbin. Le reste des Juifs de Czernowitz a été déporté vers le Bug, en Transnistrie, à l'exception de quelques-uns qui ont pu rester. Nous faisions partie de l'exception, grâce aux sauf-conduits de Popovich, l'ancien maire qui a beaucoup fait pour les Juifs. Il a établi des papiers qui leur permettaient d'habiter dans des logements à part. Mais nous avons dû quitter notre maison de la Theaterplatz pour le quartier juif.

Ma tante ajouta que son mari était mort en 42 et qu'elle avait du mal à subvenir aux besoins de la famille.

— Comment les Juifs ont-ils été déportés ?

— Dans des wagons à bestiaux, depuis la gare d'en bas, près du Pruth. Beaucoup sont morts en chemin. Des amis à moi ont traversé le Dniestr sur des radeaux, et ont été ensuite obligés d'aller à pied jusqu'au Bug. Celui qui ne marchait pas assez vite était abattu sur place par les gendarmes roumains. Au bord du Bug, il y avait des camps roumains et allemands. Ceux qui avaient de la chance restaient avec les Roumains, Ceux qui étaient livrés aux Allemands étaient immédiatement fusillés.

— Oui, je sais, ai-je dit. Je connais les histoires du Bug.

J'avais la belle vie à Czernowitz. J'ai pu obtenir une place à l'Opéra contre un peu de tabac. Je n'étais jamais allé à l'Opéra, et j'étais surexcité. Seulement je ne savais pas qu'on ne donnait plus d'opéras. À la place, un groupe de militaires a chanté des chants russes et exécuté des danses cosaques. Mais ça m'a quand même plu. Le sentiment d'être à l'Opéra suffisait à mon bonheur. J'avais même emprunté les jumelles de théâtre de tante Binnutza, et je les exhibais fièrement.

La plupart des cafés de Czernowitz étaient fermés. J'en ai cependant trouvé un ouvert. J'y allais tous les jours en savourant le sentiment d'être libre. Un jour, trois femmes russes sont venues s'asseoir à ma table. Elles étaient en uniforme, l'une avait même le grade de sergent. Elle savait l'allemand. Elle a dit qu'elle avait fait des études d'allemand à Moscou. Nous avons parlé de Goethe et de Schiller. Lorsque je lui ai demandé si nous pourrions nous rencontrer en privé, elle a accepté. Nous avons pris rendez-vous pour le lendemain sur la Ringplatz.

J'avais loué une chambre dans un hôtel de passe, et j'étais très excité, mais je me suis dit : « Fais gaffe, Jablonski, cette femme est sergent. Tu pourrais avoir des ennuis. Si elle t'accuse de l'avoir violée ou de quelque chose comme ça, ton compte est bon. En définitive, les Russes sont les occupants. »

Elle est venue à l'heure. J'ai constaté qu'elle était assez corpulente et qu'elle avait d'énormes seins débordant de son uniforme comme deux oranges éclatées. Elle s'appelait Natacha, elle avait fait des études à Moscou, mais était originaire d'un village russe.

— On peut aller chez moi, ai-je dit, ce n'est pas loin.

Elle était d'accord. Nous avons parlé de littérature et je lui ai avoué que j'avais l'intention de devenir écrivain. Elle s'est passionnée :

— Avez-vous déjà publié quelque chose ?

— À vrai dire, pas encore. Mais je n'ai que dix-huit ans et je me laisse du temps.

— Sur quoi voulez-vous écrire ?

— Sur le ghetto, et la guerre.

— Vous étiez dans un ghetto ?

— Oui.

— Alors vous êtes juif ?

— Je suis juif, ai-je dit.

— Ce sont les nazis qui vous ont déporté ?

— Non. Les fascistes roumains. Ils sont les alliés des Allemands. Et eux non plus n'y sont pas allés de main morte. Ils ont tué beaucoup de Juifs, ils ont aussi livré des Juifs aux SS. Surtout sur le Bug. C'était terrible là-bas.

— Le Bug coule en Ukraine. C'est l'Union soviétique.

— Oui. C'était un territoire que les Allemands et les fascistes roumains avaient repris à l'Union soviétique.

— Avaient volé, dit Natacha.

— Oui, bien sûr, volé. Mais les Russes l'ont reconquis. Ils ont chassé tous les fascistes des territoires soviétiques.

— Dieu merci, a dit Natacha.

J'ai trouvé bizarre qu'elle prononce le nom de Dieu.

— Comment avez-vous vécu la libération ?

— On a été contents quand les Soviétiques sont enfin venus. Des centaines de milliers des nôtres sont morts, morts de faim ou du typhus, abattus et fusillés.

— Alors les Russes sont venus à temps ?

— Pour moi et les survivants, oui, ai-je dit. Pour les morts, ils sont venus trop tard.

Nous arrivions à l'hôtel de passe. En fait, c'était un grand appartement. La patronne, une Juive de Czernowitz, louait des chambres à l'heure.

— C'est ici que j'habite, ai-je dit à Natacha.

J'avais dit à la logeuse que je viendrais avec ma fiancée, et elle était évidemment sidérée quand j'ai débarqué avec un sergent de l'armée russe. Je lui ai présenté Natacha vite fait et elle m'a donné la clé d'une chambre sur l'arrière.

C'était une chambre à l'ancienne avec un grand lit de milieu. Ni table, ni chaise. J'ai invité Natacha à s'installer. Elle a tout de suite pris ses aises sur le lit et je me suis assis à côté d'elle.

— Alors c'est ici que vous habitez ?

— Oui, mais c'est temporaire, je ne vais pas rester à Czernowitz. J'ai une maison à Siret, à quarante kilomètres d'ici.

— Siret ? a-t-elle dit. On s'y battait encore il n'y a pas longtemps, non ?

— Si. Le front n'est pas loin de Siret, à Radautz, je crois, à dix-huit kilomètres de Siret.

— Je n'ai pas suivi le front ces derniers jours, dit Natacha, mais ça doit être à peu près cela.

— Avant, Siret était une ville juive. Mais la plupart des Juifs sont morts. J'ai hâte de voir à quoi ressemble la ville aujourd'hui.

— Combien de temps êtes-vous parti ?

— Presque trois ans. Je veux surtout voir si la maison est encore debout, et ce que sont devenues nos bêtes. Mon grand-père était marchand de bestiaux et on avait toujours des vaches et des chevaux à l'étable. Et deux chiens à l'attache dans la cour. Je voudrais bien savoir si quelqu'un les a nourris pendant notre absence.

— J'ai grandi dans un village, dit Natacha. Je sais comme on s'attache à ses bêtes. On les connaît toutes une par une. Je connaissais même les poules et j'étais triste quand on en tuait une. Pendant un temps, j'ai refusé de manger de la viande.

— Oui, je comprends ça.

— Siret était une ville orthodoxe ? demanda Natacha.

— Il y avait une petite communauté orthodoxe, les hommes en caftan, chapeau de fourrure et papillotes, les femmes portaient des perruques et des foulards. Mais la plupart des Juifs de Siret étaient comme moi, on se comportait en Occidentaux. Tous parlaient allemand, sauf les orthodoxes et les gens simples. Mais l'allemand était la langue principale, alors que Siret appartenait à la Roumanie depuis 1918, mais personne ne s'en souciait. Les Roumains avaient changé les noms des rues, mais des années après la Première Guerre mondiale, on utilisait encore leurs noms allemands. On se sentait autrichiens. L'empereur François-Joseph restait notre grand idéal.

— Quand retournerez-vous à Siret ?

— Dès que le front aura reculé un peu plus loin. À vingt kilomètres de Siret, ça me semble trop risqué. Qu'est-ce qui se passe si les Allemands font une percée et si je tombe entre leurs mains, moi qui suis juif ?

— Oui, dit Natacha. C'est trop risqué. Encore que je ne croie pas que les Allemands réussissent à repousser l'armée soviétique.

Elle avait étendu les jambes. J'avais envie de la caresser, mais je n'osais pas la toucher. « Jablonski, je me suis dit, vas-y doucement. Caresse-lui les cheveux, puis les seins, mais seulement par-dessus ses vêtements. Essaie de l'embrasser. Ensuite, peut-être, tu pourras soulever un peu sa jupe d'uniforme et lui farfouiller entre les jambes. Elle mouille sûrement. On voit à ses yeux qu'elle est excitée. »

— Vous avez lu Dostoïevski ? demanda Natacha.

— Naturellement.

— Et Tolstoï ?

— Aussi.

— Quel âge aviez-vous quand vous avez été déporté ?

— Quinze ans.

— Je suppose qu'il n'y avait pas de livres au ghetto.

— Il n'y en avait pas.

— Alors vous aviez lu ces livres avant vos quinze ans ?

— Oui. Il y avait une bibliothèque à Siret. Le propriétaire s'appelait Grauer. Toutes les semaines, il me prêtait les meilleurs livres, c'est-à-dire ceux qu'il tenait pour les meilleurs.

— Vous connaissez aussi Maxime Gorki et *Les Âmes mortes* de Gogol ?

— Oui.

— Alors vous connaissez bien notre littérature ?

— Je ne connais pas tous les auteurs russes, mais les plus connus. Quel est l'auteur allemand préféré dans votre pays ?

— Erich Maria Remarque, dit Natacha. *À l'ouest rien de nouveau.* J'ai entendu dire que Remarque n'était pas reconnu dans son pays.

— Il a été descendu par les critiques. Il était trop simple et trop sobre à leur goût. Les critiques allemands aiment la littérature compliquée et grandiloquente.

— Ce sont de mauvais critiques, dit Natacha.

— Les critiques allemands ont de hautes exigences, dis-je, mais ils exercent un pouvoir désastreux.

— Vous vous êtes bien informé, et pourtant vous étiez si jeune. Vous aviez à peine quinze ans.

— On peut le dire. J'avais quelques amis intellectuels à Siret, ils m'ont fait connaître pas mal de choses.

— Des amis plus âgés que vous ?

— Oui, ai-je dit, avant de lui demander timidement : Est-ce que je peux vous caresser, Natacha ?

— Non, a-t-elle répondu. Nous allons rester bien sages. Je suis venue chez vous parce que je vous faisais confiance.

— D'accord. Mais vous êtes si belle ! Je n'ai pas pu résister.

— Vous êtes un homme, a-t-elle dit. Vous devriez maîtriser ces basses envies.

— Juste un peu. Laissez-moi au moins vous caresser les cheveux.

— Ça commence toujours comme ça. D'abord vous voulez seulement me caresser les cheveux, puis la poitrine et ensuite autre chose. Non, il n'y a rien à faire.

Nous avons encore parlé littérature un moment, mais à la fin, ça m'a agacé et j'ai dit :

— On ferait mieux de partir, maintenant.

— Oui, c'est ce qu'il y a de mieux à faire, a dit Natacha.

Ella a sauté du lit, légère comme une plume.

— Voilà mon adresse, celle de Moscou, et mon numéro de poste militaire.

Elle a griffonné quelque chose sur un bout de papier et me l'a donné. Je l'ai pris, tout en sachant que j'allais le jeter. Puis on est partis.

L'aventure avec Natacha avait passablement ébranlé mon assurance, mais je me suis dit : « Oublie ça. De toute façon, tu n'aurais rien fait avec elle, parce que tu avais bien trop peur de son uniforme. »

10

J'ai écrit à ma mère :

« Chère maman, je suis à Czernowitz. Je vais parfaitement bien. Tu m'as donné cinq dollars pour le voyage, mais je n'y ai pas touché. Ils sont toujours dans la doublure de ma veste où tu les as cousus. Je suis allé à l'Opéra et au café de la Herrengasse. Il y a beaucoup de Russes ici. La plupart des Juifs sont morts. On en voit encore de temps en temps. Pourtant Czernowitz était une ville juive. La Herrengasse n'est plus comme avant. Avant la Première Guerre mondiale, des officiers autrichiens se promenaient avec leurs dames dans la Herrengasse, ou on allait au Schwarzer Adler. C'est fini, ce temps-là. Czernowitz est devenue une ville sinistre. Et il y a des Russes partout. On n'entend presque plus parler allemand dans les rues, parce qu'il n'y a presque plus de Juifs. C'est le roumain qui prédomine.

« J'habite chez tante Binnutza. Son mari est mort en 1942. S'il te plaît, n'oublie pas d'apporter une bonne quantité de tabac. On en manque ici, et on peut tout avoir avec. C'est le moyen d'échange préféré. »

J'ai remis la lettre à un des coursiers qui attendaient sur la Ringplatz, et lui ai donné l'adresse de ma mère en insistant pour qu'il lui apporte ma lettre avant la fin de la semaine. J'ai dit : « Ma mère vous donnera une bonne récompense, parce que je suis son fils. »

Début mai, il y a eu une grande rafle à Czernowitz. Les Russes ont embarqué tous les hommes de dix-huit à cinquante-cinq ans. Ils m'ont tiré du lit à cinq heures du matin. En entendant cogner à coups de crosse sur la porte, je me suis dit que ça allait mal finir. Je me suis levé, mal réveillé, et suis allé ouvrir. Dehors, il y avait un petit Mongol aux yeux bridés. Il a montré le couloir et la rue pour me faire comprendre que je devais le suivre et a juste dit : « *Davaï, davaï.* » Je savais que ça voulait dire « Allez, en avant ! » Sans enlever mon pyjama, je me suis dépêché d'enfiler mon pantalon, puis ma veste et mes chaussures, et j'ai suivi le soldat. En bas, des hommes étaient alignés devant la maison sous la garde d'un autre soldat. Dieu merci, il n'y a pas que des Juifs, ai-je pensé. Les Russes ne font pas de différence. Ils s'en prennent à tout le monde.

Nous avons défilé dans la rue au petit matin. Quelques lève-tôt nous regardaient avec pitié. Une vieille femme nous a crié :

— Où allez-vous ?

Quelqu'un dans le rang a dit :

— On ne sait pas.

Ils nous ont conduits à la prison du côté de la Ringplatz. Il y avait déjà des centaines d'hommes dans la grande salle.

— Attendre ici ! a dit le garde.

On s'est installés au milieu des autres.

— Vous savez ce que ça veut dire ? ai-je demandé à l'un des hommes.

— On en sait autant que toi, a-t-il répondu.

Quelqu'un a dit :

— Ça veut dire qu'ils nous envoient au charbon du Donetz. C'est un des soldats qui l'a dit.

— Qu'est-ce qu'on doit faire là-bas ?

Les hommes se sont mis à rire.

— Pelleter du charbon pour la patrie, dit l'un d'eux.

Un Russe a apporté du pain et du thé. Puis un autre est venu nous compter. Il fallait se présenter. Chacun disait son nom et un petit Russe le notait. Tout à coup, j'ai entendu « David Jablonski ». C'était le nom de mon père. Mais mon père était en France, et pas dans une prison de Czernowitz. J'ai vu un petit homme chauve.

— Vous êtes David Jablonski ?

— Oui.

— Mon père s'appelle comme ça.

— Où est votre père ?

— S'il est encore en vie, en France.

— Je suis de Kolomea. Quand les Russes sont arrivés, je suis tout de suite venu à Czernowitz.

— Kolomea, en Galicie ?

— Oui, dit l'homme.

— Mon père, David Jablonski, est de Leipzig.

— Votre père est un cousin éloigné. J'ai déjà entendu parler de lui. Leipzig, en Allemagne.

— Oui. On avait beaucoup de parents en Galicie, à Kolomea aussi.

Tout en parlant à voix basse, nous nous sommes assis par terre.

— Les Allemands ont liquidé tous les Juifs de Kolomea, dit mon cousin. Je m'étais caché chez un paysan ruthène.

— Vous êtes le seul survivant de votre famille ?

— On est deux. J'avais encore une fille, elle était cachée avec moi.

— Quel âge avez-vous ? a demandé David Jablonski.

— Dix-huit ans.

— Vous en faites seize. On va vous rajeunir un peu. Faites voir vos papiers.

Je lui ai montré ma carte d'identité roumaine. Elle était remplie à la main.

— Né en 1926, a lu David Jablonski. On va tout simplement transformer le 6 en 8.

— Alors je serais né en 1928 et non en 1926 ?

— Tout juste. Vous auriez deux ans de moins, donc seize ans.

— Seize ans ?

— Les Russes ne recrutent pas en dessous de dix-huit ans. Ils seront obligés de vous relâcher.

— Bonne idée, ai-je dit. Mais comment vous allez faire ?

— Laissez-moi m'en occuper, dit-il.

David Jablonski est allé voir celui qui notait les noms et a obtenu de l'encre et un porte-plume. Je l'ai regardé transformer le 6 en 8 en deux temps trois mouvements, puis il a frotté le tout avec un peu de poussière.

— Voilà, c'est fait, a-t-il dit.

Nous avons frappé à la porte du bureau de la prison et demandé à parler à l'officier responsable. Jablonski lui a montré ma carte d'identité et a dit en russe en me désignant :

— Ce garçon n'a que seize ans.

— Seize ans ? a dit l'officier, surpris. C'est trop jeune.

Il a pris une feuille de papier, a écrit quelque chose dessus et me l'a donnée en disant :

— Voilà. Rentre chez toi.

J'ai montré le papier à la sentinelle et suis parti sans attendre mon reste. Je me suis mis à courir dans la rue comme si j'avais peur de me faire rattraper par les Russes. J'entendais dans ma tête l'officier russe dire :

— C'était une erreur de le renvoyer. Il est fort, il peut travailler.

À la maison, ma tante m'a fait une soupe chaude.

— Tu n'as rien avalé de la journée. La soupe va te faire du bien.

— Vous avez entendu parler de la rafle ?

— Oui, a dit ma tante. Les gens font courir des rumeurs. Il y en a qui disent que les Russes ont besoin d'hommes pour l'armée. D'autres, que c'est pour les mines de charbon du Donbass.

11

Ça devenait trop dangereux pour moi à Czernowitz. Si jamais ils faisaient une autre rafle, est-ce qu'ils me relâcheraient encore ? J'ai décidé de partir le lendemain pour Siret.

Sur la Ringplatz, j'ai rencontré Rika Kraft, de Siret, que je connaissais depuis longtemps. Quand je lui ai dit que j'allais à Siret, elle a juste demandé :

— Tu m'emmènes ? Je n'ose pas partir toute seule.

— D'accord.

— J'habite au coin de la rue. Attends-moi, je vais chercher ma valise.

Nous sommes partis tous les deux d'un bon pas. Il était neuf heures du matin. Le soleil brillait et promettait une vraie journée de printemps. Une fois sur la route, nous nous sommes mis à chanter. Je crois que nous étions heureux.

— On rentre chez nous, ai-je dit à Rika.

— Enfin ! a dit Rika.

— À la sortie de Siret, il y a un poteau indicateur, je m'en souviens bien : Czernowitz, 40 km.

— Oui, je le connais.

— Donc quarante kilomètres. Tu crois qu'on les fera dans la journée ?

— Oui, a dit Rika. Je veux être aujourd'hui à la maison.

Des véhicules militaires passaient de temps en temps, mais personne ne nous a arrêtés.

Rika dit :

— Les Russes ont annexé toute la Bessarabie et la moitié de la Bucovine, qui fait maintenant partie de l'Union soviétique. Le reste de la Bucovine est une zone libre.

— Ça veut dire que Siret est en zone libre ?

— Oui, dit Rika. Au-delà de la rivière Siret, tout est en zone libre. Après la capitulation de la Roumanie, les Russes mettront en place un gouvernement fantoche, mais à part ça, ils ne se mêleront de rien.

— Tu veux dire qu'ils ne pourront plus nous arrêter ?

— C'est cela, dit Rika. À Siret, tu seras libre.

Nous avons fait nos quarante kilomètres. Le soir, nous étions à Siret. J'ai reconnu de loin la rivière et le petit pont de bois par où il fallait passer pour gagner la ville. Personne ne nous a arrêtés, aucune patrouille russe, pas de sentinelles. Ils avaient manifestement l'ordre de laisser passer la population civile tant que la nouvelle frontière n'était pas fixée. Quand nous avons atteint les premières rues, Rika s'est mise à pleurer. Je lui ai dit :

— On est chez nous.

— Oui, chez nous.

Rika habitait un immeuble du centre. Dans ma rue, tout avait brûlé. Il ne restait que la maison de mon grand-père, toute seule au milieu des ruines. Il y avait de la lumière à l'intérieur. Qui pouvait y habiter ? En entrant, j'ai d'abord vu ma mère, puis le reste de la famille. Ma mère m'a pris dans ses bras.

— Je viens de Czernowitz, ai-je dit.

— Nous sommes arrivés il y a quelques jours, directement de Moguilev-Podolski. Un camion russe nous a emmenés contre de la vodka et du tabac. En arrivant, nous avons trouvé des étrangers dans la maison, la famille Tomaciuk, des *Volksdeutsche*. Nous les avons tout de suite mis à la porte. Les Tomaciuk étaient de vrais antisémites.

— Il y a encore une famille roumaine dans la maison, mais ils peuvent rester, dit mon oncle.

— Et les bêtes ?

— Les bâtiments ont brûlé, les bêtes sont parties. Je suppose que les paysans les ont prises, les poules et les oies aussi, naturellement.

— Cela fait trop longtemps, dit mon grand-père. Les chiens ont dû se détacher quand la ville a été bombardée et quand les étables brûlaient. Il y en a un qui traîne encore dans les rues avec sa chaîne, je l'ai vu il n'y a pas longtemps.

— Lequel ? Hektor ?

— Non, le marron clair, Schnucki.

Notre ancienne chambre était occupée par la famille de Roumains. J'ai dormi dans la véranda, mais dans mon lit. C'était bon d'être de nouveau à la maison. J'ai pensé à Siret et au temps d'avant. Rebecca, à qui j'avais appris à nager et qui habitait la maison voisine, n'était plus là. Elle était peut-être morte en Ukraine. Ou elle pourrait réapparaître à Siret, elle aurait entre-temps atteint l'âge adulte. À quoi ressemblerait-elle maintenant, si elle était encore en vie ? Est-ce que je devrais encore lui donner des leçons de natation ? Peut-être lui toucher les seins dans l'eau, ce que je n'avais pas osé faire à l'époque ? J'ai pensé à la Kirchengasse et à la promenade, au marché aux mariages. On regardait les filles, on flirtait. Demain, j'irai d'abord dans la Kirchengasse pour voir si c'est encore la même rue. Si le café Rosenzweig y est toujours. Et le Ringplatz ? Et l'hôtel Annahof ? Il faudrait aussi aller voir le rabbin et Moischele, son petit-fils, qui était mon ami. Sont-ils encore en vie ?

J'ai dormi heureux, sans rêves. Le matin, j'ai été réveillé par le soleil qui brillait sur la véranda.

Siret était une ville morte. Les Juifs n'étaient plus là. Des paysans roumains et ruthènes étaient venus de la campagne s'installer en ville. C'était presque comme à Czernowitz. On parlait à peine allemand dans les rues de Siret, qui avait pourtant été une ville germanophone. On entendait beaucoup de roumain et de ruthène. L'hôtel Annahof était fermé. Le café Rosenzweig n'existait plus non plus. J'ai arpenté la Kirchengasse, surtout le soir, à l'heure des flâneurs sur la promenade. Mais il n'y avait pas plus de flâneurs que de marché aux mariages. Pas de filles qui se laissaient lorgner en pouffant de rire. La ville semblait avoir perdu son âme. L'après-midi, je suis allé à la baignade. La plage était déserte. Pas de Rebecca qui exhibait sa séduisante poitrine et me regardait faire sauter mon poney dans l'eau. Pas de gars chahuteurs. Personne pour m'encourager à tenter ma chance avec Rebecca. Le vide béant. J'ai regardé la rivière un moment, puis je suis reparti.

Peu à peu, ceux que l'on croyait morts sont revenus à Siret. Ils furent d'abord quelques-uns, puis de plus en plus nombreux. Le rabbin ne revint pas, ni son petit-fils, qui était mon ami. Ils étaient probablement morts en Ukraine. Du groupe sioniste, un seul est revenu, Marcel Blumenthal. Il avait été chez les partisans. Un jour que nous allions nous baigner, il m'a raconté son histoire.

Les Roumains l'avaient livré aux Allemands. Les Allemands l'avaient emmené de l'autre côté du Bug où stationnaient des troupes de SS. Les SS s'apprêtaient à abattre tous les Juifs, quand soudain, les partisans ont surgi. Les partisans ont abattu les SS et libéré les prisonniers. Blumenthal s'est joint aux partisans. Ils vivaient dans les forêts et se procuraient des vivres chez les paysans. Un jour, un paysan a refusé de leur en donner. Les partisans l'ont pendu dans l'écurie et ont fouetté sa femme.

Blumenthal dit :

— C'était horrible de voir ce paysan pendu au-dessus de son cheval. Le cheval n'arrêtait pas de lui renifler les pieds et a commencé à mordiller son pantalon. On a traîné sa femme dans l'écurie et quand elle l'a vu, elle s'est mise à hurler comme une bête, alors on lui a donné des coups de fouet et elle a hurlé encore plus fort.

Blumenthal dit :

— Un jour, on a attrapé une patrouille allemande. Ils avaient deux infirmières avec eux. Elles avaient très peur, mais on les a rassurées en leur disant qu'on ne leur ferait rien, on voulait seulement les échanger contre quelques-uns des nôtres. La nuit, deux de nos hommes les ont agressées et violées. Elles pleuraient. Le lendemain matin, les deux types ont été fusillés parce qu'ils avaient agi sans la permission du commandant. On ne plaisantait pas avec la discipline, chez nous. Puis l'occasion d'échanger les prisonniers s'est présentée. Les Allemands avaient pincé quatre de nos gars. Ils devaient être exécutés. On a fait une proposition aux Allemands. Les nôtres contre les prisonniers, quatre contre quatre et les infirmières. Mais les Allemands ont refusé. Alors on leur a dit qu'on allait abattre leurs gars. Ça n'a servi à rien. Les Allemands n'ont rien voulu entendre.

— Qu'est-ce que vous avez fait ?

— Il ne nous restait plus qu'à fusiller les prisonniers.

— Vous avez aussi tué les infirmières ?
— Elles aussi, dit Blumenthal.

On s'est baignés dans la rivière et on a descendu le courant jusqu'à l'endroit où je sautais dans l'eau avec mon poney.
— Il y a des tas de souvenirs dans cette rivière, ai-je dit. Tu te rappelles Rebecca ?
— Oui, a dit Blumenthal.
— Tu sais ce qu'elle est devenue ?
— Elle est morte de faim au ghetto de Berchad. C'était à l'époque où j'ai rejoint les partisans. Avant, je l'avais vue assez souvent dans le ghetto.
Nous sommes revenus par les voies de chemin de fer. J'ai dit :
— Au fond, rien n'a changé. Les voies sont comme avant, la rivière est toujours là, elle aussi. Et pourtant, je ne reconnais rien.
— Parce que les gens ne sont plus là. Il n'y a plus d'atmosphère non plus, a dit Blumenthal.
— Il n'y a pas longtemps, je me suis dit que c'était comme une ville sans âme.
— Oui, a dit Blumenthal. Ils nous ont pris notre âme.

Nous avons flâné dans le quartier commerçant. Avant, presque tous les magasins appartenaient à des Juifs. Ils étaient fermés, les propriétaires morts ou portés disparus.
— Même la baraque où le vieux Katscher vendait de l'eau gazeuse n'existe plus. Le vieux Katscher était de ma famille. Quand j'étais petit, il m'offrait toujours un soda. Je m'en souviens bien, avec du sirop à l'eau de rose.
La boutique du glacier Delphiner était aussi fermée.
— Un jour, j'y suis entré à dos de poney pour manger une

glace. Les clients ont bien rigolé parce que la boutique était trop étroite pour que le poney puisse faire demi-tour, alors ils s'y sont tous mis pour le pousser dehors à reculons.

— J'imagine, dit Blumenthal. Tu sais, je m'en souviens encore, de ton poney.

— Et de mes culottes courtes.

— Aussi. Tu les portais très courtes et très serrées, et tu nous disais toujours : « Comme les Jeunesses hitlériennes. » Mais ici, les garçons ne portaient plus de culottes courtes à partir de douze ans. Je me souviens que notre chef des sionistes t'a dit qu'ici, tu n'étais pas aux Jeunesses hitlériennes.

— Oui, c'était le bon temps.

Aucun de mes anciens amis n'est revenu. Début juin, les Russes ont fermé la zone frontalière. Les derniers à rentrer ne pouvaient plus traverser la rivière Siret.

— Ils ont bouclé la zone frontalière, ai-je dit à ma mère. Il y a des gardes qui tirent sur tous ceux qui veulent passer le pont.

— Ces maudits Russes, a dit ma mère.

J'ai dit :

— Ils nous ont sauvé la vie, ne l'oublie pas.

12

Gritti Goldschläger était une de mes amies. Les Goldschläger avaient une maison avec un grand jardin du côté de la Kirchengasse. Des jeunes se réunissaient dans son jardin. J'y allais assez souvent. Gritti avait dix-sept ans. Un jour, Micki Drimmer, une de ses amies, est venue de Radautz. J'en suis tout de suite tombé fou amoureux. Micki avait survécu au ghetto de Berchad. Ses parents aussi. Mais elle m'a dit qu'ils étaient encore à Czernowitz, et ne pourraient plus passer la frontière pour revenir à Siret.

— Dès que le front sera plus loin, dit Micki, je retournerai à Radautz. Mais je veux attendre mes parents à Siret.

— Les Russes vont peut-être rouvrir la frontière. Il n'y a qu'à attendre.

Pour la réconforter, j'ai ajouté :

— Ils la rouvriront sûrement, alors tes parents pourront passer le pont.

— Que Dieu t'entende, dit Micki.

Elle était blonde aux yeux verts. Elle avait l'air très doux et j'ai été étonné en apprenant qu'elle avait déjà vingt ans.

— Tu as peu de chances avec elle, me dit Gritti. Micki préfère les hommes plus âgés. Mais tu peux toujours essayer.

J'ai vraiment tenté ma chance. Micki et moi nous rencontrions tous les jours, en toute amitié, comme elle disait. Elle me traitait en adulte, sans jamais se moquer de mes dix-huit ans. J'ai fini par comprendre qu'elle faisait une dépression, à force d'attendre ses parents. On s'embrassait derrière la maison ou dans la cour. Micki disait qu'elle ne pourrait pas coucher avec moi parce qu'elle était vierge et se réservait pour celui qu'elle aimait. Je respectais cela. Un jour, en rentrant chez elle, elle a été violée par des soldats russes. Ils l'ont enlevée et elle n'est revenue qu'au bout de deux jours.

Sa dépression s'aggrava. Un sale type lui avait pris sa virginité, et elle ne s'en remettait pas. Son beau-frère était secrétaire du commandant russe de la ville. Il a aussitôt porté plainte et le commandant lui a promis de tout faire pour rétablir l'honneur de Micki et demander des comptes au type. Mais c'étaient des paroles en l'air. Le cas de Micki était sans issue, les Russes étaient les maîtres et n'avaient aucun intérêt à poursuivre cette affaire.

Micki s'enfonçait dans la dépression. Il lui arrivait souvent de rester des jours entiers au lit. Je m'installais à son chevet et lui lisais un livre de Max Brod que j'avais déniché. Max Brod était un de mes auteurs préférés. Micki le savait, et elle appréciait mes efforts. Elle m'appréciait surtout en tant qu'ami. Je ne lui inspirais ni amour, ni passion.

Fin juillet, Micki décida de retourner à Radautz. Il y avait peu de risques et le front était loin. Elle voulait y attendre ses parents.

La librairie Grauer n'existait plus, mais j'ai pu emprunter des livres à des connaissances. J'avais déjà le Brod, et j'ai obtenu *À l'ouest rien de nouveau* d'Erich Maria Remarque et les nouvelles de Stefan Zweig. J'avais si faim de livres que je les dévorai littéralement. Ce sont les nouvelles de Zweig qui m'ont le plus passionné. C'était l'ancienne Autriche et, comme je le croyais, mon univers.

Quand Micki fut partie, Siret fut encore plus déserte. La Roumanie capitula en août et les Russes occupèrent Bucarest. En septembre, le groupe sioniste de Siret reçut un courrier. Le groupe n'existait plus, mais la lettre arriva quand même. On nous informait que l'organisation avait l'occasion d'aider ses membres à aller en Palestine et nous demandait, à nous qui étions revenus des ghettos, de nous rendre immédiatement à Bucarest. Elle s'occupait du reste de notre voyage.

13

Fin septembre, j'ai loué avec quelques autres jeunes une charrette de paysan et deux vieilles rosses, et nous avons pris la route de Bucarest. Ma mère pleurait quand je lui ai fait mes adieux. Mon grand-père avait aussi les larmes aux yeux. La tante et l'oncle avaient le regard triste. Seul, mon frère a ricané :

— Envoie-nous une carte postale de Palestine.

Comme nous passions par Dorohoi, nous avons fait une halte et visité le vieux quartier juif. J'étais sidéré de trouver des Juifs à Dorohoi. Puis nous avons longé les Carpates en direction de la capitale. On nous avait dit qu'à Focsani, il y avait une gare et des trains pour Bucarest. Nous avons passé la nuit dans la salle d'attente en compagnie de soldats russes ivres. Un train est effectivement arrivé le lendemain en fin d'après-midi.

Notre train était plein à craquer. Les gens s'entassaient dans les couloirs et sur les marchepieds ou s'accrochaient en grappes sous les toits. Des soldats ivres traînaient en buvant de la vodka et en braillant des chansons. Ce fut une délivrance de pouvoir nous précipiter à l'air libre lorsque le train arriva enfin à Bucarest.

J'avais mis mon meilleur costume, celui avec une culotte de golf, que je portais à quinze ans, avant d'être déporté. Toutes les coutures craquaient, mais je n'avais rien de mieux.

Mon premier souci dans la capitale a été de trouver un cireur de chaussures. Je voulais qu'au moins mes chaussures aient de l'éclat. Il y avait des cireurs à tous les coins de rue. J'ai fait remarquer au mien que la couleur de mes chaussures avait disparu depuis longtemps, mais il m'a promis d'y remédier. Comme elles avaient été marron, il a étalé dessus une pâte marron sortie d'un tube et frotté jusqu'à ce qu'elles aient de nouveau l'aspect du neuf. « Bon, Jablonski, te voilà de nouveau présentable », me suis-je dit. J'ai décidé d'aller d'abord voir l'amie de ma mère, Käte Gottlieb. Elle habitait à côté du parc Cismigiu avec son mari, Max, lequel était d'une avarice légendaire.

L'amie de ma mère fut très heureuse de me revoir en vie. Je lui ai raconté qu'une partie de notre famille avait disparu, mais que ma mère était vivante, ainsi que mon frère, le grand-père, la sœur de ma mère et l'oncle Moscu. Elle m'a tout de suite préparé un repas chaud et m'a demandé si j'avais de l'argent. J'ai dit non. Son mari, Max, qui venait d'entrer dans la pièce et nous avait entendus, n'a pas fait mine de vouloir me prêter quoi que ce soit. Il a quand même ouvert son étui à cigarettes en argent et m'en a offert quelques-unes.

— Je te trouverai de l'argent demain, dit l'amie de ma mère. La communauté juive de Bucarest doit contribuer, et aussi la famille de ta tante Tina, qui est très riche.

J'ai passé la nuit chez Käte. Le lendemain matin, nous sommes allés à la communauté juive où on m'a effectivement donné de l'argent. Ensuite, nous avons rendu visite à ma tante Tina. C'était la deuxième sœur plus âgée de ma mère, elle avait épousé un riche Juif roumain. Ils ont pratiquement tenu un conseil de famille, et comme Käte avait fait appel à leur conscience, ils se sont tout de suite cotisés pour moi. De nouveau dans la rue, Käte s'est mise à rire :

— Il faut juste savoir comment parler aux gens. Je leur ai raconté que tu venais de sortir du ghetto, que tu étais complètement démuni et que tu avais besoin d'argent. Tu as vu comme ils ont été généreux.

— Oui. C'est à toi que je dois tout cela.

— Je savais que Max ne te donnerait rien, mais ne le prends pas mal, tu le connais.

— Max m'a donné quelques cigarettes, c'est mieux que rien.

— Mais au fait, tu fumes ?

— Oui. Tu sais comment je suis devenu fumeur ?

— Comment veux-tu que je le sache ? dit Käte.

— Eh bien, je vais te le raconter.

Nous marchions dans la Calea Victorie, la rue la plus chic de Bucarest. Käte s'arrêtait souvent devant les vitrines, celles des boutiques de mode bien sûr, et admirait les vêtements élégants.

— C'est incroyable qu'il y ait encore tant de jolies choses à Bucarest malgré la guerre, ai-je dit.

— Il n'y a que les vivres qui manquent, dit Käte.

— Des vivres, il y en a en quantité à Siret, mais on n'a pas de vêtements à la mode, et encore moins de parfums, ou d'articles de toilette.

— J'écrirai à ta mère qu'elle peut venir chez nous en apportant de la nourriture à échanger contre des articles de mode. Elle a peut-être envie de se mettre au marché noir. Elle pourra vendre les articles de mode à Siret.

— Ce n'est pas une mauvaise idée, ai-je dit.

— Bon, alors, ton histoire de fumeur ?

« Peu de temps avant l'entrée des Russes à Moguilev-Podolski, une commission de la Croix-Rouge est venue au ghetto à la recherche d'orphelins. Ils avaient l'autorisation du gouvernement roumain, qui cherchait des contacts avec les alliés, on le sait maintenant. Les gens de la Croix-Rouge ont trouvé cent cinquante orphelins, et les ont emmenés à Bucarest, d'où ils devaient partir pour la Palestine. J'étais évidemment au courant de toute l'histoire et je voulais partir avec les orphelins vers la liberté.

Je n'avais pas les papiers qu'il fallait, avec les tampons du gouvernement et de la Croix-Rouge, mais je suis monté dans le train avec les enfants. Nous sommes effectivement partis, par le pont du Dniestr qui n'était pas encore démoli à cette époque, et nous sommes arrivés en Bessarabie. Mais le train a été stoppé à une petite gare, des gendarmes roumains sont montés dans les wagons et nous ont dit de descendre. Dehors, nous avons dû montrer nos papiers. Comme je n'en avais pas, ils m'ont tout de suite fait sortir du rang. Il y avait d'autres clandestins qui avaient tenté leur chance, comme moi. On les a fait aussi sortir du rang, et nous avons été regroupés à l'écart des orphelins. Ensuite, les enfants sont remontés dans les wagons et le train est reparti.

Une mitrailleuse était installée sur la voie, entre les rails. Ils nous ont alignés devant et je me suis dit qu'ils allaient nous fusiller parce que s'enfuir du ghetto était puni de mort. Mais il ne s'est rien passé. Un soldat se tenait en ricanant près de la mitrailleuse, mais il ne faisait pas mine de nous mettre en joue. Nous n'étions pas ligotés. J'avais repéré les environs. De l'autre côté des voies, il y avait des champs et derrière, le Dniestr. Je crois qu'on était à Attacki, le village en face de Moguilev-Podolski sur l'autre rive du Dniestr.

“Jablonski, je me suis dit, si le soldat s’accroupit derrière la mitrailleuse et vous met en joue, tu fiches le camp. Tu es jeune, tu cours vite. Tu peux atteindre le champ en moins de deux et disparaître dedans. Et le Dniestr n’est pas loin. En plus, il fait déjà noir, ils ne pourront pas te courir après. Tu sauteras dans le Dniestr et tu retourneras à Moguilev-Podolski à la nage.”

Mais ça s’est passé autrement. On est restés près d’une heure devant la mitrailleuse. Alors un lieutenant est sorti de la gare et nous a dit qu’il avait parlé au téléphone avec l’administration du ghetto, qui voulait nous récupérer. Il allait tous nous y renvoyer, et nous serions sûrement jugés.

Nous étions soulagés. Les genoux tremblants, on est revenus vers les quais, où un autre train nous attendait. On est montés. Il y avait des femmes dans notre groupe de clandestins. Elles pleuraient. On leur a dit :

— Tout va bien. Il ne nous arrivera rien au ghetto. Les Russes ne sont plus loin et les responsables du ghetto sont déjà en train de faire leurs paquets. Ils ne vont pas perdre leur temps avec nous.

— Mais ils pourraient nous fusiller, a dit une des femmes.

— Je ne crois pas, a dit un gars. Ces temps-ci, les Roumains ne fusillent plus de Juifs.

Il n’y avait pas de quoi s’asseoir dans le wagon. C’était un wagon à bestiaux. Quelques-uns se sont assis par terre, nous, on est restés debout. Un soldat est passé et nous a offert des cigarettes. C’étaient des Plugar, des cigarettes roumaines bon marché. Je ne fumais pas, mais j’en ai pris une. La fumée m’a calmé les nerfs. J’ai fumé avec plaisir, en inspirant à fond. Depuis ce jour, je suis fumeur. »

Käte m’a raconté comment elle avait réchappé à la guerre.

— Les Juifs de Bucarest n’étaient pas déportés, dit-elle,

parce que la Roumanie fasciste faisait une différence entre les Juifs des territoires annexés et ceux du *Regat*, du Vieux Royaume. Mais ils étaient envoyés au travail forcé, et nous avons dû remettre nos bijoux et nos objets de valeur. L'argent en banque a été réquisitionné et les Juifs ont perdu leurs entreprises. Mais en Roumanie, la corruption permet bien des choses. Max a conservé la majeure partie de son argent et a continué son commerce de bois. C'est aussi comme cela qu'il a échappé au travail forcé. Sais-tu que la Roumanie voulait livrer tous les Juifs aux Allemands ?

— Non.

— Les Allemands avaient convoqué à Berlin le ministre responsable de la question juive pour négocier avec lui l'extradition des Juifs. Je crois qu'il s'appelait Radu Lecca. Il y est allé, mais on l'a traité avec arrogance. Hitler n'avait pas de temps pour lui, les hauts fonctionnaires non plus. Ils l'ont laissé attendre des heures dans l'antichambre. Lecca est reparti, furieux, et a décidé par défi de ne pas livrer les Juifs. Cela nous a sauvé la vie, car les trains pour Auschwitz étaient déjà formés.

— Vous avez eu une sacrée veine. Aucun de vous n'aurait survécu à Auschwitz, c'est sûr.

— Oui, dit Käte, le destin a encore été bienveillant à notre égard.

Nous sommes entrés dans une parfumerie et Käte s'est acheté une crème pour le visage.

— Tu n'as besoin de rien ? Je voudrais t'offrir quelque chose.

— Non, j'ai ce qu'il me faut.

— Tu te rases ?

— Évidemment. Mais j'ai un vieux rasoir mécanique, et aussi du savon à barbe et un blaireau.

— Peut-être une eau de Cologne pour homme ?

— Je n'en ai pas vraiment besoin.

Käte en a quand même acheté un flacon et me l'a donné.

— Voilà. Pour que tu sentes bon.

Je l'ai remerciée d'un baiser sur la joue et nous avons poursuivi notre promenade dans la Calea Victorie.

À trente-huit ans, Käte était indiscutablement une belle femme. Grande et blonde, elle avait l'air d'une Allemande. Comme nous parlions allemand et que Käte ne pouvait pas dissimuler son accent de Halle, son origine allemande ne faisait aucun doute. Elle n'avait pas du tout l'air d'être juive, et pourtant, elle venait d'une famille juive orthodoxe. Avant la guerre, elle vivait avec ses parents à Halle où elle avait rencontré Max, un Juif roumain. Max était tombé amoureux d'elle et l'avait épousée en 38. J'avais douze ans quand j'ai assisté à leur mariage. Ensuite, Max l'a emmenée à Bucarest. Les parents de Käte ont été déportés à Auschwitz. Elle n'a plus jamais eu de leurs nouvelles.

Käte m'a connu tout bébé. Elle me donnait le bain et me frottait, je revois encore son beau visage toujours souriant, quand elle me prenait dans ses bras et se mettait à tournoyer.

Nous sommes entrés dans un magasin de vêtements pour hommes dont le propriétaire, un Juif, connaissait Käte.

— Il faudrait à ce jeune homme une veste et un pantalon à un prix d'ami, lui dit-elle. Il revient de déportation.

— Alors il a droit à un prix spécial, dit le patron. Je les lui ferai à prix coûtant.

Käte a choisi pour moi un blouson et un pantalon gris. Je les ai essayés, ils m'allaient parfaitement. Puis j'ai réglé avec l'argent de la communauté juive.

— J'ai encore ce que m'a donné la famille de tante Tina, mais j'en ai besoin comme argent de poche.

— Dépense-le donc, dit Käte. Après toutes ces années de déportation, tu as bien le droit de t'amuser un peu. Va au cinéma ou dans une pâtisserie.

— Oui, dis-je. C'est ce que je vais faire. Demain, j'irai à la maison sioniste. J'étais chef de groupe des Jeunesses sionistes à Siret. Ils me connaissent. Ils vont m'aider à aller en Palestine. Il paraît qu'il y a aussi de quoi dormir et même des chambres libres.

14

Le lendemain matin, je suis allé à la maison commune des sionistes. J'ai eu la chance de rencontrer le directeur en personne. C'était un vieil ami qui s'appelait Itziu Herzig. À seulement vingt-trois ans, il occupait déjà une haute fonction dans le mouvement sioniste, pour lequel il organisait toute l'immigration clandestine en Palestine.

— Tu as de la chance d'être venu à temps, dit-il. J'ai déjà mis ton nom sur la liste du prochain convoi.

— Vers la Palestine ?

— Oui. On vous donnera de faux passeports pour tromper les Anglais. Ce sont les papiers de Juifs décédés. On reconstitue tout simplement de nouvelles familles. Tu auras donc un faux père, une fausse mère et quelques frères et sœurs.

— Les Anglais ne verront rien ?

— Non, dit Itziu. Mais c'est mon problème.

— Et comment on ira en Palestine ? En bateau ?

— Non, en train, par la Bulgarie, la Turquie, la Syrie et le Liban. Tout est réglé, dit Itziu. Il faudra que tu fasses quelques photos demain, ajouta-t-il.

— Pas de problème.

Nous avons longtemps parlé de Siret, de la déportation, de l'Ukraine, des Roumains, des Allemands et des Russes.

— Je me souviens encore de l'époque où tu as monté

l'organisation sioniste à Siret. Et ce poste important à Bucarest, comment tu l'as eu ?

— Grâce à mes mérites pour le mouvement.

J'ai dit :

— Je n'ai pas de logement, et je dors chez une amie de ma mère qui n'a pas beaucoup de place.

— On t'hébergera ici. Tu pourras peut-être même avoir une chambre particulière, mais dans tous les cas une place dans la grande salle.

J'ai eu une place dans la grande salle. J'ai glissé ma petite valise sous le lit.

Dans la salle de la maison commune, on avait installé vingt-deux lits pour les émigrants. Le mien était au milieu, mais cela ne me dérangeait pas. Tous les occupants étaient jeunes, à peu près de mon âge. Le matin de bonne heure, il y avait un petit déjeuner, le midi et le soir un plat unique, une soupe avec des lamelles de viande et de légumes. J'étais satisfait, je vivais sans soucis et pouvais dépenser mon argent à des choses qui me faisaient plaisir. Je traînais toute la journée dans la grande ville, j'allais deux fois par jour au cinéma, m'achetais de bonnes cigarettes et allais d'une pâtisserie à l'autre.

Il y avait beaucoup de belles femmes à Bucarest. Elles passaient tête haute, comme de jolies poupées inaccessibles, à petits pas pressés. De temps en temps un sourire m'effleurait, ou bien un regard sensuel. Je me suis dit : « Jablonski, les femmes font seulement semblant d'être intouchables. En réalité, tu peux les avoir presque toutes. » Je savais que j'avais besoin d'une femme, seulement aucune occasion ne se présentait.

« Jablonski, me suis-je dit, tu pourrais aller au bordel. Il paraît qu'à Bucarest, il y a des bordels de luxe avec des femmes vraiment belles. » Mais j'ai tout de suite rejeté cette idée.

Bucarest avait été une ville fascinante, beaucoup l'appelaient le Petit Paris. J'y étais venu en 1941, et elle m'avait plutôt donné l'impression d'être un petit Shanghai. Il y régnait un chaos oriental : mendiants, cireurs de chaussures et jolies femmes, boîtes de nuit chic et snack-bars miteux, porteurs avec leur diable et fiacres élégants, taxis et automobiles. Des prostituées racolaient aux coins des rues. On voyait des Juifs orthodoxes avec leurs papillotes, leur caftan et leur chapeau de fourrure à côté d'hommes d'affaires à la tenue impeccable, de camelots et de crieurs de journaux. Maintenant, le tout semblait un peu plus fatigué, miteux, moins bruyant. Devant l'immeuble du *Timpul*, j'ai acheté le journal.

« Six millions de Juifs exterminés ! » clamaient les gros titres. On était en novembre 1944, la guerre était loin d'être finie. Alors, le monde était déjà au courant de la campagne d'extermination des Juifs ? Et le nombre de victimes était déjà connu ? Six millions. Je ne savais pas qu'il y avait eu tant de morts. Quelques hommes en caftan se tenaient devant l'immeuble du *Timpul*. Je leur ai montré le journal et leur ai demandé en yiddish :

— Vous saviez qu'il y en avait eu autant ?

— Non, ont répondu les Juifs.

En flânant dans les rues de Bucarest avec mon journal, je pensais aux six millions de morts. Ils ne s'étaient pas défendus, ils s'étaient laissé mener à l'abattoir comme des moutons. Les Allemands n'auraient pas pu en assassiner autant s'ils avaient résisté. Combien ont été abattus en Ukraine, combien sont morts de faim ? Avons-nous seulement essayé de nous évader du ghetto ? Ce sera tout autre chose quand nous aurons notre propre État. En Palestine, il y a une armée juive clandestine, et des Juifs qui ne veulent plus se laisser faire. Bientôt je serai en Palestine, et je le verrai de mes propres yeux. C'est à ça que je pensais quand tout à coup, l'envie de coucher avec une femme m'a repris. Je m'étais arrêté devant une boutique de mode et en regardant les mannequins nus dans la vitrine, j'ai senti que je bandais.

« Merde, Jablonski, je me suis dit. Si tu bandes rien qu'en regardant un mannequin, tu es mal barré. Il faudrait peut-être que tu ailles au bordel. Ça sera déjà un petit remède. »

J'ai demandé à un taxi s'il pouvait me conduire à un bordel.

— Quelque chose de bien, pas un bouge cradingue. Avec des filles propres qui ont l'air de vraies dames.

— Je connais un hôtel de luxe, dit le chauffeur de taxi. Juste ce qu'il vous faut.

Il m'a conduit à un hôtel particulier dans le quartier de la Calea Victorie. Un portier corpulent montait la garde devant l'entrée. Il m'a ouvert la porte avec gravité.

Je lui ai demandé :

— C'est un bordel, ici ?

— C'est l'établissement de Madame Barbulescu, a-t-il répondu après un toussotement offensé.

— C'est exactement ce que je cherche.

— Au premier étage, dit le portier.

J'ai sonné deux fois, puis Madame Barbulescu m'a ouvert la porte en personne.

— Entrez, jeune homme.

Elle m'a conduit dans un salon éclairé par des lustres imposants, où de vastes fauteuils club et des tables basses côtoyaient une table de salle à manger massive. Des jeunes femmes, l'air très décent et réservé, étaient dispersées dans la pièce, certaines fumaient une cigarette, d'autres bavardaient. Elles m'ont regardé avec indifférence. « Choisissez-en une », dit Madame Barbulescu d'un air engageant. Il y avait aussi quelques hommes élégants et des soldats russes. Les soldats buvaient de la vodka mais n'étaient pas bruyants. L'une des filles, douce, au teint pâle, les cheveux lissés vers l'arrière, me plaisait particulièrement. Comme je me dirigeais vers elle, un Russe s'est levé, lui a fait signe et l'a emmenée dans une chambre.

— Pas de chance, ai-je dit à Madame Barbulescu. Je voulais la petite brune, mais le Russe me l'a piquée.

— Il y en a beaucoup d'autres.

— Non, c'est la brune que je veux.

— Alors il faudra attendre qu'elle revienne. Ils veulent tous Anisoara, elle a l'air tellement chaste, mais croyez-moi, nous avons d'autres filles très jolies. Regardez donc !

Mais je n'ai pas voulu en choisir une autre, et j'ai attendu.

Au bout d'un moment, le Russe est revenu avec Anisoara, mais avant que j'aie le temps de l'aborder, un autre Russe l'a emmenée.

Madame Barbulescu a ri :

— Eh oui, vous voyez, elle est très demandée.

Il fallait visiblement beaucoup de temps au deuxième Russe, car ils ne réapparaissaient pas. Entre-temps, on a sonné à la porte et deux hommes sont entrés, encore des Russes. L'un d'eux a mis la main aux fesses de Madame Barbulescu. Elle l'a repoussé avec indignation en l'injuriant en roumain. Les deux nouveaux venus se sont mis à beugler des chants russes que je connaissais. Ils avaient un peu trop bu. « *Jop wasche matj* », a dit l'un, ce qui signifiait quelque chose comme « nique ta mère ». Madame Barbulescu a dit qu'elle allait appeler la police. Mais elle parlait en roumain, et les Russes ne la comprenaient pas.

Anisoara est enfin revenue, un peu chiffonnée. Je lui ai tout de suite pris la main en disant : « C'est mon tour. » Les chambres se trouvaient au deuxième étage. On y accédait du salon par un escalier en colimaçon. Une fois en haut, Anisoara a ouvert une porte menant à une petite chambre où il n'y avait qu'un grand lit et une chaise. Elle s'est déshabillée tout de suite. J'ai vu qu'elle était nue sous sa robe.

— Pourquoi tu ne portes pas de lingerie ?

— C'est plus simple comme ça, je dois me déshabiller si souvent.

— Tu as l'air d'une madone. Tu n'es pas à ta place ici.

— Mon mari était dans l'armée russe. Il est tombé à Odessa. J'ai quatre petits. Qu'est-ce que je peux faire ?

— Oui, je comprends.

Je savais que les putes n'embrassaient pas. Mais je l'ai embrassée quand même.

— Tu es belle, lui ai-je dit.

— Et toi, tu es jeune. Je n'en ai encore jamais eu de si jeune. Quel âge as-tu ? Dix-sept ans ?

— Dix-huit.

Elle a ri.

— Tu as déjà couché avec une femme ?

— Oui. Mais il n'y en a pas eu beaucoup.

Elle a pris un préservatif dans sa poche et a voulu me le mettre, mais je l'en ai empêchée.

— Je veux sentir ta peau, ai-je dit. On le fait sans.

— Ça n'est pas possible. C'est contraire au règlement de la maison.

— Fais-le pour moi. Je t'aime.

Elle a ri et hoché la tête.

— Bon, mais tu ne le dis à personne.

— Parole.

Elle m'a pris dans ses bras et m'a embrassé comme une amante.

Puis on l'a fait. Mais j'étais si excité qu'au bout de quelques secondes, j'avais déjà terminé.

Elle rit encore.

— Dommage que ça ait été aussi rapide, mais avec les tout jeunes, c'est presque toujours comme ça.

— J'étais trop excité, ai-je dit.

— Cela fait sûrement longtemps que tu n'as pas eu de femme ?

— C'est vrai.

Elle m'a vite raconté son histoire. Je lui ai raconté la mienne. Je lui ai dit aussi que j'étais juif.

— Je pars la semaine prochaine pour la Palestine. Je pourrais t'emmener.

— Comment ?

— On a des faux passeports. Des passeports familiaux. Je pourrais dire au chef de l'organisation qu'il doit ajouter quelqu'un sur la liste. C'est un ami à moi.

— Mais je ne suis pas juive.

— Ça ne fait rien. On se mariera et tu partiras comme ma femme.

— J'ai quatre enfants, dit-elle. Que veux-tu que j'en fasse ?

— C'est un problème. Tu ne peux pas les laisser dans ta famille ?

— Je n'ai personne.

Je me suis rhabillé.

— J'aimerais te revoir, lui ai-je dit. Quel est ton jour de congé ?

— Demain.

— Alors, on se retrouve demain soir. On pourrait dîner ensemble.

— Bien, dit-elle. Mais où ?

— Le mieux, ce serait devant l'immeuble du *Timpul.*

— D'accord, devant le *Timpul.*

— À sept heures.

— Bon, à sept heures.

Je l'ai payée et nous sommes partis.

Le lendemain soir j'étais à sept heures pile devant l'immeuble du *Timpul*, mais pas d'Anisoara en vue. J'ai attendu une bonne heure, puis je suis allé dans une pâtisserie pour me consoler de cette déception avec des gâteaux. J'en ai mangé trois en pensant au moment où elle m'avait pris dans ses bras. En fait, je serais bien retourné au bordel, mais j'ai refoulé mon envie. Anisoara me prenait sûrement pour un jeune idiot sentimental, elle n'avait pas songé sérieusement à venir à ce rendez-vous. En plus, c'était son jour de congé. Je ne la trouverais pas au bordel.

Je suis entré dans un cinéma où passait *Intermezzo*, avec Ingrid Bergman. Je suis tombé amoureux d'elle et me suis branlé dans le noir. Ingrid Bergman avait l'air si doux et sensible ! J'aurais voulu l'épouser tout de suite. Je l'ai comparée à Anisoara, et la comparaison m'a guéri de mon chagrin et de ma déception. Anisoara n'était qu'une pute de bas étage. Ce que je pouvais être naïf !

Je suis rentré en flânant dans les rues mal éclairées de Bucarest. Plusieurs prostituées m'ont abordé, mais je ne me suis pas arrêté. Une petite Tzigane m'a couru après, elle voulait m'attirer dans une entrée d'immeuble. Mais j'étais sur mes gardes, je n'avais aucune envie de me faire délester de mon argent. Elle ne travaillait certainement pas seule et ses complices m'auraient suivi dans l'entrée. Je n'avais pas non plus envie de prendre un coup sur la tête.

Je me suis arrêté près d'un bar tzigane. J'aimais cette musique. Elle éveillait en moi des souvenirs d'enfance à Siret. Je suis entré et j'ai commandé un cognac au comptoir. J'ai bientôt été entouré d'entraîneuses qui voulaient se faire offrir un verre. Je leur ai dit que je n'étais pas en fonds et elles sont reparties. Je me suis laissé un instant envahir par la musique puis je suis sorti. À la maison sioniste, je suis allé tout droit dans mon lit de la grande salle. J'étais fatigué.

Au petit déjeuner, j'ai fait la connaissance d'une fille qui dormait aussi dans la grande salle. Elle s'appelait Iwonna Abramovitch et venait de Varsovie. Il y avait en effet cinq femmes dans la grande salle, dans un coin séparé. Les quatre autres étaient de Roumanie. Iwonna avait vécu l'insurrection du ghetto de Varsovie et s'était enfuie au dernier moment par les égouts, quand les Allemands avaient incendié le ghetto.

Iwonna n'était pas jolie. Elle avait vingt-deux ans, une queue-de-cheval et des cicatrices sur le visage. Son corps était décharné par les longues années de faim dont elle n'était visiblement pas encore remise. Après le petit déjeuner, nous avons fait ensemble une grande promenade. Elle m'a raconté son histoire.

Iwonna vivait avec ses parents et sa petite sœur dans la banlieue de Varsovie. Son père était boulanger. En 1941, ils durent quitter leur logement pour le ghetto. Ils n'avaient pas d'argent et souffraient de la faim. Son père est décédé en 42 à cause d'œdèmes de la faim, sa mère est morte un peu plus tard du typhus. Iwonna et sa petite sœur mendiaient au marché, puis la petite est tombée malade et mourut subitement.

Lorsque les rafles commencèrent, Iwonna s'est cachée, mais elle fut arrêtée à l'hiver 42-43. On la mit dans un train vers les chambres à gaz de Treblinka. Elle parvint à s'échapper du train de la mort et se réfugia dans la forêt. Les nuits étaient froides et elle avait faim. Alors elle est allée dans un village polonais et a demandé de l'aide à un paysan. L'homme était violemment antisémite, il a injurié Iwonna et sa « clique de youpins ». Mais il l'a prise temporairement chez lui, lui a même donné de la soupe et du pain, et a voulu coucher avec elle. Iwonna s'est défendue, mais elle ne pouvait pas faire grand-chose. L'homme avait une femme et trois fils mais ne se souciait visiblement pas de sa famille. Il a entraîné Iwonna dans le bûcher et l'a violée. Elle avait peur des Allemands, de la forêt, de la faim et du froid, alors elle supportait tout. Jour après jour, le paysan la violait et la battait à coups de fouet.

Iwonna devait nettoyer l'étable, traire les vaches et aider à la cuisine. La femme du paysan ne lui parlait jamais mais lui indiquait par des gestes ce qu'elle avait à faire. Tout le monde dans la maison savait manifestement que le paysan la violait dans le bûcher. Les fils ricanaient quand ils la voyaient. L'aîné avait dix-sept ans. Un jour, il lui a fait signe de le suivre. Il l'a poussée dans l'écurie et lui a arraché sa robe. Elle a dû le laisser faire aussi. Il rotait en la besognant et se releva en riant. La fois suivante, la femme du paysan est entrée dans l'écurie, et a éclaté d'un rire mauvais en voyant ce que faisait son fils.

En mars 43, Iwonna s'enfuit. Elle se réfugia de nouveau dans la forêt, et souffrit tant de faim et de froid, qu'elle décida de retourner au ghetto de Varsovie.

Elle y arriva alors que la révolte venait d'éclater. Les jeunes insurgés lui montrèrent comment se servir d'une arme, et Iwonna participa aux combats avec enthousiasme.

C'était incroyable, dit-elle. Des Juifs avaient pris les armes et se défendaient. On était sur les toits et on tirait sur les Allemands dans la rue. On prenait les armes des morts et on les donnait à ceux des nôtres qui n'en avaient pas. Beaucoup se battaient avec des couteaux ou des cocktails Molotov.

Une fois, on a mis le feu à un char et on a abattu les Allemands qui se sauvaient. Puis on a remis le blindé en état et on s'en est servis. On a même peint une étoile de David sur le côté.

Un jour, on m'a fait sortir en douce du ghetto pour aller acheter des armes. Avec deux *haverim*, nous sommes passés par les égouts et sortis par un puits à un endroit donné de la rue. Nous avons eu de la chance et avons pu rejoindre le lieu de rencontre. C'était un vieil immeuble avec un escalier branlant et sombre. Deux Polonais nous attendaient en haut, ils devaient nous fournir les armes. Tout marchait très bien, nous avons pris les armes et payé en zlotys, quand tout à coup, la milice polonaise a surgi. Nous avions été trahis. Mais nous avons été plus rapides avec nos pistolets. Les miliciens se sont écroulés, morts, et nous sommes partis en courant. De retour dans le ghetto, on a fêté notre triomphe avec de la vodka et du pain.

Les jours suivants, des combats se déroulèrent de maison en maison. Les SS avaient envoyé des troupes fraîches. Des avions allemands survolaient le ghetto et lançaient des bombes. Les SS envoyaient des bombes au gaz dans les caves pour nous obliger à sortir. On a dû abandonner au bout de quelques jours. Beaucoup d'entre nous ont été faits prisonniers et immédiatement déportés ou fusillés sur place. Quelques-uns ont pu se sauver par les égouts.

Je me suis enfuie par les égouts, mais je ne voulais pas rester à Varsovie, et je suis partie vers la frontière roumaine, où je pensais trouver le front russe. Mais le front m'a rattrapée au printemps 44. Les Russes étaient là. J'étais libre. Puis je suis passée en Roumanie et j'ai pu aller à Bucarest, où j'ai pris contact avec les sionistes.

— Et maintenant, tu es ici, dis-je. Tu es sur la liste du convoi pour la Palestine ?

— Oui, dit Iwonna. J'ai fait faire des photos d'identité.

— Moi aussi. Et j'ai aussi des photos.

— Alors on partira ensemble, dit Iwonna.

Nous avons croisé des militaires roumains et j'ai eu peur, parce qu'ils me rappelaient les fascistes.

— C'est la nouvelle armée communiste de Roumanie, dit Iwonna. Le gouvernement fantoche s'est vite adapté aux nouveaux maîtres.

— Il y a des bruits qui courent, dis-je. Il paraît que les Roumains veulent déclarer la guerre aux Allemands.

— C'est possible, dit Iwonna. En fin de compte, ils sont les partenaires des Russes, maintenant.

Nous avons flâné sur les grands boulevards. J'ai pris la main d'Iwonna. Elle n'a pas refusé. Je l'ai embrassée en toute amitié sur la joue.

— Eh, doucement ! dit-elle en riant.

— Tu as un ami à Bucarest ?

— Non, dit-elle.

De retour chez les sionistes, nous avons déjeuné. Comme d'habitude : soupe avec lamelles de viande et de légumes.

J'ai dit :

— J'ai encore un peu d'argent. Ça ne sert à rien d'emporter de l'argent roumain en Palestine, alors je vais tout dépenser. Aurais-tu quelque chose contre, si je t'invitais à l'occasion ?

— Non, dit Iwonna.

— Dans un restaurant typiquement roumain. J'ai envie de gratar, c'est de la viande grillée sur du charbon de bois, avec une salade d'aubergines et une chorba.

— Qu'est-ce que c'est, la chorba ?

— Le mot vient du turc. C'est une soupe, mais très épicée.

— Une soupe turque ?

— Oui, ça vient de l'époque ottomane.

Je l'ai invitée le lendemain. Le restaurant n'était pas loin de la maison sioniste. Je me persuadai qu'il était authentiquement roumain et étudiai la carte.

— Ils ont même du rahat-loukoum et du halva. Des spécialités turques.

Nous nous tenions la main et riions beaucoup. Les serveurs s'empressaient autour de nous et faisaient des compliments à Iwonna. Iwonna ne comprenait pas un mot de roumain, alors je jouais les interprètes.

— Mon roumain n'est pas des meilleurs, dis-je, mais ça suffit pour me faire comprendre.

— Alors, tu n'es pas roumain ?

— Non, je viens d'Allemagne. Réfugié en Bucovine en 1938 pour fuir Hitler.

— Ah, c'est pour ça que tu parles si bien allemand.

— Oui.

Iwonna et moi avions parlé allemand dès le début, c'était en quelque sorte notre *lingua franca*. Elle parlait très bien malgré un léger accent polonais.

— Je viendrai te retrouver cette nuit, dit Iwonna.

— Si tu veux, dis-je, presque paralysé de peur. Mais nous ne sommes pas seuls.

— Ça ne fait rien, dit Iwonna.

La nuit, après l'extinction des feux, Iwonna est venue me retrouver. Elle s'est glissée sous ma couverture et s'est blottie contre moi.

— Tu peux me toucher, mais pas me regarder, dit-elle.

— Pourquoi ?

— À cause de toutes mes cicatrices. C'est encore pire que sur la figure.

— Le paysan polonais ?

— Oui, ce porc, dit Iwonna.

— Alors il ne t'a pas seulement frappée à coups de fouet ?

— Il m'écrasait des braises sur la peau. Je poussais des hurlements, mais ça ne le dérangeait pas.

— Si un jour on va en Pologne, je le tuerai.

— Ça n'effacera pas les cicatrices, dit Iwonna. C'est comme ça, la vengeance. Ça ne guérit pas les blessures et ce qui est fait est fait.

— Je pense aux nazis, et au fait que les Russes ont juré de les traîner en justice.

— Oui, dit Iwonna. Mais ça servira à quoi ? Ça ne ramènera pas ceux qui ont été assassinés.

— Non, bien sûr, mais cela peut être une satisfaction pour les survivants.

— Tu n'as pas envie ? a demandé Iwonna.

— Attends un peu.

— Je ne suis plus vierge.

— Je sais.

— Je ne l'étais pas non plus avant le paysan polonais.

— Tu avais un ami à Varsovie ?
— Oui. Un étudiant. Il a été gazé à Treblinka.
— Comment tu le sais ? Il a peut-être survécu.
— Personne n'a survécu à Treblinka.
— Il y en a quelques-uns qui ont pu se sauver. Il en fait peut-être partie.
— C'est peu probable, dit Iwonna.

Nous avons fait l'amour, et je me suis rendu compte que je n'arrêtais pas de la caresser. Je n'aimais pas Iwonna, mais je ressentais pour elle une espèce de tendresse fraternelle. C'était peut-être aussi de la pitié à cause de ses cicatrices et de sa laideur et de tout ce qu'elle avait subi.
— Tu es si jeune, dit Iwonna. Presque comme un petit frère.
— Et toi, tu es comme une grande sœur.
— Au fond, nos quatre années de différence ne devraient pas compter. Ou est-ce que par hasard tu n'aurais pas encore dix-huit ans ?
— Si. J'ai dix-huit ans.

15

Le départ eut lieu début décembre. Les sionistes avaient mis un train entier à notre disposition. Nous étions environ cinq cents, tous munis de passeports familiaux. Avant de partir, j'ai envoyé une lettre à ma mère :

« Chère maman. Tu ne vas pas le croire. Nous partons demain pour la Palestine. Pas en bateau, mais en train par la Bulgarie, la Turquie, la Syrie et le Liban. C'était bien à Bucarest. Je suis allé voir Käte et Max. Käte m'a procuré de l'argent. J'ai acheté un pantalon gris et un blouson, et dépensé le reste en argent de poche. Je suis allé souvent au cinéma, et j'ai vu *Intermezzo* avec Ingrid Bergman. J'ai aussi une amie, maintenant. Elle s'appelle Iwonna Abramovitch et a participé à l'insurrection du ghetto de Varsovie. Ses parents et sa petite sœur sont morts au ghetto. Elle s'est cachée un moment chez un paysan polonais qui la maltraitait. Figure-toi qu'il la brûlait avec des tisons. Elle a des cicatrices partout. Sur la figure aussi. Elle est laide, et pourtant elle a une certaine beauté. Comment t'expliquer ? Je crois que c'est la beauté de son âme qui émane d'elle. »

Les Russes occupaient la Bulgarie, ils étaient partout. Ils nous ont laissés passer la frontière sans rien demander, mais à Stara Zagora, une ville moyenne en Bulgarie, ils ont arrêté le train et nous ont fait descendre. On nous a parqués dans une ancienne école, nous avions le droit de sortir, mais pas de quitter la ville. Le responsable de notre convoi a téléphoné à Bucarest et Itziu Herzig a promis une aide rapide. Nous étions bloqués ici. Dans les classes pleines à craquer, nous avons aménagé des couches de fortune avec des couvertures, des manteaux, des vêtements, et nous dormions tout habillés à cause du froid. Les Russes nous donnaient aussi à manger. Personne ne savait ce qu'ils allaient faire de nous, nous renvoyer en Roumanie ou nous laisser continuer le voyage. En attendant, pour faire face à notre nouvelle situation, nous occupions les soirées à chanter, jouer aux cartes et danser la *hora* et d'autres danses palestiniennes. Iwonna avait défait sa valise et étalé ses pulls et son manteau à côté des miens. Nous dormions ensemble et personne ne s'en souciait.

Une nuit, elle a pleuré. Je lui ai demandé ce qu'elle avait, et elle a dit :

— Je pense souvent à ma petite sœur. Ce serait si beau d'être à nouveau ensemble.

— Comment elle s'appelait ?

— Elsbieta.

— Quel âge elle avait quand elle est morte ?

— Neuf ans.

— Tu ne penses pas à tes parents ?

— Si. Mon père était un brave homme, il aimait plaisanter, il fumait et mangeait beaucoup. Il n'a pas supporté la faim au ghetto. Son corps entier était gonflé par les œdèmes. Il pleurait parfois comme un petit enfant. Ma mère ne pouvait rien pour lui. Elle a attrapé le typhus. Et elle était trop affaiblie pour résister à la maladie. Elle est morte comme une fleur fanée, sans un bruit. Je ne sais même pas où ils sont enterrés. Au ghetto de Varsovie, les fossoyeurs passaient tous les matins pour ramasser les corps devant les maisons. Ils les emportaient vers les fosses communes en bordure de la ville.

— Tu connais la date de leur mort ?

— Oui.

— Alors tu peux dire la prière des morts, le kaddish.

— Oui, j'ai bien l'intention de dire le kaddish.

— En Palestine, ai-je dit.

— Oui, en Palestine, a dit Iwonna.

Au cours des semaines suivantes, nous avons échangé des lettres avec l'organisation de Bucarest. La cinquième semaine, nous avons appris que Ben Gourion s'était rendu personnellement à Sofia pour négocier notre libération avec les Russes. Puis la nouvelle est arrivée, nous pouvions repartir.

La communauté juive de Stara Zagora avait pris contact avec nous. Des représentants venaient souvent nous voir. Comme nous ne savions pas le bulgare, certains essayaient de parler français. Plusieurs familles juives ont invité certains d'entre nous à manger. Comme les gens étaient très pauvres, il n'y avait pratiquement que du chou et de la soupe aux choux. Un jour, Iwonna et moi avons été invités. Comme nous ne parlions pas bien français, nous restions muets à table et nous nous faisions comprendre par gestes. J'ai expliqué à nos hôtes que je venais d'Allemagne et Iwonna de Pologne. J'ai décrit avec des gestes l'insurrection du ghetto de Varsovie en montrant Iwonna. Je ne sais pas s'ils ont compris.

J'avais encore les cinq dollars de ma mère dans la doublure de ma veste. Un jour, j'ai changé un dollar pour acheter des cigarettes J'ai constaté que les cigarettes bulgares étaient très légères et faites de bon tabac. Nous avons beaucoup ri, parce que les Bulgares secouaient la tête pour dire oui et la hochaient pour dire non.

— Juste le contraire, ai-je dit à Iwonna.

16

Nous sommes parvenus sans autres difficultés à Istanbul. Nous devions y rester deux jours et continuer ensuite vers la Palestine par le *Bagdadbahn*, le train Berlin-Bagdad.

La communauté juive d'Istanbul avait pourvu à notre hébergement. Iwonna et moi avons passé deux nuits dans un orphelinat. Dans la journée, nous avons parcouru la ville dans un état d'étonnement permanent. Un chaos oriental régnait dans les rues. On voyait aussi bien des Turcs en costume traditionnel avec turban et fez, que vêtus à l'occidentale. Nous sommes naturellement allés d'abord à Hagia Sofia, la mosquée la plus connue d'Istanbul, qui avait l'air d'un mirage des *Mille et Une Nuits*, avec ses coupoles dorées, puis au grand bazar. Il est couvert et abrite des centaines de rues et de ruelles. Une foule bruyante se pressait entre les échoppes et les bonimenteurs. Nous nous sommes évidemment perdus, jusqu'à ce qu'un aimable Turc nous conduise à la sortie et nous indique le chemin. J'ai changé mes dollars et acheté à Iwonna une ceinture de cuir rouge qui lui avait beaucoup plu. Nous avons mangé du chiche-kebab et bu de l'ayran, une boisson au yogourt. J'ai acheté des sucreries, l'incontournable halva et des rahat-loukoums, gélatineux et très sucrés. Nous sommes allés dans un bar de nuit et avons regardé une danse du ventre en buvant du café turc très sucré et en fumant des cigarettes turques.

Le lendemain, nous avons visité quelques mosquées et églises, puis nous avons fait un tour en bateau sur le Bosphore, d'où on avait vue sur les coupoles dorées de la ville. Nous avons accosté à Sariyer pour manger des spécialités du Bosphore dans un des fameux restaurants de poisson. Comme je n'avais plus assez de dollars, Iwonna avait vendu la veille une broche en or. Au retour, le bateau a longé des gorges, des falaises, et des palais sur la rive.

Iwonna était ravie. Elle n'arrêtait pas de s'exclamer : « Regarde, comme c'est beau ! »

La dernière nuit avant de repartir, nous nous sommes blottis l'un contre l'autre. J'ai tiré deux coups et après, j'ai dormi jusqu'au matin d'un sommeil profond et sans rêves.

Nous avons traversé le Bosphore en bateau à vapeur jusqu'à une petite gare sur l'autre rive. Nous sommes montés dans un train du *Bagdadbahn* comme on nous l'avait dit. Les Allemands avaient construit cette ligne pour la Turquie afin de renforcer leur influence politique. Le dernier tronçon, à travers le Taurus, n'avait été achevé qu'à la Première Guerre mondiale.

Quand le train a démarré, nous nous sommes tous mis à chanter. Nous étions en route vers la Palestine.

— Nous arrivons bientôt en Anatolie orientale, dis-je. Autrefois, c'était un territoire arménien. Il s'appelait d'ailleurs Arménie, mais le nom n'existe plus. On ne le trouve sur aucune carte.

— Pourquoi le nom a-t-il été supprimé ?

— Parce qu'il n'y a plus un seul Arménien dans cette région.

— Où sont-ils ?

— Les Turcs les ont tous tués.

— Ce n'est pas possible !

— Si, pendant la dernière guerre. Les Arméniens avaient leur propre État en Anatolie orientale. Au cours de l'histoire, leur pays a souvent été ruiné, par les Arabes, par les Seldjoukides, et bien d'autres. Les Arméniens l'ont toujours relevé, jusqu'à l'arrivée des Turcs qui les ont complètement assujettis.

— Et pourquoi ont-ils été exterminés ?

— On ne sait pas exactement. Les Arméniens étaient un corps étranger dans l'Empire ottoman, et les Ottomans, plus tard les Turcs, craignaient que les Arméniens ne rétablissent leur État. Ils ne supportaient pas l'existence d'un État arménien au cœur de la Turquie. Alors les Arméniens devaient disparaître. Bien sûr, ce n'était pas la seule raison. Les Arméniens n'étaient pas musulmans, mais chrétiens, en réalité des chrétiens primitifs, car l'État arménien avait été le premier à adopter le christianisme, avant Rome. Ils représentaient donc une religion étrangère. Comme ils étaient aussi doués pour le commerce, les Turcs les haïssaient en tant que marchands et capitalistes. En fait, ils étaient les Juifs de la Turquie. Ils vivaient mieux que les Turcs, leurs villages étaient plus propres, leurs maisons plus soignées, leurs femmes mieux habillées. Bref, ils étaient haïs. Il y a eu de nombreux massacres d'Arméniens au dix-neuvième siècle sous le sultan Abdul Hamid. Il avait des régiments de Kurdes, appelés régiments de Hamid, quinze mille hommes spécialement entraînés qu'il lançait contre les Arméniens. Ils brûlaient leurs villages, violaient les femmes et égorgeaient les hommes. Mais ce n'était rien comparé à ce qui allait venir.

J'ai montré le paysage, une steppe déserte avec quelques rochers, des villages turcs misérables, des troupeaux de moutons et de buffles.

— Le sultan Abdul Hamid a été renversé peu de temps avant la guerre de 14. Un groupe de jeunes officiers, Enver Pacha, Talaat Pacha et Djemal Pacha, est venu au pouvoir. Ils s'appelaient les Jeunes-Turcs et voulaient moderniser la Turquie. Cela semblait prometteur. Mais ils étaient en fait des fascistes purs et durs. Ils voulaient avant tout débarrasser la Turquie des corps étrangers et réunir tous les peuples turcs sous un seul drapeau. Lorsque la Russie est entrée en guerre contre la Turquie, Enver Pacha a profité de l'occasion pour s'emparer du Caucase. Mais son armée a été vaincue par les Russes. La réunion de tous les peuples turcs est tombée à l'eau. Les Arméniens de Turquie orientale ont été accusés de trahison. Ils ont été chassés de l'armée turque, envoyés au travail forcé au-delà du front, puis abattus. Les déportations ont commencé par les intellectuels de la capitale, puis ce fut le tour de la population arménienne de province. Les Arméniens se sont défendus. Lorsque les Russes ont avancé dans l'est du pays, les habitants de Van se sont soulevés. Les Russes ont fini par s'emparer de la ville. Mais le soulèvement de Van a servi aux Turcs de prétexte pour accuser l'ensemble de la population arménienne de haute trahison. Les Arméniens furent systématiquement déportés, les hommes battus à mort ou fusillés, les femmes et les enfants chassés dans le désert de Mésopotamie où ils mouraient de faim et de soif. On ne connaît pas le nombre exact de victimes, mais il est probable que la Turquie a assassiné entre un million et demi et deux millions d'Arméniens.

— Comme les nazis avec les Juifs, dit Iwonna.

— À peu près. C'est le premier génocide d'État du

vingtième siècle en Europe et en Asie Mineure.

— Et personne ne le sait, dit Iwonna.

— Ce crime a été passé sous silence. Même Hitler était au courant, et il paraît qu'il a dit : « Qui parle encore des Arméniens de nos jours ? » Hitler croyait que ce serait la même chose avec les Juifs.

— Comment sais-tu tout cela ? demanda Iwonna.

— Comme le génocide des Arméniens me faisait penser aux Juifs, je me suis intéressé à l'histoire arménienne. Je n'avais pas quinze ans quand j'ai lu tout cela.

J'ai pris Iwonna par la main et l'ai emmenée dans le couloir.

— Viens, on va se dégourdir les jambes.

Iwonna a opiné et nous avons fait les cent pas dans le train. La voie était vieille et cahoteuse, on était secoués dans tous les sens. De nombreux Juifs stationnaient dans le couloir et regardaient défiler le paysage. Il faisait un froid de loup. Le vent de la course traversait le train.

— J'ai froid, dit Iwonna.

— Bientôt, il fera chaud, quand nous serons en Palestine. Là-bas, c'est toujours le printemps.

— Il fait chaud même en hiver ?

— Pas très chaud, mais comme au printemps.

— J'ai hâte d'être en Palestine, dit Iwonna. Il paraît qu'il y a de magnifiques oranges.

— Oui, il y a des orangeraies dans toute la Palestine, les oranges coûtent trois fois rien.

— J'en ai mangé une seule fois, quand j'étais petite.

— Tu pourras te rattraper. On achètera des caisses entières d'oranges et on fera un festin.

— Oui, dit Iwonna. On les pressera et on boira du jus d'orange. J'en ai l'eau à la bouche rien que d'y penser.

— Il y a aussi des pamplemousses et des dattes et des figues et des bananes, en Palestine.

— C'est un pays juif, mais pas encore un État juif.

— Ça viendra. Il faudra d'abord chasser les Anglais.

— Ça ne sera pas si facile, dit Iwonna.

— Il paraît qu'il y a une espèce de guerre civile, les Juifs contre les Anglais. On verra ce qui nous attend là-bas.

— Qu'est-ce que tu veux faire en Palestine ?

— Je ne sais pas encore. Je suppose que l'organisation nous enverra d'abord dans un kibboutz, comme tous les nouveaux arrivants. Au kibboutz, il y a toujours du travail et à manger.

— Et on dormira où ?

— Il y a aussi de quoi dormir au kibboutz.

Il y avait deux Juifs hongrois avec nous. L'un d'eux fumait cigarette sur cigarette, il avait enfumé tout le compartiment.

— Vous voulez une bulgare ? proposa-t-il.

— Oui.

— Les Bulgares font de bonnes cigarettes, il paraît que c'est du véritable tabac turc.

— Oui, je sais. J'ai acheté des cigarettes en Bulgarie. Quand j'ai demandé au marchand s'il avait des cigarettes, il a secoué la tête, ça m'a surpris, mais je ne savais pas que ça voulait dire oui.

— Ah oui, moi aussi, ça m'a perturbé, dit le Hongrois. Ils secouent la tête pour dire oui et la remuent de bas en haut pour dire non.

— Drôles de types, dit l'autre Hongrois.

— Mais des gens bien, dit le fumeur. Ils ont protégé les Juifs durant toute la guerre. Les nazis voulaient que les Bulgares livrent les Juifs du pays aux Allemands. Mais les fascistes bulgares ne les ont pas livrés. La Bulgarie est le seul pays fasciste qui a sauvé ses Juifs.

— À Stara Zagora, nous avons été invités à manger chez des Juifs, dit Iwonna. Et nous avons été surpris de voir que toute la famille était encore là. Même les grands-parents.

— C'étaient des Séfarades, dis-je. À l'origine, ils venaient d'Espagne, et ils parlaient un dialecte vieil espagnol.

— Le ladino, dit le fumeur.

— Oui, le ladino, dis-je.

— D'où venez-vous ? demanda Iwonna.

— De Budapest, dit le fumeur. J'y ai fait mes études jusqu'à ce que les fascistes prennent les choses en mains, et j'y suis tout simplement resté. Ça a été ma chance, parce qu'il n'y a qu'à Budapest que des Juifs ont survécu.

— Comment cela, seulement à Budapest ? demanda Iwonna.

— Parce que en province, les Allemands ont arrêté tous les Juifs. Mes parents vivaient dans un petit village, mes frères et mes sœurs aussi. Ils ont tous été déportés.

— Vous savez où ?

— Probablement à Auschwitz.

— Ma famille aussi, dit l'autre Hongrois. Je n'ai plus eu de nouvelles d'eux.

— Et comment êtes-vous venus en Roumanie ? demanda Iwonna. Je crois qu'il y a encore la guerre, en Hongrie.

— Nous savions que la Roumanie avait capitulé, dit le fumeur, alors nous avons tenté de passer la frontière. Nous sommes partis ensemble, dit-il en montrant son collègue. Quand nous avons atteint le front russe, nous avons fait une prière, et pourtant nous sommes libres-penseurs. En août, les Russes étaient à la frontière, mais ils n'avaient visiblement pas encore reçu l'ordre d'attaquer la Hongrie. Nous sommes allés à Bucarest et avons pris contact avec la communauté juive, qui nous a adressés aux sionistes.

— Vous avez aussi dormi à la maison commune ?
— Oui, dans la grande salle.
— Nous aussi.
— Le directeur Itziu Herzig nous a tout de suite inscrits pour le convoi de Palestine. Et maintenant, nous sommes là.
Il a sorti une bouteille de zuika roumaine de sa valise en disant :
— Buvons à la Palestine !
J'ai goûté la zuika et dit :
— Le chaïm !
— Le chaïm, dit Iwonna en prenant une petite gorgée à la bouteille.
— Le chaïm, dirent les deux Juifs hongrois.

Nous avons roulé tout le jour et toute la nuit à travers l'Anatolie. La nuit, nous avons aussi traversé la Syrie et le Liban. La gare de Damas était belle, tout éclairée.
— J'aurais bien voulu visiter Damas, dis-je. J'ai entendu dire que c'était une ville fascinante.
— Il y a aussi un quartier juif à Damas, dit Iwonna. J'ai lu un jour une description faite par un Juif syrien.
À la gare de Damas, des marchands arabes se sont approchés de notre train, mais nous n'avions pas d'argent.

17

Quand nous avons franchi la frontière palestinienne, une clameur d'allégresse a parcouru le train. Les gens se pressaient aux fenêtres pour voir la Terre promise, mais au lever du jour, on ne voyait pas grand-chose. Quand il a commencé à faire plus clair, nous avons aperçu une petite oasis dans le désert. Un kibboutz. Les premiers lève-tôt ont agité les mains en nous voyant. On distinguait des hommes et des femmes en uniforme kaki avec de petits calots ronds. Les gens criaient et gesticulaient. Mais le train continuait, puis il s'est soudain arrêté en plein désert. Des Arabes sont apparus avec de petits ânes. Ils avaient des corbeilles d'oranges. Chacun cherchait de l'argent pour acheter les premières oranges. Certains ont pu en réunir un peu, des dollars, des roubles et des lei. Ceux qui n'avaient pas d'argent payaient avec un couteau de poche ou une vieille montre-bracelet. J'ai donné mon petit canif. Iwonna était folle de joie quand j'ai étalé les oranges devant elle. Nous en avons tout de suite mangé. Iwonna en a pressé quelques-unes à la main dans un verre.

— Voilà, dit-elle. On a aussi du jus d'orange. Tu sais, j'en ai rêvé pendant des années.

— Au ghetto, il n'y avait pas d'oranges, ai-je dit. En ce qui me concerne, même pas en rêve. Qui aurait osé rêver d'oranges !

Nous avons regardé le soleil se lever à l'horizon.

— La mer est quelque part par là, dit Iwonna. Je crois que nous ne sommes pas loin de Haïfa, c'est à la frontière libanaise, non ?

— Pas tout à fait, dis-je. On doit être près de Nahariya.

— Qu'est-ce que c'est ?

— Une station balnéaire au bord de la mer, une colonie de Juifs allemands.

— Comment tu le sais ?

— Parce que je me suis informé avant de partir. Et puis j'étais chef de groupe sioniste à Siret. J'avais juste quinze ans.

— Tu as étudié l'histoire du sionisme ?

— Oui, mais surtout la carte.

Le train roulait vers Atlit, un point de contrôle anglais. À Atlit, nous avons dû descendre et on nous a conduits dans de grands hangars.

— C'est un camp d'internement provisoire, dit le responsable du convoi. Vos papiers vont être contrôlés, vous aurez à manger et un coin pour dormir, et demain, vous serez libres.

— Libres, a dit Iwonna.

— Libres, ai-je dit.

Les Anglais n'ont rien trouvé de suspect à nos faux passeports. Ils les ont tamponnés et chacun de nous a reçu une carte d'identité palestinienne attestant que nous avions immigré légalement. La carte était valable deux ans. Au bout de deux ans, nous a-t-on dit, nous serions naturalisés, et aurions une nouvelle carte d'identité et même un passeport anglais si nous le voulions. Ce ne serait toutefois qu'un passeport mandataire, car la Palestine était sous mandat britannique, et devait être administrée par les Anglais pendant trente ans, de 1918 à 1948. L'organisation sioniste a noté nos noms et nous a répartis dans les différents kibboutzim du pays. Iwonna et moi avons été envoyés à Quar Rupin, un kibboutz d'émigrants allemands en Galilée. Des cars nous ont emmenés à Haïfa où on venait nous chercher. Un kibboutznik est venu pour nous avec sa voiture.

Nous nous sentions comme ivres en traversant Haïfa, la première ville juive que je voyais, encore qu'elle avait aussi un quartier arabe. Mais nous étions dans la Haïfa juive. Des Juifs, rien que des Juifs, les passants, les chauffeurs de taxi, les clients des cafés, les promeneurs dans la rue, les ouvriers, les commerçants. Je cherchais des visages connus, mais notre chauffeur allait trop vite, et en fin de compte, je connaissais tous les Juifs du monde, dont les représentants semblaient rassemblés ici. Mais j'ai soudain aperçu un ami de Siret, Kurt Enzer, sur un vélo. Je l'ai appelé, il s'est retourné et m'a reconnu.

— Ruben Jablonski ?

Kurt a agité la main, moi aussi. Il m'a crié :

— Mon adresse est dans l'annuaire.

Puis il a disparu dans la circulation.

Quar Rupin était une colonie juive au cœur de la Galilée, la province la plus au nord de la Palestine, tout près de la frontière avec la Syrie et le Liban. Les kibboutzniks étaient pour la plupart des Juifs allemands, mais il y avait aussi de nouveaux immigrés venus de France. Au réfectoire, on entendait un mélange d'allemand, de français et d'hébreu. Il n'y a pas eu de présentations, on nous a juste indiqué nos lits et nos places à table. Le réfectoire était très animé. Les gens semblaient tous se connaître et s'entretenaient dans une cacophonie bruyante. Des serveuses apportaient de grands plats de soupe, de viande, de pommes de terre et de légumes qu'elles posaient sur les tables. Chacun devait se servir. Iwonna et moi avons mangé avec appétit. Après le repas, nous avons fait un tour dans le kibboutz, visité les étables, admiré les vaches et les chevaux, les poules et les oies, puis nous sommes allés voir les champs qui s'étendaient à perte de vue. Un représentant du kibboutz nous a dit que nous serions affectés le lendemain aux travaux des champs. Il ne nous a pas demandé si nous avions déjà travaillé la terre, en fait, il ne nous a posé aucune question.

Il a seulement dit :

— On vous montrera tout. Ne vous en faites pas.

Le travail aux champs m'a semblé facile. C'était l'époque de la récolte des pommes de terre. J'ai aussi aidé à décharger du sable pour un chantier, et j'ai transporté des briques et du ciment. J'étais jeune, et j'étais content de faire marcher mes muscles. Iwonna avait plus de mal à travailler pliée en deux, mais elle ne se plaignait pas. Le soir, nous avons pris une douche dans les grands sanitaires, puis nous nous sommes allongés un moment et sommes allés au réfectoire.

Dès le deuxième soir, Iwonna est tombée amoureuse d'un Français de notre table. Il avait un beau visage encadré de boucles noires. Il était étudiant en médecine et venait d'Algérie, c'était donc un pied-noir. Il s'appelait François.

Après le dîner, Iwonna est allée se promener avec François. Pour parler franchement, j'avais un mauvais pressentiment.

Et j'avais raison. En revenant, Iwonna a dit :

— Cette nuit, je dors avec François.

— Ça a été rapide.

— Oui. Tu m'en veux ?

— Non, ai-je dit.

— Il a vingt-trois ans. Nos âges sont mieux assortis.

— Je comprends.

— On reste amis, dit Iwonna.

— Bien sûr.

Je ne lui en voulais vraiment pas, je n'étais même pas sérieusement blessé. J'avais toujours plus ou moins senti que cela arriverait. D'ailleurs, les derniers temps, je n'avais plus envie de faire l'amour avec elle. Iwonna était comme une sœur, et j'avais un peu mauvaise conscience chaque fois que je couchais avec elle.

Je ne me suis pas fait d'amis à Quar Rupin. À cause de la langue. Les plus anciens kibboutzniks venaient d'Allemagne, mais entre eux, ils ne parlaient qu'hébreu, en plus ils étaient tous mariés. Les Français ne parlaient que français et ne connaissaient pas d'autre langue, sauf François qui parlait couramment allemand. Il y avait encore un groupe de jeunes de moins de dix-sept ans, et pour eux, j'étais déjà trop vieux. J'étais la plupart du temps seul à table et je faisais des promenades solitaires. Le travail était monotone, si bien qu'au bout de quelque temps, j'ai décidé de partir. J'ai écrit au siège de l'organisation des nouveaux immigrants, et j'ai demandé à être muté, en me rajeunissant d'un an. Hans Beil, le responsable de l'organisation de jeunesse, n'a pas tardé à me répondre en m'annonçant qu'à mon âge, je devais faire partie d'un groupe de jeunes, et qu'en raison de mon origine roumaine, je serais affecté à Tel Yitzhak, un kibboutz roumano-polonais aux environs de Netanya. Je n'avais qu'à m'y présenter, ils étaient au courant. J'ai donc ramassé mes affaires, la direction du kibboutz m'a remis de quoi acheter un ticket de car, et je suis parti pour Tel Yitzhak.

Entre-temps, Iwonna et François étaient aussi partis. François avait à Tel Aviv un riche beau-frère pour lequel il pourrait travailler. Iwonna avait l'intention d'y chercher du travail.

18

Tel Yitzhak se trouvait sur une bande désertique aux environs de la station balnéaire de Netanya, entre Haïfa et Tel Aviv. Moische, le chef du groupe de jeunes, m'attendait.

— Hans Beil nous a écrit. Tu n'as que dix-sept ans, alors tu fais partie des Jeunesses. Tu ne dois travailler aux champs que la moitié de la journée, et aller à l'école le reste du temps…

— À l'école ?

— Oui, c'est une école pour les nouveaux immigrants, dit Moische. On y enseigne surtout l'hébreu, mais aussi l'histoire du sionisme, la géographie, les mathématiques et d'autres choses.

Il regrettait de ne pas avoir de chambre libre pour moi.

— Mais nous te mettrons un lit chez les Roumains, si cela ne te fait rien de dormir avec quatre autres personnes.

— Cela ne me dérange pas, ai-je répondu.

La plupart à Tel Yitzhak étaient Polonais et ne parlaient entre eux que polonais, et bien sûr hébreu, deux langues dont je ne comprenais pas un traître mot. Les nouveaux émigrants roumains n'étaient pas de Bucovine, mais du Vieux Royaume et ne savaient pas l'allemand. Comme je parlais mal le roumain, j'avais aussi des difficultés de compréhension avec eux. Ici aussi, j'étais isolé et je n'ai pas trouvé de véritables amis.

J'aimais bien travailler aux champs. On m'a donné la tenue du kibboutz, un pantalon et une chemise kaki, des grosses godasses et des chaussettes rêches, et l'indispensable petit chapeau rond pour se protéger du soleil.

À midi, un coup de gong a annoncé la pause. C'était bien de revenir au kibboutz à travers champs. On m'avait aussi donné des cigarettes, des Malthusian, la marque la moins chère, et mes camarades m'ont montré comment allumer une cigarette dehors sans que le vent qui souffle en permanence éteigne l'allumette. Après le repas, je suis allé à l'école. C'était une pièce à côté de la salle de lecture où était réuni un groupe de jeunes de Roumanie. Le professeur, une jolie Polonaise, enseignait surtout l'hébreu. J'ai vite appris, et au bout de quelques semaines, j'étais capable de me faire comprendre dans la langue du pays. Bientôt, nous n'avons plus parlé qu'hébreu entre nous. La plupart avaient moins de seize ans, ils étaient trop jeunes pour moi, ce qui ne m'a pas empêché d'engager un petit flirt avec une fille de quinze ans. Mais cela n'a pas donné grand-chose. Je l'ai surprise un jour au cours d'une promenade dans les champs et je me suis allongé dans l'herbe avec elle, mais elle a refusé d'écarter les jambes. Elle a pleuré un peu pendant que je la pelotais, et j'ai fini par renoncer.

J'écrivais le soir, dans la salle de lecture. J'ai produit quelques nouvelles qui n'étaient pas particulièrement bonnes. Un jour ou l'autre, je commencerais mon roman sur le ghetto. Je savais que Max Brod avait émigré en Palestine et j'ai cherché son adresse. Il vivait à Jérusalem. Je lui ai écrit une longue lettre où je lui disais que j'avais l'intention de devenir écrivain, mais je ne savais que l'allemand, une langue que j'avais à peine apprise bien qu'elle soit ma langue maternelle. Je lui ai parlé en détail de mes angoisses et de mes difficultés, et lui ai confié que l'écriture était l'essentiel et le but de mon existence.

Max Brod m'a répondu par une longue lettre. Il m'a écrit que j'étais encore très jeune et ne devais en aucun cas abandonner, mais il avait toutefois horreur de ceux qui ne visaient rien d'autre que la littérature. Il pensait visiblement à Kafka en écrivant cela. Il m'a conseillé de lire *Henri le vert* de Gottfried Keller et *Niels Lyhne* de Jens Peter Jacobsen, et de continuer à me former par de telles lectures.

Tout le kibboutz parlait de la lettre de Max Brod. L'expéditeur avait manifestement impressionné. Mon professeur m'a demandé des explications :

— Tu as reçu une lettre de Max Brod ?

— Oui.

— Tu le connais ?

— Non. Je lui ai juste écrit.

— Au sujet de ta vie au kibboutz ?

— Au sujet de mes problèmes de jeune écrivain.

— Ah ? Je ne savais pas que tu étais écrivain.

— Je ne le suis pas encore. Mais je voudrais le devenir.

— Sur quoi veux-tu écrire ?

— Sur le ghetto.

— Tu étais au ghetto ?

— Oui. À Moguilev-Podolski, le grand ghetto des Juifs de Roumanie.

— Ma famille était au ghetto de Varsovie, dit-elle. Ils sont tous morts.

— Je suis désolé.

— Des milliers de gens vont écrire leur histoire, dit mon professeur, et il n'y aura pas grand-chose de valable dans tout cela.

— Je ne veux pas écrire de témoignage, mais un roman.

— On ne peut pas écrire de roman sur le ghetto, a-t-elle dit.

— Si. On peut, ai-je dit.

J'aimais particulièrement aller aux étables et m'emplissais les poumons de l'odeur des vaches et des chevaux. Cela me rappelait Siret. Tout à coup, j'ai eu le mal du pays. Ma mère et mon frère n'étaient pas là. En fait, il était grand temps de leur écrire. J'ai écrit une longue lettre à ma mère, et j'ai aussi demandé à la Croix-Rouge de rechercher mon père, au cas où il aurait survécu à la guerre.

La Croix-Rouge a retrouvé mon père et m'a communiqué son adresse.

J'ai écrit ma première lettre à mon père :

« Cher papa, nous avons survécu, maman et Manfred sont revenus du ghetto, ils sont à Siret où ils vont apparemment bien. J'ai eu la possibilité de partir pour la Palestine et comme tu le vois, je suis dans un kibboutz. Tout va bien, ma santé aussi. Je n'ai pas trouvé de véritables amis ici, et je vais probablement aller à Haïfa ou Tel Aviv et chercher du travail. La vie au kibboutz est monotone, je ne l'aurais de toute façon pas supportée longtemps. ».

La réponse de mon père est arrivée début mai. Il était heureux de savoir que nous avions survécu à la guerre. Il avait vu en rêve sa femme et ses enfants au sommet d'une montagne. Ils lui avaient fait signe, puis avaient disparu dans le brouillard. Mon père écrivait qu'il s'était caché en France. Il avait vécu sous un faux nom à Villeneuve, une petite ville du Midi, mais quand c'était devenu trop dangereux, il était parti pour Lyon où il avait assisté à la Libération.

19

En mai 45, ce fut la fin de la guerre. L'Allemagne avait capitulé. Il n'y eut pas de manifestations de joie au kibboutz. Les gens pleuraient les membres de leurs familles assassinés par les nazis. Les Polonais en particulier avaient perdu beaucoup de parents. Pères, mères, frères et sœurs avaient été battus à mort, abattus ou gazés. La presse commençait à révéler les horreurs des camps de concentration. Les gros titres se précipitaient. Les tirades haineuses d'Ilya Ehrenbourg contre les Allemands étaient publiées intégralement. Au milieu de tout cela, les journaux parlaient de l'immigration clandestine de Juifs européens, de bateaux arraisonnés par les Anglais, qui internaient tous les passagers à Chypre. On maudissait les Anglais, qui soutenaient visiblement les Arabes et voulaient protéger la Palestine d'un afflux d'immigrants juifs. Il y eut des affrontements entre Juifs et Arabes. Les Arabes avaient peur des Juifs et voulaient les empêcher par tous les moyens de devenir majoritaires dans le pays. Il y avait en Palestine 550 000 Juifs et 1 200 000 Arabes. Ils représentaient encore le double, mais cela pouvait changer très vite.

En mai, j'ai décidé de partir pour Haïfa. J'ai soigneusement plié dans ma petite valise le pantalon neuf et le blouson de Bucarest, enfilé la tenue kaki que le kibboutz m'avait donnée, mis le chapeau rond, dit au revoir à Moische et à quelques connaissances, et je suis parti. Comme à Quar Rupin, la direction du kibboutz m'avait remis un peu d'argent, juste ce qu'il fallait pour le voyage.

Je suis parti à pied à travers la bande désertique. Du sable, çà et là une orangeraie. J'ai reconnu au loin la route Haïfa - Tel Aviv.

J'ai fait signe à un car, je suis monté, j'ai payé et je me suis assis à côté de deux Anglais. L'un d'eux était un Juif allemand en uniforme britannique, nous n'avons pas tardé à engager la conversation d'abord en anglais, puis lorsqu'il m'a dit qu'il venait d'Allemagne, nous avons parlé allemand. Je lui ai raconté que j'étais originaire d'Allemagne mais que j'avais vécu en Bucovine, et que j'avais été déporté avec des Bucoviniens, interné dans un ghetto et libéré par les Russes. Je lui ai dit que je venais de quitter le kibboutz et que j'allais à Haïfa.

— Vous avez de l'argent ? a-t-il demandé.

— Non.

— Et qu'allez-vous faire sans argent dans une grande ville ?

— Je ne sais pas encore.

Ma naïveté l'a fait rire.

— Je vais chercher du travail, ai-je dit.

— Mais avant d'en trouver, il vous faudra bien de l'argent pour vivre ?

— Oui. Mais à vrai dire, je n'y ai pas encore pensé.

À l'arrêt de cars de Haïfa, l'inconnu a soudain ouvert son portefeuille, en a sorti un billet d'une livre anglaise et l'a glissé dans ma poche de chemise. J'ai voulu refuser, mais il avait déjà disparu dans la foule avec l'autre Anglais.

Le billet de l'inconnu m'a sauvé la vie, car sinon, je me serais retrouvé à la rue sans un sou en poche. J'ai pensé d'abord chercher un hôtel, mais j'ai décidé de dépenser cet argent plutôt pour manger. J'ai donc acheté de la saucisse, du fromage et du pain, je me suis assis sur un banc dans un parc proche et j'ai dévoré mon déjeuner. J'étais de bonne humeur, l'aventure me tentait. J'étais jeune et avide de vivre, je ne voulais renoncer pour rien au monde. L'après-midi, je me suis promené dans la rue Herzl, la rue principale du quartier juif. Je me suis arrêté devant une vitrine et j'ai observé le flot des passants. Soudain, un monsieur d'âge mûr m'a adressé la parole. Il était manifestement homosexuel.

— Eh bien, pourquoi êtes-vous si triste, jeune homme ?

— Je ne suis pas triste.

— Je parie que vous n'avez pas où loger.

— C'est vrai. Je viens d'arriver à Haïfa.

— Et pas de travail ?

— Pas de travail non plus.

— Je vous donne l'adresse d'un ami. Il vous aidera.

Il a griffonné quelque chose sur un bout de papier, l'a glissé dans ma poche et est parti.

J'étais étonné qu'il ne veuille rien de moi. Sur le papier, il y avait un numéro de téléphone. J'ai appelé tout de suite. C'est un médecin qui a répondu. Le docteur Ben Jakov. Je lui ai parlé de la rencontre avec le monsieur d'âge mûr. Nous avons pris rendez-vous à son cabinet.

— Le monsieur qui m'a abordé dans la rue avait l'air d'être homosexuel, dis-je au docteur Ben Jakov.

— Vous avez vu juste, dit Ben Jakov, mais lui a aussi vu que vous ne pouviez pas l'intéresser.

— Pourquoi m'a-t-il donné votre adresse ?

— Parce qu'il voulait vous aider, dit Ben Jakov.

C'était un bel homme, il approchait probablement de la quarantaine. Il avait des cheveux noirs lisses et de grands yeux noirs. Il parlait couramment l'allemand avec un léger accent hongrois.

— Je suis de Budapest, dit-il. J'ai échappé de justesse aux nazis et suis venu tout de suite en Palestine.

— Vous avez eu de la chance.

Ben Jakov m'offrit une cigarette anglaise.

— Player's Navy Cut, dit-il.

Je le remerciai.

— Après avoir parlé avec mon collègue, je pensais que vous aviez tout au plus seize ans. Il n'aime que les très jeunes. Et en fait, quel âge avez-vous ?

— Dix-neuf ans, dis-je. Mon anniversaire est le 2 avril.

— Vous avez manqué de peu le 1er.

— Oui, sinon, je serais un poisson d'avril !

Nous avons ri tous les deux.

Ben Jakov dit :

— Donc il vous faut du travail ?

— C'est cela.

— Je connais le patron du café Hirsch sur le Mont Carmel. Voulez-vous que je lui demande s'il a besoin de quelqu'un ?

— Merci, dis-je.

— Merci oui, ou non merci ?

— Oui.

Après un bref entretien avec le patron du café Hirsch, Ben Jakov dit :

— Le vieux Hirsch est un grippe-sou qui n'emploie pratiquement que des Arabes sous-payés. Mais la plupart fichent le camp. Il m'a dit qu'il avait un besoin urgent d'un plongeur.

— La plonge, c'est ma spécialité, dis-je.

— Alors c'est parfait.

Il a rappelé Hirsch :

— Voulez-vous parler à ce jeune homme ? Il vient d'Allemagne.

Il m'a tendu le combiné.

— Allô, ai-je dit. Vous avez besoin d'un plongeur ?

— Oui, a-t-on répondu au bout du fil. Vous avez déjà fait la vaisselle ?

— Naturellement.

— Quand pouvez-vous commencer ?

— Quand vous voulez.

— Vous pouvez commencer après-demain.

— Bien. Après-demain.

— Vous serez d'équipe du soir. De midi à vingt-deux heures. Nourri, logé et dix livres par mois.

— C'est bon. Je serai chez vous un peu avant midi.

— Le café Hirsch est un établissement renommé, dit Ben Jakov. En fait, c'est un dancing. Les meilleurs orchestres de Haïfa viennent y jouer. Il y a aussi une terrasse qui surplombe le port. Le soir, la vue est particulièrement belle sur les lumières de la ville et du port. On danse aussi sur la terrasse.

— Ça semble très romantique, mais en faisant la vaisselle, je n'en verrai pas grand-chose.

— C'est vrai, dit Ben Jakov. Votre domaine sera à la cuisine.

— Monsieur Hirsch a dit qu'il m'assurait le gîte et le couvert plus dix livres par mois.

— C'est franchement peu, dit Ben Jakov. Mais c'est bien pour un début. Puisque vous êtes logé et nourri, vous n'avez à vous soucier de rien. Et sur les dix livres, vous pourrez en mettre un peu de côté. Comme vous travaillez la nuit, vous n'aurez guère l'occasion de dépenser de l'argent.

— On travaille de midi à dix heures du soir.

— Je connais Hirsch, il vous gardera jusqu'à la fermeture pour vous faire mettre les chaises sur les tables et laver par terre. Et il ferme à minuit.

— Ça fait douze heures.

— Hirsch est un exploiteur, dit Ben Jakov. Et il ne paie pas d'heures supplémentaires. Il peut se le permettre avec les Arabes, mais les Juifs ne se laissent pas faire.

— Je lui demanderai de me payer plus.

— Cela ne servira à rien. Si vous demandez davantage, il vous mettra à la porte et engagera un Arabe. Le mieux est de ne rien dire en attendant qu'une meilleure occasion se présente.

Ben Jakov m'a raconté sa jeunesse à Budapest. Je lui ai parlé de l'Allemagne et de mon pays d'adoption, la Bucovine. Puis des patients sont arrivés, et Ben Jakov a dit qu'il devait travailler.

Je l'ai remercié, j'ai pris congé et suis parti.

J'ai bu un café dans une petite échoppe de falafels, puis j'ai traîné dans les rues avec ma valise, j'ai regardé les vitrines en pensant à mon boulot de plongeur. Le soir, j'ai acheté du pain et un peu de fromage. J'ai cherché le meilleur banc dans un parc, j'ai mangé puis fumé une cigarette du kibboutz. Ensuite, j'ai mis mon pantalon gris et mon blouson et j'ai attendu qu'il fasse nuit.

Jablonski, je me suis dit, pourquoi tu veux dormir dans tes meilleurs vêtements ?

Parce que j'ai peur qu'on me vole ma petite valise. C'est pour ça que j'ai mis mon pantalon gris et mon blouson.

Mais tu es en Palestine, Jablonski, et à cette époque de l'année, il fait une chaleur à crever. Tu vas transpirer, dans ton blouson.

Je le mettrai sous ma tête. Personne ne me fauchera mon blouson si j'ai la tête dessus.

C'est logique, Jablonski.

Dans ce pays, la nuit tombe vite. En fait, il n'y a pratiquement pas de crépuscule. Je me suis installé confortablement sur le banc, et je me suis endormi au bout d'un petit moment.

Je me suis réveillé vers onze heures en sentant que quelqu'un m'observait. J'ai levé la tête, une jeune femme était assise sur mon banc. Elle a ri en me voyant bouger :

— Je ne voulais pas vous réveiller, mais vous offrez un spectacle si inhabituel que je n'ai pas pu m'empêcher de vous regarder.

— Qu'est-ce qu'il y a d'inhabituel ?

— Je n'ai jamais vu un homme si bien habillé dormir sur un banc public. Et vous avez un visage si jeune et si innocent.

Elle en riait encore.

— Je m'appelle Mariora, et je viens de Roumanie.

— Et vous parlez allemand ?

— Oui, de Transylvanie. Et vous ?

— De Bucovine.

— Donc d'une région germanophone. J'avais deviné juste.

— Je viens de Siret. C'est à quarante kilomètres de Czernowitz.

— Czernowitz, dit-elle. C'est une référence.

— Je n'ai pas d'argent, dis-je. Je veux dire, pas assez pour m'offrir une chambre d'hôtel. Je suis arrivé ce matin même à Haïfa.

— Vous venez sûrement d'un kibboutz ?

— Oui.

— J'ai une chambre d'amis, vous pouvez dormir chez moi, si vous voulez.

— Voilà une proposition que je ne refuserai pas.

Elle m'a raconté qu'elle était mariée, mais pas heureuse en ménage. Son mari était en voyage et ne serait probablement pas là cette nuit, à moins qu'il ne revienne en avance de Tel Aviv par le dernier car.

J'ai proposé de faire quelques pas. Elle a accepté.

Alors nous avons flâné bras dessus, bras dessous dans le parc, puis le long de la rue Herzl. Au bout d'un moment, elle a dit :

— Allons chez moi.

— D'accord.

— Au fait, comment vous appelez-vous ?

— Ruben Jablonski.

— C'est une bonne chose de t'avoir rencontré, Ruben.

— Et moi, je suis heureux de faire la connaissance d'une femme aussi sensationnelle que toi.

Elle m'a pris la main, et j'ai mis sa main dans ma poche. Comme j'avais une belle trique et qu'elle l'a sentie à travers ma poche, j'ai juste dit :

— Tu sais, j'ai très envie de toi.

— Moi aussi.

Elle devait avoir à peine la trentaine, être sexuellement insatisfaite et avoir envie d'une bonne partie de jambes en l'air. Nous sommes allés à son appartement. Ce n'était pas loin. Mais devant la maison, elle se figea.

— Il y a de la lumière dans la cuisine, dit-elle.

— Et alors ?

— Cela veut dire que mon mari est rentré.

— Merde.

— Oui, merde, dit-elle. Je ne peux plus vous emmener. Je suis désolée.

— C'est vraiment pas de bol.

Elle m'a tendu la main.

— C'est le destin. Cela ne devait pas arriver. Adieu.

— Shalom, ai-je dit. Adieu.

J'ai fini la nuit sur mon banc. Le lendemain matin, j'ai compté mon argent et suis allé dans un café. J'ai déjeuné, lu un journal et pris quelques notes pour mon roman sur le ghetto.

L'après-midi, je suis allé à la piscine Batjam. J'ai resquillé pour entrer sans payer, j'ai lorgné les jolies filles, et me suis amouraché d'une petite Yéménite. J'ai sauté dans l'eau à côté d'elle et je lui ai tout de suite adressé la parole, en hébreu, naturellement. Elle s'appelait Laila, avait d'immenses yeux noirs, un visage étroit, et environ dix-huit ans. On s'est allongés sur le sable et on a rigolé ensemble. Je lui ai dit que je venais de Roumanie, que j'avais passé près de trois ans dans un ghetto ukrainien, que les Russes m'avaient libéré. Je lui ai raconté mon retour à Siret, je lui ai parlé de la maison de mon grand-père, de la petite Micki qui avait été violée par des Russes, je lui ai parlé de notre rivière et de mon poney, je lui ai raconté la fois où j'étais entré sur son dos chez le glacier Delphiner, et où on l'avait fait sortir à reculons parce que la boutique était trop étroite pour qu'il fasse demi-tour. Nous avons beaucoup ri, et tout en riant, je l'ai embrassée. Je lui ai demandé si je pourrais la revoir le soir, mais elle a dit :

— Aujourd'hui ce n'est pas possible, peut-être demain.

— Demain, je serai sur le Mont Carmel, ai-je dit. J'ai un nouveau boulot, et je travaille jusqu'à minuit.

Elle m'a donné son numéro de téléphone en me disant d'appeler à l'occasion.

Ce petit flirt avec la Yéménite m'avait excité, et j'ai réfléchi au moyen d'avoir une femme cette nuit, mais je n'ai pas trouvé de solution. J'ai de nouveau dîné de pain et de fromage, et à la nuit tombée, je suis retourné dans le parc. Cette fois, pas de jolies femmes sur mon banc. Je n'ai fait qu'en rêver, puis je me suis endormi.

Les oiseaux m'ont réveillé au petit matin. Je me suis levé et suis entré dans le premier hôtel pour me laver et me raser dans les toilettes.

20

J'ai acheté un ticket de bus pour le Mont Carmel. Le trajet était impressionnant. Le bus montait par une route en lacets. En haut, on découvrait la ville portuaire d'une hauteur qui semblait vertigineuse. Le café Hirsch était près du terminus. En fait il s'appelait hôtel Hirsch, le café faisait partie de l'hôtel. Par une porte sur l'arrière, on accédait directement à la cuisine. Je suis donc allé à la cuisine et ai demandé à parler à Monsieur Hirsch. J'ai dit au cuisinier :

— Je suis le nouveau plongeur.

Le cuisinier a téléphoné et, peu après, Monsieur Hirsch a fait son apparition.

— Alors, c'est vous, le nouveau ?

— Oui.

— Notre Arabe à la plonge vous montrera ce que vous avez à faire. Il s'appelle Ali, mais il ne parle ni l'allemand, ni l'hébreu.

— Comment communiquez-vous avec lui ?

— En arabe.

— Mais je ne sais pas l'arabe.

— Il connaît quelques mots d'anglais, dit Hirsch. Il faudra trouver le moyen de vous entendre avec lui.

Hirsch a fait venir l'Arabe dans la cuisine et nous a présentés.

— Voici Ali, et lui, c'est Ruben.

L'Arabe a souri et m'a serré la main :

— *Come on. I show you work.*

— OK, ai-je répondu.

Madame Hirsch est aussi venue dans la cuisine avec sa fille d'une vingtaine d'années pour me voir. La fille s'est montrée arrogante et m'a toisé avec mépris. La mère a fait quelques remarques acerbes.

Elles m'ont donné un grand tablier. L'Arabe m'a montré ce que j'avais à faire. Un baquet d'eau savonneuse, un baquet d'eau claire pour rincer. Ils n'avaient pas de machines, il fallait tout laver à la main. Ali m'a aussi montré comment essuyer la vaisselle rapidement, et la ranger sans perdre de temps sur les étagères. Le sale boulot, c'était de récurer les casseroles, mais ça se faisait le soir, Ali n'avait pas à s'en occuper. Avant, il était de l'équipe du soir, et il récurait les casseroles. Il a pointé le doigt sur moi en disant :

— *You clean pots.*

— *Yes, I do the pots.*

Ali était à peu près du même âge que moi, il avait un visage chafouin, des yeux noirs au regard vif. Il était très agile. Il m'expliqua que la cuisine était bonne. Le chef, un Juif allemand, s'appelait Hans.

— *Hans OK*, dit Ali. *He give me much food.*

— *That's good to know*, ai-je dit, en pensant : « Tu as intérêt à être dans les petits papiers du cuisinier. »

En entrant dans le local à vaisselle, Hans est tout de suite venu vers moi. Nous avons parlé allemand.

— Le travail est dur, a-t-il dit, mais vous vous y ferez.

— Oui.

— Vous savez que vous aurez à récurer les casseroles le soir ?

— Oui, Ali me l'a dit.

— C'est un sale boulot, mais si vous les nettoyez correctement, je vous donnerai une ration supplémentaire.

Il a ri, c'était censé être une plaisanterie.

— À quelle heure ferme la boîte ?

— Vers les dix heures, a dit Hans, mais vous devez rester après pour nettoyer les casseroles, mettre les chaises sur les tables et laver par terre.

— On lave par terre la nuit ?

— Toujours la nuit, dit Hans.

— Mais moi, j'arrête à dix heures.

— C'est ce que Monsieur Hirsch dit à tous les plongeurs. De midi à dix heures. Mais vous pouvez vous estimer heureux si vous sortez d'ici à une heure du matin.

Hans a ri en me tapant sur l'épaule.

— Eh oui, cher ami, ici, ce n'est pas une partie de plaisir. La plupart des plongeurs fichent le camp. Mais j'espère que vous resterez un moment.

— Oui.

À midi, c'était le coup de feu au café Hirsch. Ali et moi avons lavé à toute vitesse la vaisselle sale que les serveurs nous glissaient par un passe-plat. Ali lavait et moi j'essuyais. À deux heures et demie, tout était terminé et Hans nous a servi notre déjeuner : de la soupe, du rôti de bœuf, des pommes de terre, des légumes, du café et du gâteau comme dessert. J'étais content. À trois heures, Ali est rentré chez lui et je suis resté seul. Il n'y avait pas grand-chose à laver l'après-midi, surtout des tasses à café et des assiettes à dessert, ça allait vite. Les choses se sont compliquées à l'heure du dîner. J'avais peur de ne pas venir à bout de la montagne de vaisselle, mais j'y suis arrivé. La chaleur était pénible, et la sueur me dégoulinait du front, ma chemise était trempée, même mon pantalon collait comme un sac mouillé. Cela a duré comme ça jusqu'à dix heures du soir. Là, Hans m'a donné à dîner, un plat chaud, en fait encore de la soupe, le reste de rôti avec des légumes et des pommes de terre, de la crème au chocolat et du café. Ensuite, il m'a envoyé toutes les casseroles. Un boulot monstre. J'ai brossé, gratté, récuré comme un fou, mais les restes brûlés et les croûtes épaisses s'accrochaient obstinément aux casseroles et aux poêles. J'ai essayé avec une éponge et du savon, même résultat négatif. Enfin, Hans est venu me montrer comment faire. Il m'a donné un produit pour dissoudre les croûtes et expliqué que je n'avais qu'à l'étaler et ensuite utiliser l'éponge et le savon. C'était efficace. Mais cela a duré jusqu'à onze heures et demie. Madame Hirsch lançait des coups d'œil nerveux dans ma cambuse. Quand je suis enfin venu à bout des casseroles et des poêles, elle m'a appelé dans la grande salle à manger avec terrasse.

— Mettez toutes les chaises sur les tables, dit-elle.

Elle m'a donné un balai, une pelle à poussière, une serpillière et une brosse.

— Quand vous aurez fini avec les chaises, vous balaierez et laverez le parquet. Faites attention à ne rien laisser en balayant.

— Oui, ai-je dit.

Je me suis mis au travail tandis qu'elle m'observait d'un air soupçonneux. Les chaises étaient lourdes et semblaient peser des tonnes. J'avais mal aux muscles, mais je ne dis rien. Ensuite, j'ai balayé, en faisant attention à ce qu'il ne reste pas un seul petit tas de poussière, et surtout pas de mégots ni de bouts de papier. La patronne était tout le temps derrière moi.

— Il reste un mégot, là, dit-elle, et là-bas, vous avez laissé une serviette par terre.

— Je vais le faire, ai-je dit, agacé.

Puis je suis allé chercher un seau d'eau à la cuisine et j'ai lavé le parquet, en faisant attention à ne pas oublier la moindre tache.

J'ai fini vers minuit et demi. J'étais trempé comme une soupe. Tous mes vêtements poissaient et pendouillaient comme des sacs de farine. La fille du vieux Hirsch m'a conduit à mes quartiers. Elle était trop arrogante pour daigner m'adresser la parole. Nous avons marché sans un mot dans le noir. Elle a juste dit en reniflant :

— Vous sentez mauvais.

— Je suis trempé de sueur, ai-je dit. Je vais me doucher.

— Vous n'avez pas de douche dans votre chambre, mais il y a un robinet dans la cour.

Ils m'avaient attribué une espèce de cagibi à l'arrière de la maison d'habitation. Comme il n'y avait pas l'électricité dans la pièce, la fille a allumé une lampe de poche. J'ai vu une petite pièce sombre avec des fenêtres basses, un lit avec une paillasse, une petite table et un tabouret. Elle a montré le lit :

— C'est là que vous dormez.

— Vous avez des draps pour moi ?

— Non, il faudra que vous en achetiez.

— Ça ira.

Elle s'apprêtait à partir quand j'ai dit très vite :

— Il est presque une heure du matin. Votre père m'a dit que je travaillais jusqu'à dix heures.

— Je regrette. Parfois les clients s'en vont de bonne heure, alors vous pouvez commencer plus tôt à laver les casseroles et terminer aussi plus tôt avec le parquet.

— Oui. Mais je voulais dire, pour les heures supplémentaires ?

— Il n'y en a pas chez nous. Et ne commencez pas avec ça

si vous ne voulez pas avoir d'ennuis avec mon père.

— Bon.

Elle est partie.

Je me suis lavé dans le noir, à l'eau froide évidemment, avec un savon que j'ai pris dans ma valise. Tout nu dans la cour, je me suis laissé sécher au vent, parce que je n'avais pas de serviette, et je me suis couché tout de suite. Le lit était petit et bancal. Il n'y avait pas de couverture non plus. Mais on pouvait en acheter une. J'ai dormi nu en me couvrant d'une chemise propre sortie de ma valise.

Il était déjà onze heures quand je me suis réveillé. « Jablonski, je me suis dit. Il est grand temps de déjeuner et de retourner au travail. »

J'ai fait ma toilette au robinet, enfilé une chemise propre, le pantalon kaki du kibboutz et je suis retourné au café Hirsch. Hans était déjà à la cuisine, Ali était là aussi. Hans m'a donné des petits pains frais, du beurre, de la confiture et du café. J'ai fumé une Malthusian et fait une courte promenade puisqu'il n'était pas encore midi.

Le paysage en haut du Mont Carmel était très vert et romantique. J'ai longé les falaises en regardant le port avec nostalgie. Il y avait des bâtiments de guerre anglais, mais aussi des navires marchands de compagnies étrangères. Vus d'en haut, ils avaient l'air de jouets, irréels et lointains. J'ai reconnu le drapeau grec sur un cargo. J'ai pensé : « Jablonski, ce serait bien, si tu avais un passeport et si tu faisais une croisière en Méditerranée pour pas cher sur ce cargo. » J'ai soudain ressenti que mon père me manquait, cela faisait presque dix ans que je ne l'avais pas vu. « À l'époque, tu étais encore un gamin. Il ne va pas te reconnaître. »

J'ai calculé que j'aurais mon passeport mandataire dans deux ans. Non, sans passeport, un voyage à l'étranger était impensable. J'écrirais le lendemain à ma mère pour lui dire que j'avais retrouvé papa.

Le travail s'écoulait, monotone. La nuit, je rentrais en nage dans mon réduit. Le problème, c'est que je n'avais pas assez de vêtements de rechange, et pas d'argent pour aller à la blanchisserie. Je lavais mes affaires à l'eau froide et au savon et les mettais à sécher sur une branche d'arbre.

Je pensais souvent la nuit à la petite Yéménite qui m'avait donné son numéro de téléphone, mais je ne l'ai pas appelée, parce que je n'avais pas d'argent pour l'inviter. Comme je ne voulais pas demander une avance au vieux grigou, je n'avais plus qu'à attendre le jour de paye. Je rêvais souvent de la petite Yéménite, j'imaginais ce que ça serait si elle venait me rejoindre dans ma chambrette… Je toucherais ses seins nus, glisserais la main sous sa jupe. Elle pleurerait quand je la baiserais. Elle était peut-être encore vierge. « Il faut y aller doucement avec elle, Jablonski, être très persuasif et l'assurer que tu l'aimes. »

J'ai fait un rêve érotique et répandu ma précieuse semence sur la paillasse. Dans mon rêve, je dépeçais la petite Yéménite, puis je recollais les morceaux. Je la baisais une bonne douzaine de fois et ses cris m'excitaient d'autant plus. Je l'entendais murmurer :

— Ruben, tu es merveilleux. Je ne savais pas qu'un gars de Roumanie était un aussi bon amant.

— Qu'est-ce que ça a à voir avec la Roumanie ?

— Les Roumains ont mauvaise réputation en Palestine, dit-elle. On les dit menteurs et voleurs.

— Ah ? Je ne savais pas.

— Mais c'est comme ça.

— Les Yéménites sont de meilleurs amants ?

— Les Yéménites ne sont pas amants, dit-elle. La plupart des Yéménites sont pieux, ils craignent Dieu et ont une morale stricte. Surtout mon père. S'il savait que je couche avec toi, il nous tuerait tous les deux.

— Ce serait dommage pour nous, dis-je. Viens, poulette, on remet ça avant que ton père l'apprenne.

Mon travail ne commençait qu'à midi et je venais déjeuner vers onze heures, si bien qu'il me restait près d'une heure pour travailler à mon roman. J'allais m'asseoir sur la terrasse d'où je voyais le port et la mer, et je me mettais fébrilement à mon premier chapitre. Mais ça ne donnait rien de plus que quelques phrases maladroites que je gardais provisoirement pour les biffer le lendemain. « Si tu continues comme ça, Jablonski, ton roman ne sera jamais écrit. » Je réfléchissais toute la journée en lavant les assiettes, je cherchais comment faire pour coucher sur le papier plus que quelques phrases laborieuses, mais je n'ai rien trouvé. Au bout de quinze jours de travail intensif, j'ai abandonné. « Tu ne seras jamais écrivain. Il faudrait peut-être attendre que les choses mûrissent. » Je pensais à Max Brod et à l'échantillon que je lui avais promis, mais j'avais honte, car je n'arrivais pas à produire cet échantillon, la preuve de mon art. Devais-je écrire à Max Brod pour lui avouer que l'inspiration ne venait pas ? « Non, tu ne vas pas lui écrire, tu vas attendre. »

21

Je suis tombé malade peu de temps avant le jour de paye. J'avais le front brûlant et les pieds glacés.

« Tu as de la fièvre, Jablonski, mais ce n'est pas une fièvre habituelle, tu le sens, c'est sérieux, tu devrais voir un médecin. » Seulement, je ne connaissais pas de médecin, surtout qui me soignerait gratis. « Le mieux, c'est d'aller à la Koupat Holim, l'assurance maladie du syndicat juif. Ils ont des médecins et des infirmières, et ça ne coûte rien. »

Il me restait quelques piastres pour prendre le bus.

Je savais que le centre médical se trouvait dans la rue Herzl. En descendant du bus, j'ai demandé à un passant s'il pouvait m'indiquer où c'était. Mais j'ai chancelé et ai dû me rattraper pour ne pas tomber.

— Ça ne va pas, jeune homme ? a demandé le passant auquel je m'étais adressé.

— Je crois que j'ai de la fièvre.

Il m'a regardé avec pitié me frayer un chemin dans la foule. Au centre médical, je suis allé aux urgences et j'ai demandé à parler à un médecin. Une femme s'est présentée, je lui ai vite raconté en bégayant que j'avais beaucoup de fièvre et que je me sentais malade comme un chien. Elle a pris ma température et a dit :

— Quarante et un.

— Ce n'est pas refroidissement habituel, ai-je dit. C'est venu tout d'un coup.

— Vous devez être hospitalisé. Adhérez-vous à la Koupat Holim ?

— Non. Je ne suis adhérent de rien.

— Dans ce cas, nous ne pouvons pas vous admettre à l'hôpital juif, sauf en secteur privé, mais cela coûte très cher.

— Je n'ai pas d'argent.

— Alors il faut aller à l'hôpital public. Mais il n'y a que des Arabes.

— Cela m'est égal.

Elle m'a écrit l'adresse de l'hôpital public sur un bout de papier.

— Je vais appeler le médecin chef pour lui dire que vous venez. Comment vous appelez-vous ?

Je lui ai dit mon nom.

— La cuisine n'est pas bonne à l'hôpital public, mais comme vous êtes juif, je veillerai à ce que vous soyez mieux traité que les Arabes.

Elle a ajouté :

— Le syndicat juif va s'occuper de vous.

Je l'ai remerciée et suis sorti en titubant. Dehors, j'ai eu le vertige et j'ai failli tomber. J'ai trouvé à grand-peine un bus qui allait à l'hôpital public.

J'ai dit au chauffeur que je descendrais à l'hôpital. Je lui ai dit que j'avais beaucoup de fièvre et lui ai demandé s'il voulait bien m'amener jusqu'au portail. C'est ce qu'il a fait. Le bus s'est arrêté devant le portail. Je suis descendu et j'ai encore pu atteindre l'entrée, et là, je me suis effondré. Deux brancardiers m'ont mis sur une civière et m'ont transporté dans une salle pleine à craquer. Une infirmière m'a installé dans un lit vacant. J'ai regardé autour de moi et n'ai vu que des Arabes. J'ai pensé : « Ça peut devenir intéressant.

Quand ils s'apercevront que tu es juif, ils viendront la nuit te zigouiller. »

L'après-midi, un médecin s'est approché de mon lit.

— Suspicion de typhus, a-t-il dit, ou de malaria. À ce stade, les symptômes sont les mêmes… D'ici quelques jours, on en saura plus.

Il a repris ma température :

— Presque quarante-deux.

J'ai flotté quelques jours entre la vie et la mort. Les médecins ont diagnostiqué une malaria tropicale. Je savais que la malaria subtropicale était relativement bénigne, mais on l'avait toute sa vie, avec des accès de fièvre sporadiques. La forme tropicale était dangereuse. Mais si on y résistait, on était immunisé et les accès de fièvre ne revenaient plus. Et si on n'y résistait pas, la mort intervenait en peu de jours. Tout allait dépendre de ma volonté de vivre et de ma résistance.

J'étais secoué de frissons et claquais des dents malgré la chaleur étouffante. L'infirmière m'a donné plusieurs couvertures, mais cela n'a servi à rien. Mon corps luttait pour sa vie.

Cela a duré quelques jours, jusqu'à un matin où je me suis réveillé plus frais. L'infirmière a dit que la crise était passée et que je vivrais. Les médecins sont venus en souriant à mon chevet, l'un d'eux m'a caressé la tête comme si un miracle s'était produit. L'infirmière m'a apporté le repas fourni par le syndicat juif. Je lui avais demandé de prévenir un cousin de mon père qui vivait à Haïfa. Il est venu avec sa femme, ils m'ont apporté des fruits, du chocolat et des cigarettes.

Je suis sorti de l'hôpital au bout de trois semaines, mais j'étais encore très faible et j'avais le teint jaune. Le cousin de mon père m'a pris chez lui. Je lui en étais reconnaissant, car il m'a bien nourri et bien soigné. Nous avions encore de la famille en Palestine, une cousine de ma mère et un autre cousin de mon père, tous deux dans l'armée anglaise. Le cousin de Haïfa leur a écrit pour leur parler de ma situation et leur demander de l'aide. Ils m'ont tout de suite envoyé de l'argent, chacun cinq livres. Avec cette somme et ce que le vieux Hirsch me donnerait, je pouvais vivre un moment, puisque j'étais nourri et logé par mon cousin. J'ai récupéré à vue d'œil, j'allais de temps en temps au cinéma et me baladais dans Haïfa. J'allais souvent au port voir les bateaux, et je les suivais des yeux avec nostalgie tandis qu'ils faisaient route vers le large. J'avais donné à ma mère l'adresse du cousin et j'ai effectivement reçu une lettre d'elle où elle me disait qu'elle était heureuse depuis qu'elle avait appris que mon père était en vie. Il lui avait écrit pour lui demander d'essayer par tous les moyens de venir en France. Elle avait déjà fait des projets avec mon frère, ils savaient comment passer clandestinement les frontières hongroise et autrichienne, puis traverser l'Allemagne jusqu'en France. Elle me demandait de me procurer des papiers et de venir les rejoindre afin que la famille soit réunie.

Je lui ai répondu que j'aurais un passeport mandataire britannique en 1947 et que je partirais aussitôt pour la France. Ce n'était pas possible avant, car aucun navire ne me prendrait à bord sans passeport valable et aucun pays ne me laisserait entrer. Par mer, c'était bien autre chose que sur la terre ferme. Il n'y a pas de « frontière verte » et dans les ports, les contrôles sont très sévères.

22

Je suis allé au café Hirsch chercher mon argent et la petite valise que j'avais laissée dans mon cagibi.

Le vieux Hirsch était passablement furieux quand je me suis pointé.

— Où étiez-vous passé, Ruben ?

— J'étais à l'hôpital.

— Disparaître comme ça, sans un mot !

— Je suis tombé brusquement malade. Je suis allé à l'hôpital, et ils m'ont gardé. J'avais une forme grave de malaria.

— Et maintenant, vous voulez vos sous ?

— Oui.

— Mais je ne peux pas vous donner dix livres, parce que vous n'êtes encore qu'un apprenti.

— Comment cela, apprenti ! J'ai vraiment bossé dur pour vous !

La patronne intervint et à mon grand étonnement, elle prit mon parti.

— Ne fais pas d'histoires, siffla-t-elle à son mari. Donne-lui son argent.

Le vieux Hirsch ouvrit son portefeuille à contrecœur et me donna les dix livres.

— Vos affaires sont encore dans votre chambre, dit la femme.

— Oui, je vais les chercher tout de suite.

— La valise aussi ?

— La valise aussi.

J'étais heureux d'être sorti de cette galère. J'ai repris le bus et suis revenu en ville de bonne humeur. J'ai parlé au cousin de mon père de mon salaire de dix livres et de toutes les heures supplémentaires non payées. Il a pesté, c'était une huile du syndicat juif.

— On ne va pas le lâcher, le propriétaire du café Hirsch. Je parlerai de ton histoire au syndicat, a-t-il dit.

— Mais la boîte n'est affiliée à aucun syndicat. Le seul employé juif est le cuisinier, un ami de la maison, à ce qu'il semble.

— Il n'emploie que des Arabes ?

— J'étais une exception, ai-je dit. Le vieux Hirsch m'a pris pour un nouvel émigrant sans expérience qui ne connaît rien aux salaires, ni aux conditions de travail. Sinon, comme je l'ai dit, il n'y a que des Arabes qui travaillent chez lui.

— Eux, il peut les sous-payer, ils n'appartiennent à aucun syndicat.

— Pourquoi les Arabes ne sont pas syndiqués ?

— Le syndicat concerne exclusivement les Juifs, dit le cousin de mon père.

— Alors les Arabes n'ont aucun droit ?

— Je ne dirais pas cela. Ils ont les mêmes droits au regard de l'État, seulement ils n'ont pas d'organisation syndicale.

Cette histoire avec les Arabes ne me sortait pas de la tête. La plupart d'entre eux ne savaient même pas qu'il existait un syndicat. Les Juifs étaient rigoureusement organisés. Tout leur réussissait, ils construisaient des maisons et des routes, irriguaient leurs champs, plantaient des arbres et savaient comment acheminer la précieuse eau de pluie dans les plantations. Les Juifs ouvraient sans cesse de nouveaux magasins et bâtissaient des usines. Il y avait plus de médecins juifs qu'il n'en fallait. Il y avait partout des hôpitaux et des cliniques, et même un service juif de premiers secours, un petit bus qui portait une étoile de David au lieu d'une croix rouge.

Rien ne marchait chez les Arabes. Dans leurs villes et leurs villages, ils vivaient comme au Moyen Âge, ils ne savaient pas comment cultiver dans le désert, récolter des légumes, du blé et des pommes de terre malgré la sécheresse, planter des arbres et creuser des puits. Ils haïssaient les Juifs pour leur efficacité, et parce que ceux-ci les avaient obligés à partir, surtout les nouveaux kibboutzim qui avaient pris la terre des fellahs. Certes, les terrains avaient été achetés légalement à de grands propriétaires arabes, qui de toute façon ne savaient pas quoi en faire, mais les fellahs ne voulaient pas en entendre parler. Ils avaient vécu dans le désert et étaient exaspérés de devoir céder la place aux Juifs parce que des parties de leur habitat étaient vendues. La nuit, des Bédouins incendiaient les champs, envahissaient les kibboutzim en hurlant et en tiraillant dans tous les sens, tuaient quelques kibboutzniks et disparaissaient. Il n'y avait rien d'étonnant à ce que Juifs et Arabes se méfient et aient peur les uns des autres.

Comme je ne voulais plus vivre aux crochets du cousin de mon père, j'ai cherché un nouveau travail. J'ai trouvé une place dans un snack-bar en haut de la rue Herzl. J'ai aussi trouvé un lit dans un hôtel privé. Le logeur était un exploiteur du même acabit que le vieux Hirsch. Il avait transformé son appartement en hôtel en installant dans chaque pièce six lits qu'il louait. Le prix de cinq livres par mois était exorbitant, mais il n'y avait rien de mieux, du moins à ce moment-là, dans Haïfa surpeuplée, et j'ai loué ce lit sans hésiter. Dans ma chambre, il y avait un lit contre chacun des quatre murs, plus deux que l'on dépliait la nuit au milieu de la pièce. Il y avait une douche commune dans l'appartement, commodité dont je ne disposais pas avant. Comme je me levais plus tôt que la plupart des autres, je n'avais pas à faire la queue, je pouvais même me raser en toute tranquillité et prendre mon temps. Je travaillais de six heures du matin à deux heures et ensuite, j'étais libre. C'était mieux qu'au café Hirsch. J'étais plongeur et ce n'était pas plus dur que chez Hirsch. Et pour le sol, c'était le contraire, il fallait mettre les chaises sur les tables et frotter le sol non pas la nuit, mais à six heures du matin.

Je l'ai fait le ventre vide, puis on m'a donné un petit déjeuner. Ensuite, je suis allé à la cuisine éplucher les pommes de terre. À sept heures, j'avais fini, et j'ai pris ma place à l'évier pour laver la vaisselle des premiers clients. Jusqu'à midi. De temps en temps, je devais m'arrêter pour aider le cuisinier, parfois récurer une casserole en vitesse ou remplir d'eau bouillante la grande machine à café de la cuisine. Le cuisinier me traitait bien, il plaisantait avec moi et m'a donné un déjeuner assez copieux pour me rassasier pour toute la journée. J'avais pension complète et pouvais aussi venir manger pendant mon temps libre. Le salaire était de douze livres par mois, ce n'était pas le Pérou, mais comme je n'étais pas obligé de faire des heures supplémentaires, j'étais satisfait. J'ai terminé à quatorze heures et j'avais encore toute la journée à ma disposition. Mais je suis d'abord rentré pour rattraper mon sommeil. Les autres locataires étaient au travail, j'étais tout seul à naviguer dans l'appartement, content que personne ne me dérange, j'ai déplié mon lit et me suis couché. J'ai dormi environ deux heures, je me suis levé peu après quatre heures, j'ai repris une douche – la salle de bains était vide – et suis allé au café avec mon bloc de papier et un crayon.

J'ai cherché le café le plus chic de la rue Herzl, commandé du café et des pâtisseries et me suis mis à écrire. Il y avait deux serveuses. L'une était particulièrement jolie. Comme elle passait devant ma table en me lançant un regard curieux, je lui ai adressé la parole.

— Je suis écrivain, ai-je dit, j'écris un roman.

— Ah, c'est bien ce que je pensais. Vous savez, les plus grands écrivaient au café.

— Oui, je le savais.

Elle a blagué :

— Vous allez peut-être devenir célèbre.

Et elle s'est éloignée en minaudant.

Je me suis calé sur ma chaise, je me sentais vraiment comme un écrivain célèbre.

On devrait se souvenir de ce café. C'est ici, diront les critiques, qu'il a écrit son fameux roman du ghetto. J'observais la jeune serveuse, je lorgnais ses fesses en me demandant si j'aurais le cran de lui proposer un rencard. En tout cas, elle a l'air d'être une affaire. Je l'imaginais dans mon lit, comment je m'y prendrais avec sa chatte. Elle tournait souvent les yeux vers moi, est-ce qu'elle se doutait de ce que j'avais en tête ?

Je me suis remis à écrire. À sept heures, j'ai refermé mon bloc, puis je l'ai rouvert pour regarder ce que j'avais écrit. J'ai constaté qu'une fois de plus, je n'avais rien produit de valable, quelques phrases maladroites que je bifferais le lendemain.

À sept heures et quelques, je suis allé au snack où j'avais fait la plonge. Je me suis assis au comptoir et j'ai eu mon dîner gratis. Le patron m'a même demandé si je voulais une part de gâteau, j'ai répondu oui.

Plus tard, j'ai flâné dans Haïfa en regardant les filles de dos, je rêvais de leur postérieur. J'ai pensé appeler la petite Yéménite, mais j'ai décidé d'attendre d'avoir un logement. Je n'avais pas où l'inviter. À six dans une chambre, c'était carrément impossible d'avoir un moment d'intimité.

À huit heures, je suis allé au cinéma. Un film avec Esther Williams. Fasciné par ses longues jambes, je me suis branlé, et j'ai sursauté en me rendant compte que j'avais aspergé la nuque du type assis devant moi. Il s'est retourné, furieux, mais il ne savait pas d'où ça venait.

Je suis allé me coucher à minuit, je devais me lever peu après cinq heures.

Comme je me couchais tard, je manquais de sommeil, alors je faisais régulièrement deux heures de sieste. J'allais tous les jours écrire au café, mais je savais que cela ne valait rien et je barrais le lendemain tout ce que j'avais écrit. Je n'avançais pas, et cela me déprimait. J'ai sombré dans la tristesse et les pensées négatives. Mon état s'est aggravé au point que je suis allé voir un médecin. Il m'a rassuré et a prescrit des injections de vitamines. Un jour, je suis allé avec une prostituée du port, mais je n'ai pas réussi à bander, et j'ai cru que j'étais impuissant. Je suis retourné chez le médecin, mais il m'a dit qu'une panne occasionnelle était tout à fait normale, et que je devais retrouver des pensées positives.

L'année 45 se termina. Début 46, les gros titres des journaux se firent de plus en plus inquiétants. Le pays semblait en proie à une véritable émeute. Des terroristes juifs attaquaient des casernes britanniques, ils abattaient des Anglais en pleine rue, faisaient sauter des trains et des ponts, et posaient des bombes.

Les Arabes ne se tenaient pas tranquilles non plus, ils s'en prenaient aux kibboutzim, incendiaient les cultures, attaquaient des autocars sur les routes et assassinaient des Juifs dans les banlieues.

Les Juifs ne se vengeaient pas sur les Arabes, ils ne visaient que les Anglais. Des centaines de milliers de Juifs essayaient désespérément de gagner la Palestine depuis l'Europe. C'étaient les survivants des camps de concentration. Mais les Anglais arraisonnaient les bateaux et internaient les passagers dans des camps à Chypre. Le blocus était total autour de la Palestine. Parfois, un bateau parvenait à passer et à accoster en Terre promise. Les hommes de la Haganah, l'armée clandestine juive, attendaient les émigrants sur le rivage et les emmenaient en hâte vers les kibboutzim proches. Il était clair que les Anglais avaient misé sur la carte arabe et ne voulaient pas indisposer les Arabes en laissant affluer d'innombrables immigrants juifs dans le pays. La presse internationale publiait des pages entières sur les combats en Palestine et les malheureux réfugiés juifs auxquels était refusé l'accès au pays de leurs rêves, mais cela ne changeait rien à l'implacable politique de blocage des Britanniques.

À Haïfa, bien que des terroristes juifs aient coulé un navire anglais et qu'un incendie ait fait rage dans le port pendant plusieurs jours, on s'apercevait à peine des troubles.

Le cousin de mon père m'a dit qu'un lointain parent qui avait une ferme à Pardess Hanna cherchait un commis. Il m'a suggéré d'aller travailler chez lui : « L'air de la campagne te fera du bien. »

J'ai pris contact avec ce parent éloigné et il m'a effectivement invité à venir quelques jours chez lui. Si je voulais travailler, je pourrais rester. Je n'ai pas réfléchi longtemps et me suis mis en route pour Pardess Hanna.

Le village de Pardess Hanna se trouvait au milieu de plantations d'orangers et de pamplemoussiers. Le paysage était empli du parfum des fleurs. C'était fabuleux. J'ai trouvé notre parent chez lui. Il s'appelait Michel, et sa femme Hanna. Michel m'a raconté qu'il avait assisté au mariage de ma mère à Leipzig.

— Tu n'existais pas encore, à l'époque, dit-il.

Ils étaient tous deux très accueillants et visiblement heureux de me voir.

— J'ai besoin d'un commis, dit Michel, mais tu ne dois pas te sentir obligé. Reste déjà quelques jours et repose-toi.

— On m'a dit que tu avais été très malade, dit sa femme.

— Oui, j'ai eu la malaria. La forme tropicale.

— Elle est mortelle dans la plupart des cas, dit Michel. Tu as eu une sacrée veine.

Il m'a versé un verre d'eau-de-vie.

— Buvons à ta guérison !

Nous avons trinqué en riant.

Michel m'a raconté qu'il avait un seul cheval, c'était assez pour labourer son petit champ.

— Tu vois, dit-il, nous n'avons pas de vraie maison, et nous vivons dans l'ancienne remise.

— Oui. Mais on se sent bien, chez vous.

Je me suis reposé quelques jours, puis j'ai proposé à Michel de travailler pour lui.

— Je ne veux pas de salaire. Seulement le gîte et le couvert, peut-être des cigarettes et un peu d'argent de poche.

Nous nous levions à cinq heures du matin pour donner à manger aux poules et au cheval avant de partir aux champs avec lui. Michel m'a montré comment labourer et j'ai bientôt su le faire aussi bien que lui. L'air était saturé du parfum des orangeraies proches, on sentait aussi une odeur de terre fraîchement labourée et de foin coupé. Je m'emplissais les poumons, mes forces revenaient. Je m'entendais bien avec Michel et sa femme Hanna. Elle me donnait ce qu'elle avait de meilleur à manger et m'apportait régulièrement des cigarettes. Je me sentais bien et n'avais pas la moindre envie de m'en aller. Mais un jour, le fils du voisin est venu nous voir.

Le fils du voisin était un véritable Sabra. Le sabra est une figue de Barbarie, piquant à l'extérieur, doux à l'intérieur. D'où l'emploi de ce nom pour désigner les Juifs nés en Palestine. C'était censé être ironique, mais les Sabras en étaient fiers. Schmuel, le fils du voisin, était un grand gars blond de mon âge. Il est donc venu nous voir et nous a parlé de Beth Eshel, un nouveau kibboutz dans le désert du Néguev.

— J'ai des amis à Beth Eshel, dit-il à Michel, et j'ai décidé de rejoindre les colons.

— Tu veux vivre au kibboutz ?

— Oui. Et si Ruben venait avec moi ?

— Ruben ? dit Michel.

— Oui. Ruben ne connaît pas encore la Palestine, le désert du Néguev serait une nouvelle expérience pour lui.

— Ça me tente, ai-je dit. Mais tes amis ne diront rien, si tu amènes quelqu'un ?

— C'est un nouveau kibboutz, a dit Schmuel. Ils ont besoin de monde.

— Quel genre de kibboutz ?

— Une station expérimentale. Ils essaient de planter des arbres dans le désert. Des frênes – *Eschelbaum* en allemand, c'est pour ça que le kibboutz s'appelle Beth Eshel –, parce qu'ils sont particulièrement bien adaptés au climat. Le kibboutz est financé par des fonds publics. Ce projet concerne toute la Palestine.

Je me suis décidé tout de suite. J'irais avec Schmuel. Qu'avais-je à perdre ? Schmuel avait raison. Une nouvelle expérience pour moi.

Nous nous sommes mis en route deux jours plus tard. J'avais ma petite valise, Schmuel un sac de marin. Nous avons d'abord pris le car pour Gaza. De là, m'a expliqué Schmuel, il y avait un car pour Beer-Sheva.

— Beer-Sheva, la ville des sept puits.

— Oui, dit Schmuel. Beth Eshel est à dix minutes de là. Le kibboutz est tout près.

Le soir tombait quand nous sommes arrivés à Gaza. À la gare routière, on nous a dit qu'il n'y en avait plus pour Beer-Sheva.

— Le prochain part demain matin à six heures.

Mais Schmuel n'avait pas envie d'attendre jusqu'au lendemain. En plus, il n'y avait pas d'hôtel correct où nous aurions pu passer la nuit, et moi non plus, je n'avais pas envie de dormir dans un gîte crasseux d'Arabes. Gaza était une ville exclusivement arabe. Tandis que nous longions la rue principale, des gamins nous couraient après en mendiant des cigarettes. Nous avons distribué ce que nous avions, mais les petits ne nous ont pas lâchés pour autant. Certains me tiraient par la manche. J'en ai bousculé un, mais Schmuel m'a dit de ne pas recommencer, cela pourrait nous attirer des ennuis.

— Les pères et les grands frères nous observent. Si tu tapes un de ces gamins, tu peux te retrouver dans le fossé avec un couteau dans le dos.

Je me suis donc efforcé de les repousser le plus doucement possible, sans leur faire de mal.

À la sortie de la ville, Schmuel a dit :

— On va aller à pied à Beer-Sheva, on peut le faire en quatre ou cinq heures, en prenant le raccourci par le désert.

— Tu veux passer par le désert ?

— Oui, on ne s'enfonce pas trop dans le sable.

Nous avons donc pris par le désert. La nuit était parsemée d'étoiles. De petits animaux glissaient furtivement près de nous. Des chacals hurlaient au loin. Nous ne savions pas qu'il y avait des militaires dans le secteur. Les Anglais avaient envoyé des troupes arabes en Palestine afin de tenir les Juifs en échec. Les troupes venues de Jordanie, dites Ligue arabe, étaient particulièrement dangereuses et bien armées.

Au bout de deux heures de marche dans le sable, nous avons soudain entendu crier des ordres. Des phares ont percé la nuit. Nous étions entourés de soldats arabes qui nous mettaient en joue.

Ils crièrent en arabe :

— Mains en l'air !

Comme je ne comprenais pas l'arabe, j'ai demandé à Schmuel ce qu'ils voulaient.

— Lève les mains, dit Schmuel.

Il avait déjà les bras en l'air et je me suis dépêché de l'imiter. Des soldats nous ont fouillés, ainsi que nos bagages, à la recherche d'armes. Une fois convaincus qu'ils n'avaient pas affaire à des terroristes juifs, ils sont devenus plus aimables et nous ont conduits au poste de commandement, une immense tente chauffée. Nous y avons été accueillis par un officier qui nous a salués en arabe et nous a souhaité la paix. Il a présenté ses excuses pour la fouille et nous a expliqué qu'ils étaient en guerre contre les terroristes. Il a ajouté qu'il n'avait rien contre les Juifs et nous a invités à être ses hôtes. Schmuel, qui parlait bien l'arabe, traduisait pour moi. Nous nous sommes assis par terre sur d'épais tapis brodés. L'officier a frappé dans ses mains et un serviteur est apparu, auquel il a donné des instructions. Bientôt nous avions devant nous une immense table chargée de boissons et de toutes sortes de bonnes choses, volaille rôtie, agneau, pigeons, légumes et de grands plats de salades variées. En dessert, on nous a servi des sucreries, halva, rahat-loukoums et baklavas avec du café turc, ainsi que des fruits, des dattes et des figues. Nous avons mangé presque toute la nuit en prenant notre temps. Au lever du jour, l'officier a appelé une garde d'honneur pour nous escorter en sécurité hors du camp. Nous l'avons remercié avec exubérance et assuré que nous raconterions à tous les Juifs avec quelle hospitalité nous avions été reçus par la Ligue arabe.

Nous avons rejoint Beer-Sheva, la ville des sept puits, mais n'y sommes pas restés longtemps, car tout comme Gaza, c'était une ville arabe et nous ne voulions pas attirer l'attention. À Beth Eshel, les amis de Schmuel nous ont accueillis par de bruyants « Shalom ! ». Schmuel m'a présenté aux dirigeants du kibboutz en disant que j'étais un nouvel émigrant qui avait beaucoup entendu parler de Beth Eshel et que je voudrais bien travailler avec les kibboutzniks. Les chefs m'ont serré la main et dit que j'étais le bienvenu, ils avaient besoin de bras.

Au réfectoire, on nous a servi un somptueux repas. J'ai fait la connaissance de quelques hommes et femmes qui m'ont demandé d'où je venais. La plupart étaient d'Autriche et parlaient couramment l'allemand.

Les maisons étaient entourées de plates-bandes de légumes. Pour la consommation personnelle, me dit-on. Le kibboutz ne pouvait pas non plus se permettre de construire des maisons pour tous, et certains vivaient sous des tentes. On m'y attribua une place. Dans les grandes tentes, il y avait dix lits, une table, quelques sièges et une lampe à pétrole. J'ai trouvé très agréable de vivre sous la tente. Dans cette région désertique, les nuits étaient plutôt froides et il y avait plusieurs couvertures de laine sur chaque lit. Dehors, le vent soufflait et les chacals hurlaient.

Les dirigeants du kibboutz m'avaient fièrement montré les jeunes plantations, quelques milliers d'arbres. Chaque arbre était entouré au pied d'une digue miniature destinée à retenir l'eau de pluie. À la saison des pluies, des torrents se déversaient du ciel. Ils ne devaient pas ruisseler sur le sol plat, mais être retenus par ces murets et être dirigés vers les racines. Ma tâche consisterait à façonner de nouvelles digues, avec d'autres camarades, dit le chef.

On m'a affecté à un groupe de travail et nous sommes partis en Jeep dans le désert. Les plantations s'étendaient sur des kilomètres. Nous nous sommes arrêtés là où il n'y avait pas de digues et avons commencé à creuser. Moische, le contremaître, m'a dit :

— Fais attention. Si tu vois des Arabes, il faut les chasser.

— Pourquoi ?

— Parce qu'ils amènent leurs bêtes dans nos pépinières, et les jeunes plants sont mangés.

— Par les bêtes ?

— Naturellement, par les bêtes. Les Arabes ne comprennent pas ce que nous faisons ici, pourquoi nous plantons des arbres en plein désert. Ils pensent que nous sommes cinglés. On a souvent des problèmes avec eux, quand on chasse leurs bêtes de nos plantations. Ils prétendent que la terre est à eux.

— Elle est à eux ?

— Bien sûr que non, dit Moische. Mais avant, quand le désert n'appartenait pas encore au grand propriétaire terrien, ils vivaient ici, et leurs bêtes pouvaient manger le peu d'herbe qui poussait. Ils ne sont pas contents que cela ne soit plus possible.

— Leurs bêtes détruisent les jeunes plants ?

— C'est ça.

On était en janvier, mais vers midi, il faisait très chaud. Nous travaillions sans chemise, en ne gardant que le chapeau pour nous protéger du soleil. Quelques jeunes filles arabes se sont approchées de nos digues pour mendier de la nourriture. J'ai voulu en prendre une par le bras, mais Moische m'a murmuré :

— Pour l'amour de Dieu ! Si tu en touches une, tu es un homme mort.

Il a montré les dunes basses à proximité.

— Regarde bien. Là-bas, derrière les dunes, leurs pères et leurs frères ne perdent pas une miette de ce qui se passe ici.

Nous avons donné aux filles un peu de nos galettes de pain, du fromage et des olives, et elles sont reparties.

En fin d'après-midi, des Bédouins sont venus avec des chameaux et des petits moutons noirs. Ils ont mené les bêtes directement dans nos plantations. Quelques kibboutzniks ont couru chasser les bêtes, les Bédouins les ont agressés en brandissant leurs bâtons ferrés. J'avais beaucoup entendu parler de ces bâtons, mais je n'en avais jamais vu. Les Bédouins les faisaient virevolter avec dextérité. Celui qui était pris dans ces mouvements risquait d'avoir le crâne fendu. Les kibboutzniks leur lançaient des pierres mais restaient prudemment à distance. Au bout d'un moment, les Bédouins sont repartis.

— Si nous ne faisons pas attention, ils vont tout bouffer, dit Moische. La nuit, les plantations sont surveillées par des patrouilles armées. Là, ils ne s'y risquent pas.

Il y avait peu de chances de rencontrer des jeunes femmes célibataires à Beth Eshel. La plupart des membres étaient de jeunes couples. Des trois célibataires, l'une était si moche que même en rêve il ne me serait pas venu à l'idée de coucher avec elle. Les deux autres avaient des petits amis. Tout le monde était gentil avec moi, mais je m'ennuyais. Le travail était monotone, et le soir, on jouait aux cartes ou on écoutait la radio, à l'affût d'informations sur les incidents presque quotidiens entre Juifs et Anglais. Parfois, on annonçait aussi que des Arabes avaient attaqué des colonies juives. Les gens s'indignaient, et plus d'un était d'avis que les terroristes juifs devraient aussi régler leur compte aux Arabes.

— On devrait chasser tous les Arabes, dit Moische.

J'ai dit :

— Mais c'est aussi leur pays.

Le kibboutz de Beth Eshel n'était pas riche et prêtait des gens à d'autres kibboutzim où ils étaient employés comme journaliers. Un jour, j'ai été envoyé avec quatre autres gars récolter des oranges à Quar Daniel, un kibboutz des environs de Haïfa.

Nous sommes allés en Jeep à Quar Daniel. Partis à quatre heures du matin, nous y sommes arrivés vers sept heures et demie. On nous a donné un petit déjeuner copieux avant de nous envoyer à la plantation. Le parfum des oranges mûres était enivrant. Nous avons cueilli toute la journée, remplissant une corbeille après l'autre. J'ai fait la connaissance d'une jeune cueilleuse qui ne cessait pas de me faire des avances. Elle m'a raconté qu'elle était mariée, mais qu'elle n'avait pas vu son mari depuis deux ans, parce qu'il était dans l'armée anglaise. « Il m'écrit quelquefois d'Italie », dit-elle. J'ai vu tout de suite qu'elle était en manque, et qu'il lui fallait un homme la nuit même. Je me suis dit : « Jablonski, elle n'en peut plus, elle est chaude. Tente ta chance avec elle. »

Au dîner, nous étions l'un à côté de l'autre. Je lui ai demandé si je pouvais écouter la radio dans sa chambre, et elle a accepté avec enthousiasme. Après le repas, nous sommes allés dans sa chambre. Elle n'a même pas eu le temps d'allumer la radio, parce que je l'ai tout de suite renversée sur le lit. Tout est allé très vite. Elle a noué les bras avec passion autour de ma tête et n'a pas arrêté de m'embrasser. On s'est envoyés trois fois en l'air, puis je suis allé me coucher, épuisé.

À Beth Eshel, les jours se suivaient et se ressemblaient. Un jour, j'ai emprunté le cheval du gardien de nuit et suis allé à Beer-Sheva, mais j'étais à peine arrivé en bordure de la ville qu'une bande de gamins a surgi, des petits Arabes qui m'ont jeté des pierres en hurlant. Les pierres volaient autour de ma tête. La vue d'un Juif à cheval était probablement inhabituelle. J'avais peur d'être sérieusement blessé, j'ai fait brusquement demi-tour et ai quitté la ville au grand galop. J'ai raconté mon aventure au gardien de nuit. Il a juste dit :

— Ils auraient pu te tuer. Il y en a plus d'un qui s'est fait lapider.

La première fois que j'étais venu à Haïfa, j'avais aperçu dans la foule un vieil ami de Siret, Kurt Enzer, sur son vélo. Il m'avait crié de chercher son adresse dans l'annuaire. Et je l'avais fait. J'avais écrit à Kurt Enzer que j'étais à Beth Eshel. Il m'a répondu, sa lettre vient d'arriver. Il écrit qu'il vit chez sa mère, mais qu'il va déménager dans une semaine à Netanya, où un de ses amis de Siret, Sigi Ellner, est directeur d'une fabrique de diamants et lui a promis un job. Kurt me propose de le rejoindre, il y a sûrement un emploi convenable pour moi aussi.

J'ai fêté mon vingtième anniversaire à Beth Eshel. C'était le deux avril. J'ai pensé avec nostalgie aux anniversaires de mon enfance, surtout au douzième. Mes parents avaient invité de nombreux enfants. Je me souvenais de la petite Marion. En jouant à cache-cache dans le noir, j'avais posé les mains sur sa poitrine, et j'avais été surpris en constatant qu'elle n'avait pas encore de seins. Je n'ai dit à personne à Beth Eshel que c'était mon anniversaire, j'ai juste rêvé sans rien dire en travaillant. Le soir, j'ai fait une longue promenade dans les plantations, et je me suis assis pour attendre la tombée de la nuit. J'ai pris conscience que j'étais terriblement seul, et que je devais faire quelque chose pour que cela change. J'ai décidé de partir pour Netanya à la fin du mois. Les choses y seraient peut-être différentes.

23

Fin avril, j'ai pris un car de la ligne Egged pour Tel Aviv. Là, à la gare routière, j'ai pris un car régional pour Netanya. Je savais que Netanya était le plus important centre diamantaire de Palestine et pensais qu'il n'était pas exclu d'y trouver un bon job.

Je suis allé directement à l'usine de taille de diamants et ai demandé à voir Kurt. On l'a appelé, il est venu en blouse de travail et m'a serré la main.

— Tu viens d'arriver ?

— Oui, ai-je dit.

— Je finis à six heures. Attends-moi à l'entrée.

— D'accord.

Kurt est sorti à six heures pile. Nous sommes partis en flânant dans les belles rues bien entretenues de la station balnéaire. Kurt m'a raconté qu'on ne trouvait pas à se loger et qu'il avait la chance de partager une chambre avec quelqu'un.

— Ce type est homo, mais je le tiens à distance, a dit Kurt.

Puis il m'a proposé de dormir chez lui provisoirement.

— Je te mettrai quelques couvertures par terre. Ça ira.

Kurt habitait dans un immeuble neuf, la chambre était petite, mais propre. Le soir, quand je me suis couché par terre tout près du lit de Kurt, le pédé m'a regardé de travers d'un air jaloux. Il en pinçait visiblement pour Kurt. Cela a duré trois jours, et puis Kurt m'a dit que je devais partir, parce que l'autre l'avait menacé de le mettre à la porte si je restais. En fait, je m'y attendais.

Kurt est allé chercher un vieux matelas à la cave et m'a dit :

— Je t'emmène dans une maison où tu pourras habiter pour rien.

— Se loger gratis, ça n'existe pas.

— Si, a dit Kurt. C'est une maison qui n'est pas terminée, je suppose parce que le constructeur a fait faillite.

— Et c'est vraiment une maison ?

— Oui. Sauf qu'elle n'a pas de fenêtres, pas de portes et pas de toit. Même pas de sol.

— Comment ça, pas de sol ?

— C'est une maison au toit en terrasse qui n'a qu'un rez-de-chaussée. Le sol, c'est le sable du désert.

— Et qui habite dans cette maison ?

— De nouveaux immigrants. Ils apportent leurs lits et les installent dans les pièces vides.

— Et ils dorment là ?

— Naturellement.

Kurt m'a conduit à cette maison. Elle était un peu en dehors de la ville, dans une orangeraie. Dehors, il y avait une cour avec une pompe.

— On peut même se laver, ai-je dit.

— Oui, tu peux le faire, a dit Kurt.

Comme la maison n'avait pas de portes, nous sommes tout simplement entrés. J'ai vu un grand dortoir avec une trentaine de lits. Des gens étaient assis sur les lits, d'autres debout, certains fumaient, d'autres parlaient. Il y avait pas mal de bruit. Kurt a montré un emplacement vide au bout de la pièce.

— Mets ton matelas ici, a-t-il dit.

Je ne me le suis pas fait dire deux fois et j'ai posé le matelas sur le sol. C'était vraiment du sable.

Personne ne s'occupait de moi. Les gens étaient visiblement habitués à voir les nouveaux apporter leur lit et s'installer là où il y avait de la place. Comme je n'avais pas d'oreiller, j'ai plié mon pantalon gris sous ma tête. Je n'avais pas besoin de couverture, il faisait aussi chaud qu'en été. Au petit matin, j'ai été réveillé par des Arabes qui étaient entrés dans la salle sur leurs petits ânes. Ils avaient de grandes corbeilles d'oranges à vendre. Ils passaient de lit en lit, l'un d'eux s'approcha du mien en disant : « *Tapussim.* » Pour quelques piastres, j'ai eu un tas d'oranges suffisant pour plusieurs jours. Je me suis régalé d'oranges et suis allé à la pompe me laver tout nu. Comme je n'avais pas de serviette, je me suis séché avec une vieille chemise sale. Ainsi rafraîchi, je suis sorti dans la rue pour prendre le petit déjeuner.

Il y avait un petit bistro en face de notre maison. J'ai commandé un petit déjeuner copieux, puis j'ai un peu flirté avec la serveuse, et je me suis mis à écrire.

Quand la serveuse est revenue pour débarrasser ma table, je lui ai dit :

— J'écris un roman.

— Oh, vous êtes écrivain !

— Oui, ai-je dit fièrement.

— On peut savoir ce que vous écrivez, comme roman ?

— J'écris sur le ghetto.

— Vous étiez dans un ghetto ?

— Oui, ai-je dit. En Ukraine.

— Mon pauvre, vous avez dû en voir, dit-elle avec pitié.

— Oui, pas mal de choses. Je pourrais en parler pendant des heures.

— La plupart ne veulent plus en parler. Comme ceux qui étaient en camp de concentration. Ils refoulent l'horreur.

— Je sais, ai-je dit. Mais ce n'est pas bon de refouler. Ils se rendent malades. Je crois que si on en parle ou si on écrit, cela aide à s'en remettre. Il faut tout laisser sortir.

— Comme la vapeur, dit la serveuse.

— Oui.

J'ai commandé un autre café, allumé une cigarette et me suis penché sur mon bloc de papier. Mais malgré le café et la cigarette, j'avais beau faire des efforts, je ne trouvais rien. Je savais que je barrerais tout ce que j'avais écrit en le relisant le lendemain. C'était à désespérer. Comment devenir écrivain ? Et quoi écrire à Max Brod ?

Je suis allé voir Kurt et lui ai demandé s'il pouvait me trouver une couverture et un oreiller. Kurt est descendu à la cave et est revenu avec ce que je lui avais demandé.

— Il n'y a pas de taie d'oreiller, mais on peut s'en passer.

— Ça va comme ça, ai-je dit. Tu as fait la paix avec le pédé ?

— Oui, a dit Kurt. Mais ce type est de plus en plus collant. Hier il est carrément venu dans mon lit et a commencé à devenir entreprenant.

— Tu l'as viré ?

— Non. Il se serait encore fâché. Je l'ai gentiment convaincu, et il est parti de lui-même.

Kurt était beau garçon. Je craignais qu'il se fasse convertir par le pédé.

— Tu ne peux pas te chercher une autre chambre ?

— J'y ai déjà pensé.

Il y avait une belle plage à Netanya. J'y allais dans la journée, je m'asseyais dans l'unique café de la grande place, ou j'allais me promener. Il y avait de jolies filles, mais elles passaient devant moi, inaccessibles. « Tu pourrais tenter ta chance avec la serveuse du petit déjeuner », ai-je pensé. J'ai imaginé quel genre de conversation engager, pour lui demander mine de rien si on pourrait se voir en dehors de son travail. Le lendemain matin, je suis retourné déjeuner dans mon petit bistro en face de la maison, mais la serveuse n'avait pas de temps pour moi. Elle courait d'un client à l'autre, et m'a fait un signe de tête rapide en me voyant. J'aurais bien voulu lui demander de venir avec moi au cinéma, mais je n'en ai même pas eu l'occasion.

Comme mon matelas était dans un angle, je n'ai pas eu de mal à installer un rideau pour m'isoler un peu. À l'aide d'une pierre, j'ai enfoncé un clou dans chaque mur et tendu une ficelle sur laquelle j'ai suspendu la couverture de Kurt. Cela me faisait une sorte d'alcôve privée, et je n'étais plus exposé en permanence aux regards de mes voisins. Il n'y avait pas l'électricité, et ceux qui rentraient après la tombée de la nuit devaient trouver leur lit à tâtons. Beaucoup avaient un sommeil agité et criaient ou gesticulaient en dormant. Rien d'étonnant, ils étaient tous passés par les camps de concentration, nombre d'entre eux étaient les seuls survivants de leur famille. Ils faisaient des cauchemars. Une fois, un somnambule est venu près de mon lit, il a ouvert le rideau et m'a tiré les cheveux. Je l'ai repoussé d'une bourrade et il est reparti en titubant. Il y avait aussi un jeune couple. Ils n'avaient pas toute leur tête et disaient des trucs bizarres. J'ai appris qu'ils étaient hongrois et avaient été déportés en 44 à Auschwitz. Ça les avait détraqués. On disait qu'ils s'étaient rencontrés à Auschwitz. La femme, maigre aux longues jambes, avec les cheveux en bataille et un regard stupide, couchait avec tous les hommes, elle allait tout bonnement de lit en lit et s'allongeait près de l'un ou de l'autre en gloussant.

Des gars m'ont dit :

— Elle a beau être cinglée, c'est une affaire.

Cela ne semblait pas perturber son mari. Il travaillait toute la journée dans une usine et n'était généralement pas là quand sa femme faisait ses visites, mais il était évidemment au courant.

Un matin, la folle est venue me voir. Elle a tiré le rideau et s'est carrément couchée dans mon lit.

— Tu pues comme une chèvre, je lui ai dit.

Comme elle ne comprenait visiblement que le hongrois, j'ai essayé en hébreu, mais elle ne le savait pas non plus. J'ai reniflé en montrant le bas de son ventre et j'ai répété :

— Tu pues.

Elle a semblé comprendre.

Je lui ai donné un morceau de savon en montrant la sortie.

— Pompe, j'ai dit. Eau.

Elle a pigé, a pris le savon et a disparu. Elle est revenue au bout de quelques minutes, lavée de frais.

— Voilà, j'ai dit, maintenant, tu sens bon.

Tout décharné qu'il était, son corps restait beau. J'ai dégagé son front et l'ai embrassée, étonné de la passion qu'elle manifestait. Elle gloussait bêtement, mais m'a enlacé en ouvrant les jambes. J'étais bien en forme et l'ai pénétrée à fond. Elle m'a mordu en roucoulant. Je l'ai baisée deux fois puis je l'ai expédiée hors de mon lit.

24

Un matin au réveil, j'ai compté mon argent et constaté que toute ma fortune consistait en une demi-piastre. Cela signifiait que je ne pouvais pas faire de courses, ni même m'offrir l'habituel petit déjeuner au bistro d'en face. J'ai cherché ce que je pouvais acheter pour une demi-piastre.

« Jablonski, pour une demi-piastre, tu peux avoir un journal, ou un soda. » J'avais soif, alors j'ai opté pour le soda. Je me suis lavé à la pompe, j'ai enfilé mon pantalon kaki froissé et une chemise tout aussi froissée, et je suis sorti dans la rue. Il y avait un stand de soda au coin. J'ai demandé du soda à la framboise pour une demi-piastre.

— Le soda à la framboise est à une piastre, dit le vendeur.

— Et à la fraise ?

— C'est le même prix.

— Et un soda au citron ?

— Une piastre aussi.

— Qu'est-ce que je peux avoir pour une demi-piastre ?

— Un soda sans sirop.

— C'est-à-dire ?

— Un verre d'eau de Seltz.

— C'est tout ?

— C'est tout ce que vous pouvez avoir pour une demi-piastre.

— Alors donnez-moi une eau de Seltz.

J'ai payé, j'ai bu, à moitié mort de soif, et je suis retourné dans la maison. Et là, je me suis dit : « Jablonski, tu n'as peut-être plus un sou, mais tu vas quand même avaler un bon petit déjeuner. Tu ne vaux pas grand-chose l'estomac vide. »

Je suis donc allé à mon bistro habituel et j'ai commandé un petit déjeuner consistant : deux œufs sur le plat, fromage de brebis, beurre, confiture, petits pains frais et un double café-crème.

J'ai lu le journal, un plaisir gratuit, et j'ai appelé la serveuse.

— Je ne peux malheureusement pas payer aujourd'hui. Mais vous me connaissez, je suis l'écrivain d'à côté. Mettez ma note en compte, s'il vous plaît. J'ai un nouvel emploi et je réglerai à la fin de la semaine.

La serveuse me connaissait, oui, mais elle ne semblait pas particulièrement ravie. Elle m'a regardé d'un air méfiant, puis a dit :

— Bon. Je vous fais confiance. Alors vous payez à la fin de la semaine ?

— Oui, parole d'honneur.

Je suis allé tout droit au bureau pour l'emploi à l'angle de la rue Jabotinski. C'était celui de la Histadrout, le syndicat juif. Il fournissait du travail aussi à des non-adhérents, parce qu'il y avait beaucoup de travail à Netanya, mais peu de travailleurs. Je me suis mis dans la file d'attente devant le guichet. Quand ça a été mon tour, j'ai dit à l'employé :

— Il me faut un boulot, n'importe lequel.

— Voulez-vous porter des caisses dans une conserverie ? a-t-il demandé.

— Ça me va.

— C'est pour une semaine. Mais le travail est dur, j'aime autant vous prévenir.

— Trimballer des caisses, c'est ma spécialité. Ne vous en faites pas, je suis costaud et je me porte comme un chêne.

Il m'a donné un papier avec l'adresse.

Le travail à la conserverie consistait effectivement à transporter de lourdes caisses. Il y en avait des centaines empilées dans l'usine et nous devions les charger dans les camions qui attendaient. Tous les travailleurs étaient de nouveaux immigrants. Ils n'arrêtaient pas de jurer, et l'un d'eux a dit :

— Même au camp, ils ne m'ont pas fait trimballer des caisses aussi lourdes.

Je lui ai dit :

— Mais au camp, tu n'étais pas payé, et en plus, il n'y avait sûrement pas de caisses de confiture à transporter.

Je ne trouvais pas le travail trop dur. C'était surtout bien payé, une livre palestinienne par jour. Je continuais d'aller tous les jours dans mon bistro, et commandais un bon petit déjeuner que je faisais mettre en compte. À la fin de la semaine, quand j'ai eu ma paye, je suis allé tout de suite régler mon ardoise. La serveuse était toute contente.

— Je savais que je pouvais vous faire confiance.

— Ça vous dirait qu'on se voie après votre travail ? On pourrait aller au cinéma.

— Je suis fiancée. Qu'est-ce que mon père va penser ?

— Vous n'êtes pas obligée de lui dire.

— Laissez-moi le temps de réfléchir.

— Si vous voulez. De toute façon, je reviens demain.

En venant à Netanya, je pensais travailler à la fabrique de diamants. La taille de diamants était un travail agréable et bien considéré, mais j'avais laissé tomber cette idée parce que j'avais entendu dire qu'il pouvait nuire à ma santé. Tous les diamantaires s'abîmaient la vue. Alors je n'avais même pas essayé de rencontrer Sigi Ellner, le directeur originaire de

Siret. Je n'avais pas non plus envie d'avoir un emploi fixe, je préférais travailler par intermittence comme journalier, rester indépendant et, comme je le croyais, libre. J'avais besoin de beaucoup de temps libre pour écrire mon roman.

On construisait beaucoup à Netanya. Il y avait toujours du travail sur les chantiers. Comme je ne voulais pas travailler plus de deux jours par semaine, j'allais deux fois par semaine au bureau pour l'emploi et me faisais embaucher comme journalier. Je passais un moment dans la file d'attente, m'avançais vers le guichet où l'employé me donnait mon bulletin de travail avec l'indispensable tampon, et je m'en allais. C'était toujours un travail pour le jour même.

Je me présentais donc sur le chantier et me mettais tout de suite au travail. On me donnait généralement une pelle et une brouette, parfois je devais aussi transporter des briques ou mélanger du ciment. Il faisait une chaleur infernale, dans les cinquante degrés, je transpirais beaucoup et perdais beaucoup d'eau. Alors je devais beaucoup boire. Je buvais des litres d'eau du robinet et de soda. Le soir, je rentrais trempé de sueur, mais je ne m'en faisais pas, je me disais : « C'est juste pour deux jours, tu peux le supporter. » Je lavais mon pantalon, ma chemise et mes chaussettes à la pompe et mettais le tout à sécher sur une branche d'oranger. Je n'avais pas le moyen de repasser mes affaires, et je les remettais froissées.

Le pire, c'était le ciment. Il n'y avait pas de machines, même pas de grues pour hisser les seaux jusqu'au toit, il fallait les monter à la force des bras. Généralement, on se mettait sur l'échafaudage et on se passait les seaux de main en main. J'avais si mal aux muscles que j'avais peur de me faire une déchirure.

Je suis arrivé à convaincre la serveuse d'aller avec moi au cinéma. Quand j'ai voulu farfouiller sous sa jupe dans le noir, elle m'a donné une tape, et j'ai dû retirer ma main. J'ai fait plusieurs tentatives, toujours sans résultat. J'ai fini par lui attraper les seins, mais elle s'est obstinée à repousser ma main. Alors j'ai renoncé et décidé de ne plus l'inviter au cinéma, ni ailleurs.

Dans la queue du bureau pour l'emploi, j'ai rencontré un jeune écrivain débutant de Vienne. Il s'appelait Joseph Lindberg. Il m'a tout de suite dit qu'il était écrivain et trouvait indigne de lui de travailler sur les chantiers, mais d'un autre côté, il n'avait pas envie d'entendre son estomac gargouiller en permanence.

Je lui ai dit :

— Pour moi, c'est exactement la même chose. Je suis écrivain, et je devrais vivre de ma plume, mais je n'ai encore rien vendu. En fait, je travaille à un grand roman sur le ghetto.

Lindberg m'a demandé si nous pourrions nous rencontrer le soir au café de la grande place. J'ai acquiescé avec joie, trop content d'avoir trouvé quelqu'un qui écrivait aussi, et avec qui je pourrais parler littérature.

Nous nous sommes retrouvés le soir au café. J'ai dit à Joseph Lindberg que je considérais Stefan Zweig comme le meilleur écrivain de la littérature mondiale, et que j'avais aussi beaucoup aimé les *Lettres à un jeune poète* de Rainer Maria Rilke.

— Ce sont des rêveurs nostalgiques, a objecté Lindberg. Aujourd'hui, tu dois écrire réaliste si tu veux qu'on te prenne au sérieux.

Il a cité *À l'ouest rien de nouveau* et *Arc de triomphe* d'Erich Maria Remarque.

— Pour ma part, ce que j'écris est humoristique avec une tendance au grotesque, mais jamais sentimental, comme chez Zweig. J'envisage par ailleurs un reportage sur le soulèvement juif en Palestine et le conflit judéo-arabe. Ce sont des choses qui parlent aux gens.

— Que penses-tu de la littérature de cafés ? lui ai-je demandé.

— Rien du tout. Vienne était la ville des littérateurs de cafés. Ils y passaient des journées entières à discuter. Plus personne ne les prend au sérieux. Ce sont les faits bruts qui comptent, particulièrement en Palestine. Tu dois faire tes preuves d'écrivain. Ici, seul le succès compte. D'une certaine manière, la Palestine est une petite Amérique. Et il ne sert à rien de juste publier quelque chose. Ton livre doit d'abord s'imposer et être reconnu par le public.

— Tu es un réaliste pur et dur.

— J'essaie d'être lucide.

Je lui ai parlé de Max Brod et de notre correspondance.

— Sa lettre, il faut la conserver, dit Lindberg, c'est un précieux document. Tu vas lui envoyer quelque chose ?

— Évidemment. Mais je n'ai encore rien de présentable.

— Depuis combien de temps tu travailles à ton roman ?

— Depuis plus d'un an.

— Et tu n'as rien à montrer à Brod ?

— Rien. J'écris quelques phrases, et je les barre le lendemain. Je n'avance pas.

— Tu devrais peut-être attendre.

— Attendre quoi ?

— D'avoir le truc en toi.

— Combien de temps ?

— Peu importe. Un jour ou l'autre, tu sentiras que le

moment est venu. Alors tu te poseras sur ton cul et tu te lanceras. Ça doit s'écouler tout seul de toi, comme d'une source.

— Je m'en souviendrai.

Lindberg avait survécu à la guerre en Hollande. Il y vivait en tant qu'Hollandais sous un nom hollandais.

— Personne ne savait que j'étais juif. Je faisais la navette entre la Hollande et l'Allemagne sur un cargo. J'avais toujours peur de me faire pincer. Je racontais que ma mère était autrichienne, et que mon accent venait de là. Et ça marchait. J'avais juste un problème pour baiser. J'avais des copines allemandes, il ne fallait évidemment pas qu'elles s'aperçoivent que j'étais circoncis. Un jour, une fille m'a dit : « Je voudrais bien voir ta queue. » « Tu l'as sentie, j'ai répondu, ça suffit. »

— C'est comme ça qu'on peut se faire prendre.

— Oui, c'est la galère avec la queue.

Il m'a parlé de son amie Ruth qui voulait venir bientôt en Palestine.

— Je l'attends tous les jours. C'est vrai que la vie sera moins facile, il faudra que je cherche un emploi stable.

— Les emplois stables ne sont pas pour les écrivains.

— Tu as raison. Moi aussi, je travaille de temps en temps.

— Ruth, c'est quel genre de fille ?

— Une affaire au lit, et folle de moi, dit Lindberg.

— Elle a des parents ?

— Oui, son père, et il est très religieux.

— Faut que tu fasses gaffe.

— Oui. Mais le vieux est un soutien pour moi. Du point de vue matériel, tu vois ce que je veux dire. Il a de l'argent, seulement je ne sais pas encore comment lui en faire sortir de sa poche.

— Tu trouveras bien quelque chose.

Lindberg et moi sommes devenus des amis. Pourtant, je me suis dit : « Reste sur tes gardes. Lindberg est un type intéressant, mais tu ne peux pas lui faire confiance. » Je savais qu'il tapait tout le monde, mais ne remboursait jamais. Il était perpétuellement à court d'argent et c'était difficile de ne rien lui donner. Un jour, il me dit :

— Tu ne peux pas me dépanner ?

— Je suis à sec, moi aussi.

— Même pas une demi-livre ?

— Même pas une demi-livre.

— Alors trente piastres. Je n'ai rien mangé aujourd'hui.

Je lui ai donné vingt piastres. C'était ce dont je pouvais me passer. Un jour, il m'a dit que son amie Ruth était arrivée en Palestine et qu'elle était dans un kibboutz.

— Je vais voir Ruth demain.

— Tu reviendras à Netanya ?

— Non, a dit Lindberg. Je vais chercher du travail et un appartement pour nous deux à Tel Aviv.

Il m'a donné l'adresse de son père, qui avait une petite chambre à Tel Aviv.

— Moi aussi, je vais déménager à Tel Aviv, ai-je dit.

— Quand ?

— Ces jours-ci. J'en ai assez de Netanya.

— Fais-moi savoir où tu es.

Nous nous sommes dit au revoir.

À la fin de la semaine, j'ai fait ma petite valise et j'ai quitté la ville. Je suis parti à pied pour économiser le prix du billet. En chemin, j'ai arrêté une voiture et le conducteur m'a laissé monter. Il allait à Gan, une banlieue de Tel Aviv. De là, j'ai continué à pied.

25

Je me suis senti grisé à Tel Aviv. Enfin une vraie grande ville. Tel Aviv était purement juive, la population arabe vivait dans la ville voisine, à Jaffa. J'ai parcouru les rues nez au vent, regardant les magasins, les cafés, les femmes. Quand j'ai été fatigué, je suis allé à la plage, je me suis allongé et j'ai réfléchi. J'ai même sauté dans l'eau, en slip, je n'avais pas de maillot de bain. J'ai abordé des femmes et pris un bain de soleil. Le soir, je suis allé à Jaffa, j'ai flâné dans les rues et j'ai fini par entrer dans un restaurant. J'ai commandé un menu arabe, compté mes derniers sous et suis retourné à Tel Aviv.

Comme je ne pouvais pas me payer l'hôtel, j'ai décidé de dormir sur la plage. C'était une longue plage de sable et je n'ai eu aucun mal à trouver un endroit où m'allonger sans être dérangé. La nuit était chaude et étoilée. J'ai regardé le ciel en faisant des projets puis je me suis endormi tranquillement.

Dans la nuit, j'ai senti qu'on me faisait les poches. J'ai bondi et j'ai vu un Arabe qui ricanait. Je lui ai cassé la figure et il est parti en courant.

À Tel Aviv, il y avait des bureaux de placement privés. Ils se trouvaient dans des appartements et les agents étaient en général des femmes entreprenantes. J'ai été reçu par une Juive allemande, assise à un bureau derrière des piles de notes et de coupures de journaux. Elle m'a offert un siège.

— Vous cherchez du travail ?

— Oui.

— Quelles sont vos qualifications ?

— Je n'en ai pas. J'ai travaillé sur des chantiers et fait la plonge à l'occasion.

— J'ai une bonne place de plongeur. Mais il faudrait vous habiller mieux que ça, au moins pour vous présenter. Vous n'avez pas l'air très soigné.

— Je n'ai pas de logement, et je n'ai pas encore eu l'occasion de me raser.

— Vous pouvez vous raser ici, dans mon cabinet de toilette.

— C'est très aimable de votre part.

— On n'est pas des barbares.

Je suis allé me raser. Quand je suis revenu, elle a dit :

— C'est deux livres pour la place.

— Je n'ai pas du tout d'argent. Mais si je travaille, je vais en gagner et je paierai la semaine prochaine.

Elle semblait être habituée à ce procédé.

— Quel est le salaire ? ai-je demandé.

— Quatre-vingts piastres par jour, plus pension complète.

— La cuisine est bonne ?

— Très bonne, c'est un restaurant végétarien.

— Mais je ne suis pas végétarien.

— Ah, vous vous ferez à la cuisine végétarienne.

— Je suis un carnivore invétéré. Ce que je préfère, c'est le bœuf braisé à la viennoise.

— Ça ira bien, vous verrez, la cuisine végétarienne peut être très variée.

Ce boulot n'était pas mal du tout. Comme j'étais le seul plongeur, j'avais des montagnes de vaisselle à laver et à essuyer. La patronne m'observait d'un œil critique. Un jour, elle m'a dit :

— Votre chemise est complètement froissée, votre pantalon aussi.

— Je n'ai pas de fer à repasser chez moi.

— Pourquoi ne faites-vous pas repasser vos affaires dans une blanchisserie ?

— Parce que je n'ai pas d'argent.

Oui, décidément, ce boulot n'était pas mal. J'avais autant de café et de gâteaux que je voulais. Je travaillais de onze heures du matin à huit heures du soir. J'avais un repas à midi et un autre repas chaud le soir. Le restaurant végétarien servait du poisson, ça remplaçait la viande. J'avais des assiettes pleines de légumes frais et, en plus, de la carpe, de la truite, du sébaste ou de l'églefin. J'avais fini à huit heures, alors je flânais sur les grands boulevards, j'allais parfois au dancing ou au cinéma. Je dormais toujours sur la plage, mais j'ai fini par trouver une chambre meublée en banlieue, à Shrunat Montefiore, à proximité d'une caserne anglaise. Le quartier était éclairé par d'énormes projecteurs. C'était risqué de passer le soir devant la caserne, parce que, par peur des terroristes, les Anglais fouillaient tous les passants à la lumière des projecteurs.

Un soir que je rentrais tard, j'ai été soudain épinglé par un projecteur. Un soldat anglais m'a crié : « *Hands up* ! » J'ai eu peur et j'ai levé les mains. Le soldat m'a fouillé puis m'a fait monter dans un camion où se trouvaient déjà quelques Juifs qui s'étaient fait embarquer comme moi. Au bout d'un moment, le camion a démarré, et nous a emmenés à la prison de Jaffa. Là, nous avons été enfermés dans une cellule.

J'ai demandé à un prisonnier s'il savait ce que cela voulait dire. Il a répondu :

— Oui. Des terroristes ont attaqué la caserne cette nuit. Alors les Anglais enferment tous les Juifs qu'ils ont interpellés dans la rue aux abords de la caserne.

— Je n'ai rien fait. J'étais au cinéma et je rentrais chez moi. J'habite le quartier.

— Vous pourrez raconter ça au juge, a dit l'homme.

On a croupi trois jours dans l'étroite cellule. On dormait sur de la paille avec une couverture mince et sans oreiller. L'ordinaire se composait de pain pita, de soupe claire et de thé. Dans la prison, il y avait surtout des Arabes. Je les voyais à la promenade, quand on nous faisait marcher en rond dans la cour. Ils avaient l'air de sauvages et nous regardaient de travers. Le troisième jour, mon nom a été appelé. J'ai été déféré devant un tribunal militaire. Plusieurs officiers anglais assis à une longue table me regardaient fixement.

— Nous sommes allés à votre domicile et avons constaté que vous habitez effectivement à proximité de la caserne.

J'ai répondu vite et en bégayant :

— Oui. J'habite tout à côté de la caserne, et je rentrais chez moi quand j'ai été arrêté. J'étais au cinéma à Tel Aviv. J'ai vu un film avec Clark Gable.

— Vous étiez au cinéma ?

— Oui.

— Avez-vous entendu parler d'Irgoun Zwai Leumi ?

— Oui, ce sont des terroristes juifs.

— Comment le savez-vous ?

— Il suffit de lire le journal.

— Donc par les journaux ?

— Oui.

— Et êtes-vous en contact avec ces gens ?

— Non. Cela ne fait pas longtemps que je suis à Tel Aviv. Je viens de Netanya. Là-bas, j'ai travaillé sur des chantiers et dans une conserverie, et maintenant, je fais la plonge.

Les officiers me regardaient fixement, ils pensaient sans doute que j'étais un peu demeuré.

— Je ne suis pas un sioniste. Je rêve d'aller rejoindre mon père en France.

— Votre père est en France ?

— Oui. Il se cachait sous une fausse identité pour échapper aux nazis, et il est réapparu après la Libération. Je l'ai retrouvé grâce à la Croix-Rouge.

J'avais misé juste. Les terroristes étaient fiers et idéalistes. Aucun d'eux ne dirait à un Anglais qu'il n'est pas terroriste et qu'il veut aller en France. Ces messieurs ont échangé des regards en hochant la tête.

— Vous pouvez rentrer chez vous, dit le porte-parole du groupe. Je crois que cela suffit.

J'étais libre. Un gardien m'a fait signe de sortir. Il m'a ramené à ma cellule.

— Attendez ici que j'apporte votre certificat de libération.

J'ai attendu. Puis le gardien est revenu et m'a conduit au bureau. Mon certificat de libération a reçu encore quelques coups de tampon, et j'ai pu m'en aller.

Quand je suis retourné travailler le lendemain, la patronne, furieuse, m'a demandé :

— Où étiez-vous ces trois jours ? On s'absente, comme ça, sans rien dire ? Ici, nous croulons sous des montagnes de vaisselle sale. Et en si peu de temps, nous n'avons pas pu trouver de remplaçant.

— J'étais en prison, ai-je dit en lui montrant mon certificat de libération.

— En prison !

— Je n'ai rien fait de mal. Les Anglais m'ont arrêté au

cours d'une rafle dans la rue. Une erreur. J'ai été libéré tout de suite après l'audience.

Alors tout était en ordre. Pourtant j'ai été congédié sans préavis à la fin de la semaine suivante. Motif: la patronne ne voulait pas de vagabond dans sa cuisine. J'étais mal rasé la plupart du temps, mes vêtements sales et froissés indisposaient, paraît-il, les clients quand je passais dans la salle à manger pour ranger les assiettes sur les étagères ou les couverts dans les tiroirs.

— Vous devriez vous laver pour de bon, a dit la patronne.

Je me suis retrouvé une fois de plus dans la rue. Dans un café, je suis tombé par hasard sur un ami de Siret, Horrowitz. Je lui ai raconté mes malheurs.

— Je peux te faire entrer à l'hôpital Hadassah, comme infirmier.

— Mais je n'y connais rien.

— Ce n'est pas la peine. Il n'y a pas d'ascenseurs à l'hôpital. On a besoin de bras pour monter les malades aux étages supérieurs sur des brancards. Tu auras aussi à transporter du linge et des pansements.

— Donc un travail de porteur?

— Oui. Mais tu auras une blouse blanche et on t'appellera infirmier.

— Bon. Et comment tu vas m'y faire entrer?

— Je travaille à l'hôpital Hadassah. Et je connais l'infirmière en chef. Elle s'appelle Wolkenstein. Je lui parlerai.

Horrowitz a tenu parole. Il a raconté à l'infirmière en chef qu'il connaissait un gars costaud, l'homme qu'il fallait pour monter et descendre les malades de matin au soir sans broncher. J'ai eu le job.

26

J'étais bien payé. Une livre par jour. En plus, il y avait une cantine où on pouvait manger pour pas cher et j'arrivais à économiser la moitié de mon salaire. Il fallait bien sûr déduire trois livres pour le loyer, les cigarettes, et à l'occasion, quelques friandises ou une place de cinéma. Mais je pouvais vraiment mettre quelque chose de côté, car j'envisageais sérieusement de rejoindre mon père en France. Mon père m'avait envoyé deux fois de l'argent, en tout, trente livres que je conservais soigneusement. J'aurais mon passeport à l'été 47, alors je pourrais partir. Entre-temps, ma mère et mon frère avaient passé clandestinement les frontières de Roumanie et de Hongrie, et étaient arrivés en France par l'Autriche et l'Allemagne. Ils m'envoyaient des lettres pleines de bonheur. Ils avaient retrouvé mon père et n'attendaient plus que moi pour que la famille soit de nouveau réunie. Mon père, écrivaient-ils, avait un petit logement à Lyon et gagnait sa vie comme représentant d'une maison de fourrures. Il s'y connaissait en fourrures, car il avait travaillé dans cette branche avant d'avoir son magasin de meubles à Halle. Je leur ai écrit que j'aurais mon passeport en 1947 et que je demanderais tout de suite un visa pour la France. J'ajoutais qu'il fallait de quoi graisser quelques pattes, car les Français avaient bloqué l'entrée de voyageurs venant de Palestine, certainement à cause de l'agitation dans le pays. Mais à l'agence de voyages, on m'avait dit qu'on pouvait acheter certains employés du consulat qui délivreraient un visa contre une somme raisonnable. Papa m'avait envoyé trente livres, j'économiserais le reste.

J'ai mis Joseph Lindberg au courant comme convenu, et je lui ai donné mon adresse. Il s'est manifesté peu après. Ruth, son amie, était encore au kibboutz et pour sa part, il cherchait un travail et un logement, mais en vain. Je lui ai proposé de l'aider et l'ai emmené le lendemain à l'hôpital. Je l'ai présenté à l'infirmière en chef en disant :

— Il est fort comme un bœuf et peut facilement monter les escaliers avec un brancard, il peut aussi transporter le linge et les pansements. Le mieux, ce serait qu'on travaille ensemble, je lui montrerais tout.

L'infirmière Wolkenstein a été d'accord et a engagé Lindberg.

On travaillait ensemble, on trimballait les malades dans les escaliers, on apportait du linge et des pansements dans les chambres, on fumait en travaillant, on lançait des vannes et on était de bonne humeur. Le travail était pénible, mais nous étions jeunes et capables de le faire.

— Un homme plus âgé aurait facilement une crise cardiaque, dit Joseph. Qu'est-ce qu'on ferait si l'un de nous deux tombait raide mort ?

— Ce serait moche pour l'autre. Comment je me débrouillerais pour porter les brancards tout seul ?

— Alors fais attention qu'il ne m'arrive rien, dit Lindberg.

C'est pourquoi on faisait une pause à chaque palier, on reprenait notre souffle et on continuait tout doucement. La chaleur n'arrangeait rien, on était trempés chaque fois qu'on arrivait en haut. On rigolait avec les jolies infirmières, mais pas moyen d'en toucher une. À midi et le soir, on allait à la cantine. C'était vraiment bon marché, on mangeait pour quelques piastres.

Le travail est devenu moins pénible à l'automne et, en hiver, on transpirait moins. Début 47, le soulèvement juif s'est déclenché pour de bon. Tous les jours, des casernes et des dépôts de munitions britanniques volaient en éclats. Des Anglais étaient abattus en pleine rue. C'était l'apocalypse dans tout le pays. On nous amenait souvent des Anglais morts ou blessés. Il fallait les acheminer tout de suite en chirurgie. Joseph et moi les mettions sur un brancard. Une fois, on a dû aller chercher un Anglais mort dans la salle d'opération.

— Celui-là, il va à la morgue, a dit le médecin.

On a sorti le brancard dans le couloir.

— Fais gaffe en descendant l'escalier, dit Lindberg, faut pas qu'on perde notre macchabée.

— Pourquoi on le perdrait ?

— Ben, il pourrait dégringoler de la civière.

Lindberg était trop futé pour prendre l'avant du brancard. Il a pris le côté de la tête et m'a dit d'aller devant. Ce que j'ai fait. J'ai commencé à descendre l'escalier et je me suis rendu compte trop tard que je m'étais fait avoir. L'avant pèse bien plus lourd dans un escalier raide. Mais ce n'était pas tout. Le mort glissait et quand j'ai senti ses pieds nus et froids toucher ma nuque, j'ai sursauté et me suis mis à courir, obligeant Lindberg à descendre les marches en trébuchant. Nous sommes arrivés à la morgue en courant, avec le mort qui rebondissait sur la civière.

— Quand ses pieds m'ont touché la nuque, ai-je dit à Lindberg, j'ai eu l'impression que toute l'Angleterre voulait me punir.

— Pourquoi ?

— Parce qu'il avait été tué par des Juifs, et que j'en suis un.

— Mais il n'a fait que te chatouiller le cou, dit Lindberg. Et chatouiller n'est pas châtier.

— Quand c'est un mort qui te chatouille, c'est sacrément désagréable. En tout cas, j'ai eu une belle frousse.

Tout de suite après, on est allés à la cantine pour essayer d'oublier notre macchabée avec un bon repas. J'ai pris du rôti saignant et des pommes de terre sautées, puis une part de tarte aux fraises.

— Ce cadavre me reste quand même sur l'estomac, ai-je dit à Lindberg.

— Ben, reprends de la tarte aux fraises.

Au bout de six mois, nous avons été licenciés.

— Cet emploi n'était que pour six mois, a dit l'infirmière Wolkenstein.

— Pourquoi ? Nous avons bien fait notre travail.

— Vous avez très bien travaillé, mais c'est la faute du syndicat. Ils nous obligent à engager définitivement les infirmiers au bout d'une période d'essai de six mois, avec retraite, congés payés et tout le reste. Alors nous les licencions et en embauchons d'autres.

Que répondre à cela ? Nous avons râlé un peu et rendu nos cartes. L'infirmière nous a consolés.

— Des gars costauds comme vous trouvent toujours du travail.

— Oui, ai-je dit. Le tout est de savoir quoi.

— Allez, ça va s'arranger, dit l'infirmière Wolkenstein.

Et me revoilà dans la rue. Et à la rue, car manque de bol, mon logeur aussi m'a mis à la porte :

— Je vous ai logé à des conditions très avantageuses, trois livres par mois, mais j'ai besoin de la chambre pour mon fils qui revient d'Europe.

J'ai pris ma petite valise et suis allé chez Joseph Lindberg. Il vivait avec Ruth dans une chambre minuscule. Une chambrette tout juste assez grande pour un lit étroit, une table et une chaise.

— Où est-ce qu'on va te mettre ? a demandé Lindberg en se grattant la tête. Mais si tu veux, tu peux dormir avec nous. On s'arrangera.

27

Nous avons donc dormi à trois dans le petit lit. Lindberg en guise de rempart entre son amie et moi. J'ai pensé que ce serait bien si on la sautait tous les deux, mais j'ai gardé cette idée pour moi. Notre amitié n'irait pas jusque-là. Au petit matin, je me suis levé passablement courbatu. Non seulement le lit était étroit, mais le matelas avait un creux au milieu, et je n'arrêtais pas de glisser sur Lindberg. Ruth avait aussi un sommeil agité, elle remuait les bras et me cognait la tête par-dessus son ami. Une fois, elle a étendu les jambes si loin que je l'ai touchée. Ses fesses remuaient à droite et à gauche. Elle était à moitié allongée sur son ami qui dormait à poings fermés. J'ai vraiment tâté son postérieur et glissé un doigt dans sa fente. Je ne sais plus lequel. Et je ne sais pas non plus si elle s'en est rendu compte.

Ruth nous a préparé le petit déjeuner. Il y avait du café et des petits pains frais du boulanger d'à côté. Lindberg a pris du beurre et de la confiture qu'il conservait sur le rebord de la fenêtre.

Ça a duré trois jours, au bout desquels Lindberg m'a mis gentiment à la porte.

— Ça suffit, a-t-il dit. En toute amitié.

— Pas de problème.

— Tu vas dormir où ?

— Quelque part, je trouverai bien.

Comme mon père m'avait envoyé trente livres et que j'en avais mis cinquante-cinq de côté, j'étais à la tête d'un imposant capital de quatre-vingt-cinq livres. Je gardais cette petite fortune sur moi en permanence parce que je ne faisais confiance à personne. J'avais mis les billets dans un vieux portefeuille qui ne quittait pas la poche de mon pantalon. En marchant, je mettais la main dans ma poche pour voir s'il y était toujours. Je n'avais pas encore trouvé de chambre, et je ne voulais rien dépenser pour l'hôtel, alors je dormais de nouveau sur la plage. Je faisais des cauchemars, parce que j'avais peur que quelqu'un fouille dans mon pantalon. Je me réveillais souvent et je tâtais mon portefeuille. Le matin de bonne heure, j'allais dans un des grands hôtels de la rue Jarkon. Ils donnaient sur la plage et leurs chambres avaient vue sur la mer. Je savais qu'ils étaient hors de prix, mais d'un autre côté, on n'y attirait pas l'attention. J'étais allé une fois me raser et me laver dans les toilettes d'un hôtel modeste, et le portier m'avait tout de suite sauté dessus en me demandant si j'étais client. Dans les grands hôtels, personne ne me demandait qui j'étais et ce que je faisais aux toilettes.

Dans l'un de ces hôtels, elles étaient très chic. J'étais en train de me raser devant la glace quand un homme élégant est entré. Il m'a demandé si je n'avais pas de salle de bains dans ma chambre.

— Malheureusement non, ai-je répondu.

— Pourtant, je pensais qu'ici, toutes les chambres avaient une salle de bains et des toilettes.

— C'est vrai. Mais dans ma chambre, l'eau ne fonctionne pas.

— Vous devriez avertir tout de suite la direction.

— Je l'ai fait, mais il faut attendre un moment avant que le technicien vienne.

— Ah, les techniciens ! Vous savez, il y a quelque temps,

ma lampe de chevet ne marchait pas. J'ai attendu l'électricien deux jours. C'est quelque chose, quand même !

— Oui, je vous comprends.

Je dépensais un minimum, car j'avais besoin de la moindre piastre pour aller en France. Je continuais de laver mes chemises, mon pantalon kaki et mes chaussettes à un robinet quelconque, et les mettais à sécher sur la plage. J'évitais les restaurants et achetais du pain et de la margarine à l'épicerie, parfois je m'offrais aussi un bout de saucisse ou de fromage. Cela ne me disait pas grand-chose, mais j'ai pensé que je pourrais travailler deux jours par semaine sur des chantiers, comme à Netanya.

L'après-midi, j'allais au café pour écrire, mais mes tentatives littéraires échouaient invariablement. J'ai fait des rencontres au café Shalom, rue Ben Yehuda. C'était un café typique d'émigrants. Réunis autour de grandes tables, ils parlaient fort et en allemand sans se gêner, ce qui m'avait frappé. Je me suis adressé à l'un d'eux :

— J'entends qu'ici, tout le monde parle allemand.

— Oui, nous sommes tous autrichiens.

— Moi, je viens d'Allemagne. Je suis écrivain.

— Enchanté, dit le monsieur. Je n'ai encore jamais rencontré de véritable écrivain. Puis-je savoir votre nom ?

— Jablonski. Ruben Jablonski.

— Ne m'en veuillez pas, mais je n'ai jamais entendu ce nom.

— Je ne suis pas encore très connu, ai-je dit.

Ce monsieur pouvait avoir la cinquantaine. Il portait une chemise immaculée et un nœud papillon bigarré. Il m'a présenté à ses amis :

— Permettez-moi de vous présenter un écrivain qui nous vient d'Allemagne, Monsieur Jablonski.

J'ai serré quelques mains. Il y avait aussi des dames dans cette tablée, elles n'étaient plus de la première jeunesse.

— Je viens d'Allemagne, ai-je expliqué, mais j'ai vécu la guerre en Roumanie.

— En Roumanie ? s'étonna l'une des dames.

— Ma mère est de Bucovine. Comme mes grands-parents vivaient là-bas, nous y sommes partis en 1938. J'ai vécu dans une petite ville juive, à Siret, si cela vous dit quelque chose.

— Non, dit la dame. Siret ? Jamais entendu.

— Nous avons tous été déportés en 41, tous les Juifs de Bucovine. On nous a déplacés en Ukraine.

— En Ukraine ? s'exclama la dame, toujours étonnée.

— Oui. Les Roumains avaient fait toute la campagne de Russie aux côtés des Allemands. En reconnaissance, Hitler leur a donné un petit morceau du gâteau russe, la partie méridionale de l'Ukraine, la région d'Odessa.

— Odessa, dit l'un des messieurs, la ville célèbre au bord de la mer Noire. Vous êtes allé à Odessa ?

— Non, nous avons été déportés dans une autre ville, à Moguilev-Podolski.

— Moguilev-Podolski, dit la dame. Jamais entendu.

— Une ville sur le Dniestr. Complètement détruite, un tas de ruines. Les Roumains y avaient mis en place un ghetto.

— Donc les Juifs ont été persécutés en Roumanie ?

— Oui. C'est apparemment peu connu. Mais des milliers de Juifs ont été exterminés par les Roumains. Abattus ou morts de faim dans les ghettos.

— Antonescu, dit le monsieur au nœud papillon bariolé. Ce n'était pas lui, le dirigeant fasciste de Roumanie ?

— C'est exact.

Je leur ai raconté ma déportation, le typhus et la faim au ghetto. Je leur ai dit comment les Russes nous avaient libérés en 1944, et comment je suis revenu à pied en Roumanie. Je leur ai parlé de la petite ville juive sans Juifs, de mon départ pour Bucarest et de là, pour la Palestine.

— La Palestine est la Terre promise, dit une dame. Mais de nombreux émigrants y sont malheureux.

— Ce n'est pas facile en Palestine, ai-je dit.

— Nous avons des difficultés avec les Anglais, dit le monsieur au nœud papillon, mais cela pourrait devenir encore pire.

— Pire ?

— Avec les Arabes.

— Il pourrait y avoir une véritable guerre entre Juifs et Arabes, ai-je dit.

— Seulement après le départ des Anglais, dit le monsieur au nœud papillon. Les Nations unies vont bientôt voter. Si les Anglais se retirent et qu'un État juif est créé, les Arabes se déchaîneront.

— Vous croyez qu'un État juif sera créé ?

— J'en suis convaincu.

— Quand aura lieu le vote des Nations unies ?

— En novembre, à ce qu'il paraît.

— Alors attendons, dit un monsieur plus âgé assis en face de moi.

J'appris qu'il venait de Vienne, s'appelait Rosenfeld et était avocat. À côté de lui, son épouse, plus jeune d'environ trente-cinq ans, ne me quittait pas des yeux, comme hypnotisée.

— En tant qu'écrivain, que pensez-vous de la question arabe, Monsieur Jablonski ? demanda-t-elle.

— Nous devons trouver un terrain d'entente avec les Arabes, dis-je. L'État juif sera aussi un État arabe. Nous devons construire ensemble cet État futur.

— Dites cela aux sionistes, dit l'avocat en riant. Ils veulent un État exclusivement juif.

— C'est ce que nous voulons tous. Mais que faire des Arabes ? Ils sont tout de même en majorité dans le pays.

— C'est vrai, dit l'avocat.

Je lui donnais soixante-quinze ans, et quarante à sa femme. « Elle est appétissante, ai-je pensé, et elle te regarde d'un air assez prometteur. Il y a peut-être moyen de la sauter. Et ça ne devrait pas déranger beaucoup le vieux. »

J'ai dit :

— Si on en vient à une guerre ouverte avec les Arabes, Dieu ait pitié de nous !

— Mais nous sommes supérieurs aux Arabes, dit l'avocat.

— Vous oubliez les États arabes qui interviendront aussi dans cette guerre pour soutenir leurs frères de Palestine.

— Au diable les États arabes, dit la dame avec laquelle j'avais parlé de Moguilev-Podolski.

— Les États arabes dépendent de l'Angleterre, dit l'avocat. Ils n'entreprendront rien sans l'accord des Britanniques.

— C'est vrai, dit la dame.

La tablée commanda une autre tournée de café et de pâtisseries. La femme de l'avocat avait une part de moka qui me fit venir l'eau à la bouche, mais je devais économiser.

— Vous ne voulez pas de gâteau, Monsieur Jablonski ? demanda la femme de l'avocat.

Elle avait visiblement envie de me parler.

— Je ne sais pas si ce gâteau est bon.

— Eh bien, goûtez donc un petit bout du mien, dit-elle en riant.

Je ne me le suis pas fait dire deux fois, et j'ai pris un morceau de son moka avec ma cuiller à café. Elle a ri et m'a fait un clin d'œil.

— Vous êtes encore tout jeune. Vous pourriez être mon fils.

— J'ai vingt et un ans, et vous à peine trente ans.

— Merci du compliment. J'ai quarante-deux ans, donc vous pourriez être mon fils.

— Effectivement, mais vous ne faites pas votre âge.

L'avocat me raconta qu'il avait eu la chance d'émigrer en Palestine en 1938.

— Sinon, nous nous serions tous retrouvés dans un camp de concentration.

— Et nous n'aurions pas survécu, dit sa femme.

— C'est certain, dit l'avocat. J'ai soixante-quinze ans. Rien qu'à cause de mon âge, ils m'auraient tout de suite envoyé à la chambre à gaz.

— Oui, dit sa femme.

— Mon épouse est notablement plus jeune que moi, dit l'avocat. Elle aurait peut-être pu s'en sortir.

— Moi ? Certainement pas, dit-elle, même si je suis beaucoup plus jeune. Je n'aurais pas supporté la faim, ni toutes les souffrances.

— On en supporte beaucoup, dit l'avocat. On ne sait pas tout ce qu'on est capable de supporter.

Un petit chauve bedonnant à lunettes assis à côté de l'avocat dit :

— Moi, je suis arrivé en 46. J'ai fait toute la guerre en Europe.

— Vous étiez en camp de concentration ?

— Non, mais je me suis caché pendant cinq ans, et j'étais toujours en fuite.

— Où vous êtes-vous caché ? ai-je demandé.

— À Paris, puis dans le sud de la France.

— Racontez-moi comment c'était, en France.

— Pas maintenant, dit le chauve, mais nous pouvons aller plus tard dans un autre café et parler tranquillement.

— Avec plaisir.

Les émigrants parlaient beaucoup et fort. On avait l'impression que tous les flâneurs de la Herrengasse et de la Ringplatz étaient rassemblés ici. Le chauve et moi nous sommes levés et avons pris congé.

— Déjà ? dit l'avocat.

— Je veux me dégourdir un peu les jambes rue Dizengoff, dit le chauve, et Monsieur Jablonski m'accompagne.

— Oui, dis-je. Un peu d'air frais ne fera pas de mal.

La femme de l'avocat me lança un regard éloquent.

— Vous reviendrez, Monsieur Jablonski ?

— Demain, dis-je. Dans l'après-midi.

Je suis sorti avec le chauve. À cette heure, la rue Ben Yehuda était animée. Une foule de promeneurs emplissait les trottoirs. C'était encore pire dans la rue Dizengoff, le cœur de la ville. On aurait dit que tout Tel Aviv s'y était donné rendez-vous. Nous sommes entrés dans un petit café. J'ai commandé un expresso et le chauve un chocolat chaud. Nous avons allumé une cigarette.

— Alors, vous voulez en savoir plus sur la France ?

— Oui. J'ai rencontré un Français, un jour. Il prétendait qu'en France, les Juifs avaient été traités humainement. Selon lui, la population les avait aidés et les avait cachés aux nazis.

— Un pieux mensonge, dit le chauve.

Il s'appelait Axelrad.

— Monsieur Axelrad, on a donc sauvé les Juifs, en France ?

— Non. La police française a livré aux nazis les listes de noms de la communauté juive. Les Juifs ont été arrêtés avec l'aide de la police française et envoyés à Auschwitz.

— Je ne savais pas.

— Je suis parti dans le Sud peu de temps avant l'action juive. Le sud de la France constituait la prétendue zone libre où les nazis n'avaient rien à faire. Elle était contrôlée par le gouvernement de Vichy. Mais croyez-moi, ils étaient aussi antisémites que les nazis, et ils leur ont livré des milliers de Juifs.

— Et comment y avez-vous échappé ?

— Cela n'a pas été facile, dit Axelrad. Pendant un certain temps, j'ai cherché à aller en Espagne, mais la frontière était fermée. Ceux qui passaient clandestinement risquaient de se faire renvoyer en France, et c'était la mort assurée. Une fois où j'ai essayé de franchir la frontière, les gendarmes espagnols sont arrivés, mais j'ai pu m'enfuir. Je me suis caché quelques jours dans la montagne, avant de revenir en France par le même chemin.

— C'est beau, l'Espagne. J'ai rencontré des gens qui s'étaient réfugiés à Majorque. Printemps éternel et palmiers.

— Vous êtes un romantique, dit Axelrad. Dans ma situation, je ne rêvais pas de palmiers ni de plages ensoleillées. Je ne recherchais que la sécurité. Fuir et jouer à cache-cache en permanence représentait un poids insupportable. Tout ce que je voulais, c'était de pouvoir dire à tout le monde qui j'étais, vivre sans inquiétude et marcher dans la rue l'esprit libre.

— Je peux le comprendre, dis-je.

— J'ai trouvé une chambre à Nice. La logeuse ignorait que j'étais juif, mais elle devait se douter de quelque chose. Il fallait faire très attention. Puis il y a eu les Italiens, des troupes envoyées dans le Midi par Mussolini pour maintenir l'ordre. Avec les Italiens, ça allait. Ils ne livraient pas les Juifs aux Allemands. Mais l'occupation italienne était provisoire. Les Allemands ont bientôt pris la relève. Ils ont occupé la France entière, sous prétexte de protéger les côtes contre un débarquement ennemi. Ils ont bâti d'énormes bunkers en béton sur les plages et passé le pays au peigne fin à la recherche d'espions. Quelqu'un m'a dénoncé, ma logeuse ou un voisin, je l'ignore encore aujourd'hui. Un jour, deux policiers de Vichy sont venus me chercher et m'ont remis aux Allemands. J'ai été expédié en Pologne, et je me suis tout d'un coup retrouvé dans un train de la mort en direction d'Auschwitz.

— Alors, vous étiez à Auschwitz ?

— Non, dit Axelrad. Beaucoup de vieux étaient morts en route. Quand on a ouvert les portes pour jeter les cadavres dehors, j'ai sauté du wagon.

— Vous n'avez pas été abattu tout de suite ?

— Les gardes m'ont tiré dessus, mais ils m'ont raté. Il y avait un champ de blé à proximité. J'ai couru m'y cacher.

— Ça devait être en été, et le blé était haut ?

— Oui, dit Axelrad. C'était l'été et le blé était assez haut. C'était facile de disparaître dans le champ.

— Une amie m'a raconté une histoire semblable. Elle s'appelait Iwonna, et elle a sauté d'un train de la mort.

— Oui, beaucoup ont essayé. Mais bon nombre d'entre eux ont été abattus en s'échappant.

— Qu'est-ce que vous avez fait ensuite ?

— J'ai vécu un moment de pommes de terre que je déterrais. Elles n'étaient pas tout à fait à point, mais au moins cela calmait ma faim. Je n'osais pas aller dans les villages. Comme je ne parlais pas polonais, j'aurais tout de suite attiré l'attention. Une chance qu'étant fumeur, j'avais toujours des allumettes sur moi. Je pouvais faire du feu pour rôtir mes pommes de terre.

— C'était sûrement très bon.

— Délicieux. Celui qui n'a pas eu faim ne sait pas à quel point un tel repas peut être bon.

— Vous n'êtes pas du tout allé dans les villages polonais ?

— Non, dit Axelrad. Les paysans polonais haïssent les Juifs. C'était trop risqué.

— Et ensuite ?

— En Galicie, il y a des milliers de villages, bourgs et shtetls juifs. Un jour, j'ai quitté l'abri du champ de blé et j'ai fait un bout de chemin sur la route. Je suis arrivé dans une de ces petites villes. Les Allemands avaient déjà emmené la plupart des Juifs, ceux de cette ville étaient encore tous là, mais il y avait une rafle au moment où j'y suis arrivé. Je me suis de nouveau réfugié dans un champ – il y en avait beaucoup à l'orée de la ville –, et j'ai vu rassembler les Juifs. J'ai été particulièrement frappé par un grand-père qui tenait ses six petits-enfants par la main. C'était émouvant de voir avec quelle confiance les petits levaient les yeux sur lui.

— Qu'ont fait les Allemands ?

— Ils ont conduit les Juifs dans la forêt et leur ont fait creuser leurs propres tombes avant de les fusiller.

— Les Allemands ne vous ont pas découvert ?

— Non, mais moi, j'ai tout vu.

— C'était en quelle année ?

— À l'été 43. La grande offensive russe a commencé en automne, et en mars 44, les Russes ont atteint la frontière et envahi la Pologne orientale. J'ai couru à leur rencontre.

— Vous avez eu de la chance.

— Oui, dit Axelrad, encore que ce n'a pas été une partie de plaisir avec les Russes.

— Ils vous ont maltraité ?

— Et comment ! Comme je ne parlais qu'allemand, ils m'ont pris pour un déserteur, j'ai été arrêté et fourré dans un train qui devait m'emmener en Sibérie. Mais j'ai encore trouvé moyen de m'échapper.

— Où ?

— En Bulgarie. De là, je suis parti début 46 pour la Palestine.

— Chacun de nous a une histoire à raconter. Je suppose qu'au café Shalom, tous les émigrants ont des histoires semblables.

— Oui, à l'exception des Rosenfeld. Ils ont eu de la chance et ont pu émigrer légalement en Palestine dès 1938.

— Oui, je sais. Par ailleurs, elle est considérablement plus jeune que lui.

— Oui, dit Axelrad. C'est une femme tout à fait charmante. Je crois que dans leur mariage, il a un rôle plutôt paternel. En tout cas, elle est toujours à l'affût d'hommes jeunes.

— Elle a flirté avec moi.

Quelques jeunes gens bruyants entrèrent, des Européens, mais aussi des Orientaux. Ils commandèrent des falafels et de l'hoummous.

— C'est rare de voir des Juifs européens et orientaux ensemble.

— C'est vrai, dit Axelrad. Les Européens restent généralement entre eux. Une démarcation qui frise le racisme.

— Les Européens se croient supérieurs. Pourtant, il y a des gens intéressants parmi les Orientaux.

— En particulier les Yéménites, dit Axelrad. Avez-vous déjà vu des femmes yéménites ? Elles sont si belles, elles ont des membres si fins et des traits si nobles qu'elles éclipsent toutes les Européennes.

— Oui.

— Dans le futur État, il ne devra pas y avoir de différence entre Juifs, dit Axelrad. Mais je crois que les différences s'estomperont, en particulier chez les jeunes, ils vont dans les mêmes écoles et parleront tous hébreu.

— Pour l'instant, c'est encore la confusion des langues, les Juifs arabophones n'ont pratiquement rien de commun avec les Juifs d'Europe. Mais vous avez raison, quand les différences linguistiques auront disparu, les autres seront aussi abolies.

— La langue est un pont qui relie les hommes, dit Axelrad.

Nous avons vidé nos tasses et nous sommes apprêtés à partir.

— Vous retournez au café Shalom ?

— Non, dit Axelrad.

J'étais irrésistiblement attiré par le café Shalom, parce que je voulais revoir la femme de l'avocat. Mais quand je suis arrivé, la tablée d'émigrants était déjà partie. L'avocat et sa femme n'étaient plus là non plus.

28

J'ai passé une autre nuit sur la plage, mais dès le lendemain matin, dans la crainte de me faire dévaliser, j'ai acheté un journal et parcouru les petites annonces à la recherche d'une chambre. Il y en avait une bon marché à l'orée de la ville, près de Jaffa. J'y suis allé tout de suite et l'ai louée. Ce n'était rien de plus qu'un gourbi sans salle de bains ni toilettes, meublé d'un lit bancal, d'une petite table et d'une chaise. Le papier peint était déchiré et plein de taches. Mais le loyer n'était que de deux livres par mois.

— Il n'y a pas de salle de bains, dit la logeuse. Vous pouvez vous laver et vous raser dans le couloir. Il y a une salle d'eau commune.

Je me suis aussi mis en quête de travail sur un chantier. J'ai eu de la chance. Au bureau pour l'emploi, j'ai eu trois journées de travail. Le salaire était d'une livre par jour. Je me suis dit : « Pas mal, avec ces trois livres, tu vas garder la tête hors de l'eau un petit moment. »

Au bout des trois jours, je suis retourné au café Shalom. Les émigrants m'accueillirent chaleureusement.

— Où étiez-vous, Monsieur Jablonski ? demanda la femme de l'avocat.

— J'avais un travail urgent à finir.

— Vous aviez promis de revenir il y a trois jours. Vous m'avez beaucoup manqué.

— Vous aussi, vous m'avez manqué.

À ce moment-là, l'avocat était aux toilettes.

— Venez donc prendre le thé chez moi, dit-elle. L'après-midi, je suis seule à la maison, mon mari va de bonne heure au café.

— Avec plaisir. Demain ?

— À quatre heures. Je vous attendrai.

— Alors, c'est d'accord. À quatre heures.

Lorsque son mari revint des toilettes, elle me glissa rapidement son adresse sans rien dire. Seuls ses yeux trahirent avec quelle impatience elle attendait ma visite.

Le lendemain, j'ai enfilé mon pantalon gris, mon blouson et une chemise blanche à peine tachée. J'ai caché les taches en tirant le col du blouson, sous lequel on ne voyait pas non plus que la chemise était froissée.

Ayant sonné chez Madame Rosenfeld, j'ai été étonné de la rapidité avec laquelle elle est venue ouvrir.

— Comme c'est bien que vous soyez venu.

— Vous pensiez que je ne viendrais pas ?

— Vous êtes encore très jeune. J'aurais pu vous faire peur.

— En quoi faisant ?

— En vous invitant, et en disant que je serais seule à la maison.

— Pourquoi cela devrait-il me faire peur ? Au contraire, je suis ravi que nous soyons seuls.

— Vraiment ?

— Oui.

Elle m'a pris par le bras pour me conduire au salon, un ensemble petit-bourgeois avec un canapé, deux fauteuils club et une table basse, une grande table sous un lustre, une petite bibliothèque et un porte-revues.

— Vous êtes bien installée, ici.

— C'est un appartement typique d'émigrants. Nous avions mieux à Vienne.

— Vienne. Le bon vieux temps.

— Oui, dit-elle. Mon mari avait un important cabinet à Vienne.

Nous nous sommes assis sur le canapé. Madame Rosenfeld a servi du thé et des pâtisseries.

— Vous aimez le thé, ou vous préférez du café ?

— Du thé, c'est bien.

Elle était assise tout près de moi. J'ai posé la main sur son genou. Je m'attendais à ce qu'elle la repousse, mais elle ne bougea pas.

— J'ai envie de vous embrasser, dis-je, mais je n'ose pas.

Elle a ri et m'a offert sa bouche. Baiser passionné. Comme elle ne disait rien, j'ai glissé la main sous son slip. Elle a sursauté, mais n'a rien fait. Je l'ai rapidement renversée et lui ai ôté son slip. Puis j'ai baissé mon pantalon et me suis jeté sur elle. Pendant que nous faisions l'amour, elle m'entoura de ses bras et n'arrêta pas de m'embrasser.

— Vous êtes un jeune homme fantastique, dit-elle.

— Et vous, une femme exceptionnelle.

On a remis ça sur le canapé. Puis je me suis relevé et j'ai dit :

— Et si votre mari revient ?

— N'ayez crainte, dit-elle. Quand il est au café, il y reste jusqu'au soir. Je lui ai dit que je le rejoindrais plus tard, et je suppose qu'il m'attend.

Je me suis rassis.

— Parlez-moi de vos parents, demanda-t-elle. Quel âge a votre mère ?

— Quarante-cinq ans.

— Pas beaucoup plus que moi.

— Pas beaucoup plus. Mais cela ne fait rien.

Je l'ai embrassée encore et encore.

— Vous êtes fascinante.

— Et votre père ?

— Il a quarante-neuf ans.

— Que fait-il dans la vie ?

— En Allemagne, il était commerçant jusqu'à ce que les nazis ruinent son magasin. L'entreprise a fini par être aryanisée. Il est parti sans argent, avec dix marks en poche. Les Juifs n'avaient pas le droit d'emporter davantage. Il s'est réfugié en France.

— Donc sorti légalement d'Allemagne, mais entré clandestinement en France ?

— Oui, sinon cela aurait été dangereux. Il ne voulait pas se frotter à la Gestapo.

— Et en France ?

— Il a été traqué par la police des étrangers. Il a dû se cacher à plusieurs reprises à Paris. Puis, après l'invasion allemande, il est parti vers le Midi où il a pris une fausse identité.

— Comment a-t-il survécu ?

— En faisant des petits boulots, toujours sur ses gardes, au cas où on découvrirait son identité. Ma mère et mon petit frère étaient en Roumanie. Mais je l'ai déjà raconté au café Shalom. Nous étions réfugiés chez mon grand-père qui vivait alors à Siret, une petite ville juive. En 41, tous les Juifs de Siret ont été déportés. Nous aussi.

Je lui ai caressé les seins.

— Après, il y a eu les années de famine au ghetto. Mais je l'ai déjà raconté.

Elle m'a caressé la tête et m'a embrassé.

— C'est triste. Parlons d'autre chose. Vous m'en direz bientôt plus sur le ghetto ?

— Oui, à condition que nous nous revoyions.

— Vous pouvez venir tous les après-midi. Je vous attendrai.

Nous sommes sortis. Afin de ne pas attirer l'attention, je l'ai laissée aller seule au café.

— Je viendrai plus tard, dis-je, il vaut mieux qu'on ne nous voie pas ensemble.

Elle m'a encore embrassé dans la rue.

Le soir, je suis allé seul au cinéma. J'ai d'abord acheté une tablette de chocolat Elite, une marque palestinienne que j'aimais beaucoup. Il y avait une place à côté d'une Yéménite. Elle a ri quand je m'y suis assis. Excité par ses yeux noirs et ses dents d'un blanc éclatant, j'ai posé la main sur son genou dans l'obscurité. Comme elle n'a rien dit, j'ai essayé de glisser la main dans sa culotte, mais elle ne s'est pas laissé faire. Quand nous sommes sortis, je lui ai demandé si je pouvais la raccompagner.

— Ce n'est malheureusement pas possible, je vis avec mes parents et mes frères.

Elle m'a donné son adresse, mais je l'ai bientôt jetée.

Mon lit bancal avait un creux au milieu, comme chez Joseph Lindberg. J'avais mal au dos en me réveillant, et je suis allé me plaindre à la logeuse.

— Pour deux livres le mois, c'est tout ce que vous pouvez avoir.

Elle a ajouté qu'elle n'avait pas de quoi acheter un matelas neuf.

— Vous n'avez qu'à dormir par terre. C'est ce qu'il y a de mieux quand on a mal au dos.

J'ai travaillé deux jours sur un chantier, puis je suis retourné au café Shalom. Les émigrants étaient tous là.

La femme de l'avocat m'a accueilli par un sourire espiègle. Je lui ai murmuré que je n'avais pas pu venir ces deux derniers jours parce que j'avais un petit travail à terminer.

— J'ai bien pensé que vous étiez occupé, dit-elle.

Il y avait d'autres femmes dans le groupe d'émigrants. L'une d'elles n'avait pas de poitrine. Elle avait servi de cobaye au camp de concentration, les médecins SS lui avaient amputé les deux seins. Mais elle était vraiment belle, la trentaine, de grands yeux noirs et des cheveux bruns frisés.

J'ai fait comprendre à la femme de l'avocat que j'irais la voir le lendemain. Son mari, en grande conversation, n'a rien remarqué.

Ensuite j'ai raconté aux émigrants comment j'avais été attaqué par un avion allemand.

— C'était deux jours après l'entrée des Russes à Moguilev-Podolski, dis-je. Un matin, un militaire russe est venu chez nous et a dit qu'un des jeunes gens devait le suivre. Il fallait transporter du bois pour la construction d'un pont flottant que les Russes voulaient achever le plus vite possible afin de poursuivre les troupes allemandes en fuite. Je me suis tout de suite porté volontaire. Ma mère a demandé :

« Quand mon fils reviendra-t-il ? »

« Dans une vingtaine de minutes, a dit le soldat. Il y a juste à charger le bois sur des radeaux. »

C'était à la fin mars, et en jeune sportif, je suis sorti sans manteau et sans même prendre un blouson.

« Tu sors en bras de chemise ? » a remarqué ma mère.

« Oui, il y a du soleil, et je reviens dans vingt minutes. »

J'ai suivi le soldat jusqu'au Dniestr. Des douzaines d'hommes étaient occupés à charger des troncs d'arbres sur des radeaux.

« Le pont flottant est à environ deux kilomètres d'ici, dit le soldat, et en aval. Pas de problème avec le radeau, il suivra le courant. »

Je me suis mis tout de suite au travail. Puis la nuit est tombée. En fait de vingt minutes, il nous a fallu environ quatre heures pour charger tout le bois. Ensuite nous avons sauté sur les radeaux et poussé sur les rames pour les éloigner de la rive. Sur chaque radeau, il y avait aussi un soldat. Le nôtre surveillait le ciel, son pistolet-mitrailleur à la main. Je me demandais ce qu'il guettait, et je n'ai pas tardé à comprendre ce qui l'inquiétait : des avions allemands ont soudain surgi. Ils descendaient en piqué en nous mitraillant. Je me suis jeté à plat ventre, mais ça ne servait pas à grand-chose, puisque sur le radeau, il n'y avait rien pour se mettre à couvert. J'entendais les balles siffler à mes oreilles, mais aucune ne m'a touché. Le soldat gesticulait avec sa mitraillette et tiraillait sur les avions, sans faire mouche. De notre côté, il n'y a eu aucun blessé. On a acheminé les troncs d'arbres jusqu'au pont flottant, on les a déchargés et on a enfin pu rentrer chez nous. Mais c'était la nuit, et il y avait le couvre-feu, alors on a dormi dans une grange. J'étais complètement gelé, je tremblais de la tête aux pieds. Dans la nuit, il s'est mis à neiger. Le lendemain matin, je suis rentré en ville. En arrivant à la maison, j'avais quarante de fièvre. Ma mère m'a tout de suite envoyé au lit.

« Tu n'as même pas voulu prendre ton blouson », dit-elle.

« Je croyais que la balade ne durerait que vingt minutes. »

Je ne lui ai pas parlé des avions allemands.

— Quelle histoire passionnante, Monsieur Jablonski, dit la femme de l'avocat. Imaginez que vous ayez été touché.

— Dans ce cas, je ne serais pas aujourd'hui à Tel Aviv au café Shalom.

— Buvons au café Shalom, dit l'avocat.

Et nous avons commandé une tournée de vin et de schnaps.

— À votre santé, dit l'avocat, et au café Shalom !

Tous les émigrants levèrent leur verre. L'un d'eux, un petit homme aux cheveux gris, affichait un sourire perpétuel.

— Qui est-ce ? demandai-je à l'avocat.

— Quelqu'un qui sourit en permanence, même sans raison. Il avait une jeune femme et cinq petits enfants qui ont tous été gazés à Auschwitz. C'est un peu confus dans sa tête.

— De quoi vit-il ?

— De subsides, dit l'avocat.

La plupart des émigrants de cette tablée ne travaillaient qu'à mi-temps et s'en sortaient tant bien que mal. J'appris que la femme sans poitrine travaillait le matin dans une société d'import-export.

— C'est une belle femme, dit l'avocat, mais elle est très réservée, parce qu'elle a toujours peur que l'on découvre qu'elle n'a plus de seins.

En sortant du café, je marchais à côté de cette femme. Nous avons laissé les autres derrière nous et avons descendu la rue Ben Yehuda en flânant.

— Vous m'intéressez, lui ai-je dit soudain. Vous avez vécu des choses épouvantables.

— Oui, dit-elle, je n'ai pas encore surmonté le choc d'Auschwitz.

— Vous aviez une famille ?

— Oui, un mari et deux enfants.

— Où sont-ils ?

— À Auschwitz.

Elle parlait très vite.

— J'avais les enfants avec moi, mais les SS me les ont arrachés. À ce moment-là, mon mari avait déjà été envoyé à la chambre à gaz.

— Et les enfants ?

— Ils y sont partis tout de suite. Tout a été très vite.

Je lui ai serré la main.

— Parlons de quelque chose de beau, dis-je.

— Oui.

— Et si nous allions ensemble au cinéma ce soir ?

— Oh, ce serait bien.

— Sept heures et demie sur la place Mugrabi ?

— C'est d'accord. J'ai hâte d'y être.

Je l'ai retrouvée à sept heures et demie sur la place Mugrabi.

— La séance est à huit heures, dis-je, nous avons le temps.

Nous nous sommes promenés un moment sur la vaste place et dans un jardin public, puis nous sommes allés au cinéma. Elle m'avait pris le bras, et j'avais le sentiment que je la sauterais dès ce soir. Au cinéma, elle s'est serrée contre moi. Je l'ai embrassée et elle m'a rendu mon baiser. Je n'ai pas osé m'aventurer sous sa robe : « Attention, Jablonski. Il y a quelque chose qui cloche avec elle. Si tu glisses la main sous sa robe, c'est sûr qu'elle va crier au secours. »

Plus tard, je l'ai raccompagnée. J'ai demandé :

— Est-ce que je peux entrer chez vous un moment ?

— Oui, si vous voulez.

Elle avait une petite chambre qui ne contenait guère plus que la mienne : un lit, une table, une chaise.

— Tout cela est très rudimentaire, mais pour le moment, je ne peux pas me permettre mieux.

— J'ai le même problème. Mais ma chambre ne coûte que deux livres par mois.

Nous avons bu un verre de vin, la bouteille était entamée.

— C'est du vin Carmel, produit en Palestine.

— Le Carmel est très doux, mais celui-ci est normal, presque âpre.

— Oui, dit-elle. C'est un vin particulier que j'achète toujours. Le vin me calme les nerfs. J'en bois régulièrement un verre avant de m'endormir.

— Qu'est-ce qui vous rend si nerveuse ?

— En fait, ce sont les images du passé qui m'empêchent de dormir. Quoi que je fasse, je ne peux pas les chasser.

— Avez-vous essayé avec l'aide d'un médecin ?

— Oui. Mais cela n'a servi à rien. Le médecin m'a prescrit des calmants.

— Vous devriez aller voir un psychiatre.

— J'ai peur des psychiatres, dit-elle, depuis que deux d'entre eux m'ont traitée au camp de concentration.

— C'étaient des médecins SS. Ce n'est pas un bon exemple.

— J'avais vingt-six ans quand j'ai été envoyée à Auschwitz. Quand mes enfants m'ont été enlevés, les médecins SS m'ont examinée et m'ont tout de suite expédiée dans un bordel. Je n'ai rien pu faire. Ils ont dit c'est soit le bordel, soit la chambre à gaz.

— Combien de temps avez-vous tenu ?

— Deux ans. J'ai dû coucher avec des centaines d'hommes. À vingt-six ans, j'étais plus âgée que la plupart d'entre eux, mais la SS avait jugé que j'étais belle.

— Oublions cela. Parlons de quelque chose d'agréable.

— Oui.

Nous avons parlé littérature. J'ai raconté mon projet de roman.

— C'est exaltant de travailler à un grand roman. On a le sentiment de conquérir le monde entier.

— Je comprends, dit-elle.

— Parfois je me compare à Rilke ou à Zweig. Ça me monte à la tête.

— Vous aimez Zweig ? demanda-t-elle.

— Oui. Surtout ses nouvelles, par exemple *Lettre d'une inconnue* ou *Brûlant secret*.

— Je connais Zweig. J'ai particulièrement aimé *Le Monde d'hier*.

— Je connais.

Je l'ai caressée et embrassée. Elle s'est laissé faire, mais quand j'ai glissé la main sous sa robe, elle m'a repoussé.

— Qu'est-ce qu'il y a ?

— Depuis le bordel, je ne laisse plus un homme me toucher.

— Mais vous m'avez laissé vous embrasser.

— C'est de la tendresse. Je n'ai rien contre un baiser tendre. Mais ce que vous vouliez, ça non.

Trop impatient, j'ai insisté avec une douce violence. J'ai soulevé sa jupe et essayé de baisser sa culotte, mais elle m'a repoussé si brutalement que j'ai renoncé.

— Si vous essayez par la force, je crie.

— L'acte sexuel peut aussi être tendre. Je ne suis pas un SS et vous n'êtes plus au bordel.

— Oui, je sais. Mais je n'y peux rien si les hommes me répugnent. Le souvenir est trop violent. Je ne peux pas, c'est tout.

— Quand ont-ils fait des expériences médicales sur vous ?

— C'était après. Quand ils m'ont sortie du bordel.

— Ils vous ont amputé les seins ?

— Oui, mais pas seulement. Ils m'ont enlevé les ovaires et fait encore deux ou trois choses dont je n'ai aucun souvenir. C'était trop horrible.

Je l'ai réconfortée et lui ai caressé les cheveux. Elle me faisait de la peine, je ne lui en voulais plus.

Je suis parti au bout d'un moment.

Le lendemain, je suis allé chez la femme de l'avocat. À quatre heures pile, j'ai sonné et comme je l'espérais, elle a ouvert avec une excitation joyeuse. Elle m'a tout de suite entraîné sur le canapé du salon, s'est allongée, a ouvert les jambes, baissé mon pantalon, caressé mon membre en faisant de drôles de bruits, et s'est abandonnée. Pas question de café et de gâteaux. J'ai produit les deux performances habituelles et me suis renversé, épuisé, sur les coussins du canapé. Elle m'a caressé en m'embrassant.

— Monsieur Jablonski, je suis si heureuse que nous nous soyons rencontrés.

— Moi aussi.

— J'espère que mon mari n'en saura rien.

— Il est jaloux ?

— Il fait comme si cela ne le regardait pas. J'ai souvent flirté avec des hommes jeunes, mais il semblait ne pas le remarquer.

— Avez-vous eu des liaisons ?

— Non, seulement des flirts. J'étais trop lâche pour m'engager dans une histoire sérieuse.

— Alors avec moi, c'est votre première liaison ?

— Oui.

Nous sommes sortis, mais avons veillé à ce que les émigrants ne nous voient pas ensemble. Elle est entrée seule au café, j'y suis allé un peu plus tard.

J'allais presque tous les jours chez la femme de l'avocat, sauf quand je travaillais sur un chantier. Quelquefois, ma queue me faisait mal, et je restais chez moi. « Jablonski, toutes ces parties de jambes en l'air te fatiguent. Cette femme va avoir ta peau. »

Un jour, nous faisions l'amour sur le canapé, lorsque la porte d'entrée s'est ouverte. Nous ne l'avions pas remarqué, mais soudain, l'avocat était là, dans le salon. Il était revenu plus tôt. En nous voyant, il a blêmi et dégluti. C'était un vieil homme, j'ai eu peur qu'il fasse une attaque. Il était figé sur place et cherchait son souffle. Puis il s'est mis à hurler. J'ai sauté sur mes pieds et ramassé mon pantalon sur le tapis. Sa femme restait assise, bras croisés, et fixait son mari d'un air hébété. Puis elle éclata en sanglots et finit par pleurer sans bruit.

Je me suis habillé et j'ai pris le large.

Pendant quelques jours, le couple ne s'est pas montré au café Shalom. Puis ils sont revenus. L'avocat, l'air maussade, s'est assis sans un mot à la table des émigrants. Sa femme, qui faisait preuve d'une réserve inhabituelle, a pris place entre deux dames. Enfin, le monsieur au nœud papillon a dit :

— Vous nous avez manqué, Monsieur Rosenfeld.

— Ma femme était malade, dit l'avocat.

— Oh, je suis désolé. Qu'avait-elle donc ?

— Une grippe.

Le monsieur au nœud papillon portait, comme à l'accoutumée, une chemise immaculée. Il avait donc les moyens de faire laver et repasser ses chemises ?

Je lui ai demandé :

— Faites-vous laver et repasser vos chemises ?

— C'est ma logeuse qui le fait pour moi.

— Une rare aubaine. J'aimerais bien trouver une logeuse comme la vôtre.

— C'est une Juive polonaise, elle me materne un peu.

Quelques émigrants jouaient aux cartes, les autres conversaient. Le monsieur au nœud papillon m'a demandé :

— Votre roman avance, Monsieur Jablonski ?

— Je n'ai rien écrit ces derniers temps.

— Cela ne vous fait pas perdre le rythme ? J'imagine qu'on perd le fil quand on s'interrompt trop longtemps.

— Vous avez raison, dis-je. D'un autre côté, le ghetto, je veux dire la vie au ghetto, est encore si présent à mon esprit que je n'ai pas besoin d'inventer. Chaque jour, j'en revois toutes les horreurs, je vois les gens affamés, comme si c'était hier.

29

Début septembre, j'ai retiré mon passeport britannique. La dame du consulat, très aimable, m'a souhaité bonne chance en me le remettant. Je suis allé tout de suite à l'agence de voyages.

— Je m'appelle Ruben Jablonski, dis-je à l'homme au guichet. Je suis venu il y a quelque temps acheter un billet de bateau pour la France, mais je n'avais pas de visa. Vous m'avez dit que vous pourriez m'en procurer un.

— Oui, je m'en souviens, Monsieur Jablonski. Ce que je vous ai dit à propos du visa est toujours valable. Mais c'est vingt-cinq livres.

— Pas de problème.

— Le billet coûte quarante livres, cela fera en tout soixante-cinq.

Je lui ai remis mon passeport et l'argent.

— C'est parfait, dit l'homme. Mais attention, vous devrez voyager à bord d'un cargo grec, d'où le prix avantageux.

— Ce n'est pas non plus un problème.

— Il va falloir environ trois semaines, ensuite je vous rendrai votre passeport et vous pourrez avoir votre billet.

J'étais d'accord avec tout. Mais l'homme a dit :

— Non, attendez, je fais erreur. Je ne pourrai pas vous remettre votre passeport. Ça n'a marché qu'une fois. Les Français ont changé leurs dispositions.

— Et cela signifie…

— … que vous devez aller chercher vous-même votre passeport au consulat à Jérusalem.

J'étais encore d'accord.

Je suis allé à Jérusalem en octobre. Le trajet était périlleux, des tireurs arabes embusqués dans les collines prenaient régulièrement des autocars juifs pour cible. Quelques semaines auparavant, Hans Beil, le dirigeant des Jeunes immigrés, avait été abattu par des terroristes arabes sur la route de Tel Aviv. Les Arabes avaient arrêté le car et tué tous les passagers.

Notre car était protégé par la police. Non loin de Jérusalem, nous avons entendu des coups de feu. Nous nous sommes aussitôt mis à couvert. Les policiers tiraient par les fenêtres ouvertes. Les Arabes, eux, tiraient de loin, sans s'approcher. Le chauffeur a accéléré et nous avons achevé le voyage à toute vitesse. Le car avait subi quelques dommages : des vitres brisées et le capot criblé de balles. À la gare routière de Jérusalem, les passagers se sont précipités hors du car en gesticulant.

— On a eu de la chance, m'a dit l'un d'eux. Si les Arabes avaient arrêté le car, notre protection policière n'aurait servi à rien. Ils nous auraient tous descendus sans sourciller.

— Oui, c'est une chance.

— Vous avez déjà vu un Arabe en train d'assassiner un Juif ?

— Non.

— Ses yeux lancent des éclairs et il invoque son Dieu. Il répète sans arrêt qu'Allah est grand.

Je ne pouvais pas me payer l'hôtel à Jérusalem, alors je suis allé directement au consulat de France faire ma demande de visa, afin de repartir le jour même à Tel Aviv.

Il y avait foule au consulat. Je n'étais visiblement pas le seul à vouloir aller en France. Je me suis assis dans la salle d'attente à côté d'une femme accompagnée d'un petit caniche. Je lui ai demandé :

— Vous attendez un visa ?

— Oui, un visa de visiteur.

— Moi aussi, ai-je dit en évitant de mentionner les vingt-cinq livres de bakchich.

— La France est un beau pays. J'y vais tous les ans, mais maintenant, les Français font des difficultés avec les visas de visiteur.

— Vous savez pourquoi ?

— Oui. Parce que beaucoup n'y vont pas seulement en visite, mais veulent y rester. La visite n'est qu'un prétexte.

— À cause des troubles ici.

— Oui, ce pays est un foyer de troubles. Et cela va empirer.

— Comment cela ?

— Eh bien, en ce moment, les Nations unies cherchent une solution à la question palestinienne. S'ils décident de partager le pays entre Juifs et Arabes, ce sera la guerre.

— La guerre ?

— Oui. Vous savez, mon mari est diplomate. Il a dit que les Arabes n'accepteraient jamais de partage. Ils attaqueront les Juifs.

— Alors je fais bien de partir.

— Et vous ne voulez plus revenir ?

« Attention, Jablonski. Cette question est un piège dangereux. »

— Bien sûr que si, je reviendrai. J'ai demandé un visa de trois mois.

— Et ce n'est pas qu'un prétexte ?

— Bien sûr que non.
— Qui allez-vous voir en France ?
— Mes parents.
— Vos parents sont français ?
— Non, ce sont des survivants du génocide.
— Ah, dit-elle.

Quand cela a été mon tour, je lui ai fait un bref signe de tête et me suis rendu au guichet. L'employée m'a demandé :

— Vous venez chercher un visa ?
— Oui, au nom de Ruben Jablonski.

Elle a fouillé dans ses dossiers, a trouvé mon passeport et me l'a tendu.

— Et le visa de visiteur ?
— Tout est dans le passeport.

C'était vrai. Le passeport était tamponné et le visa de visiteur portait la signature du consul. J'ai pensé qu'en fin de compte, le bakchich avait été utile, et je suis vite sorti du consulat.

Je voulais rentrer par le dernier car du soir. J'avais donc le temps de visiter la ville. Je suis d'abord allé dans la ville nouvelle. J'ai descendu la route de Jaffa. Je savais que c'était l'artère la plus fréquentée de Jérusalem. Elle partait de la porte de Jaffa et menait directement à cette ville. Malgré les belles villas, je n'ai pas trouvé la ville nouvelle intéressante. Alors j'ai pris la direction de la vieille ville. On pouvait y lire l'histoire de la cité comme dans un livre d'images. J'ai vu les fortifications qui l'entouraient. La citadelle, la porte de Jaffa et la Tour de David m'ont particulièrement impressionné. En franchissant la porte, je suis arrivé directement au Mur des Lamentations. Un vieux Juif à barbe blanche m'a tendu un châle de prière et un livre ouvert à la page que je devais réciter.

J'ai prié à voix haute, tourné vers le mur. Puis j'ai écrit un vœu sur un bout de papier que j'ai glissé dans une fissure, comme le veut la coutume. Depuis deux mille ans, des Juifs pleuraient et priaient devant ce mur, vestige du grand temple qui avait été détruit par les Romains. Ensuite, je suis allé à la mosquée d'Omar, qui se trouve juste derrière le Mur des Lamentations. C'est de là que, selon la légende, Mahomet est monté au ciel sur son cheval blanc El Buraq. La coupole dorée de la mosquée brillait au soleil. J'ai admiré les colonnes de marbre, puis je me suis déchaussé et ai pénétré dans le sanctuaire. Plus tard, je suis encore allé sur la Via Dolorosa et ai suivi le chemin que Jésus avait jadis parcouru avant d'être crucifié.

J'ai encore fait un saut à Méa Shéarim, le quartier des Juifs orthodoxes. Ils ressemblaient aux habitants des shtetls hassidiques. Ils n'avaient changé en rien. On les voyait dans la rue avec leurs caftans et leurs chapeaux de fourrure, ils portaient même le talith, le châle de prière à franges. Ils ne parlaient que yiddish. Ils restaient là, à gesticuler et faire des affaires, rassemblés autour des étals de marchands qui offraient des sucreries et toutes sortes de babioles. J'ai regardé le spectacle un moment, mais quand des souvenirs d'Europe orientale ont commencé à remonter, j'ai vite fait demi-tour et ai quitté le quartier. Je me suis dit que ces Juifs étaient des ennemis acharnés de l'État juif, car ils croyaient que seul le Messie, réapparaissant un jour pour sauver l'humanité, avait le droit de ramener les Juifs en Terre promise. Ils étaient les gardiens fanatiques du shabbat et lapidaient ceux qui ne le respectaient pas. Ils s'en étaient déjà pris à des voitures et autres véhicules qui avaient osé traverser leur quartier pendant le sacro-saint shabbat.

J'ai repris la route de Tel Aviv. Il faisait déjà nuit. Le voyage s'est passé sans incident, les Arabes ne nous ont pas ennuyés.

Je sentais le passeport dans ma poche et je pensais : « Demain, tu iras chercher ton billet de bateau. Plus rien ne peut arriver. » J'étais content de ne pas avoir dit la vérité à la dame au caniche. Personne ne devait savoir que je n'avais pas l'intention de revenir. Mon père ferait prolonger mon séjour en France et m'obtiendrait un permis de séjour illimité. Je savais qu'il avait des relations, il trouverait bien une combine.

Le lendemain, je suis allé chercher mon billet de bateau.

— Votre bateau part le 2 décembre, dit l'agent de voyages.

— Ça me fait plus d'un mois à attendre.

— C'est courant.

— Mes parents veulent savoir la date de mon arrivée. Que dois-je leur écrire ?

— Écrivez-leur que vous arriverez le 10 décembre.

J'ai pris le billet. Chez moi, je l'ai rangé dans ma petite valise. « Garde-le comme la prunelle de tes yeux. » En comptant mon argent, j'ai constaté qu'il me restait dix-neuf livres. « Tu vas encore travailler quelques jours sur les chantiers pour ne pas tout épuiser. Avec ces dix-neuf livres, tu t'achèteras un manteau. Et même, en l'achetant d'occasion, tu pourrais l'avoir pour cinq ou six livres. »

Je m'étais rendu compte que j'avais vécu tout ce temps sans manteau en Palestine. « Ici, Jablonski, on n'a pas besoin de manteau, mais en Europe, il fait froid. Le mieux, c'est d'acheter un imperméable fourré. »

« Il faut que tu baises au moins encore une fois, Ruben Jablonski, me suis-je dit. En guise d'adieu à la Palestine. » Mais qui ? Je n'osais plus aller chez la femme de l'avocat.

La surprendre quand son mari n'est pas là ? J'ai tout de suite rejeté cette idée. « Va voir une des filles de la rue Hayarkon. » Mais elles étaient trop chères pour moi. Le mieux aurait encore été un bordel arabe de Jaffa. Mais c'était dangereux. Récemment, près de l'étal du marchand d'oranges, quelqu'un avait dit que les Arabes coupaient la gorge à tous les Juifs qu'ils attrapaient dans leur quartier. Il n'aurait plus manqué que ça. Je me voyais déjà la gorge ouverte dans le lit d'une grosse pute arabe. « Non, Jablonski, tu ne prendras pas ce risque. »

Après avoir longtemps hésité, j'ai décidé d'écrire à la femme de l'avocat. Je lui remettrais la lettre en cachette au café : « Chère Madame Rosenfeld. Vous me manquez beaucoup. Pourrions-nous nous revoir, ne serait-ce qu'une fois ? Comme je ne peux pas venir chez vous, je vous propose de venir chez moi. Vous pourriez dire à votre mari que vous avez des courses à faire. En faisant vos courses, montez vite dans un taxi et venez chez moi. J'habite au 22, route de Jaffa, au fond de la cour, premier étage. Je vous aime et vous attends demain à quatre heures. »

Je lui ai remis ma lettre au café pendant que son mari était plongé dans une discussion. Elle l'a prestement glissée dans son sac en me lançant un regard tendre. J'étais certain qu'elle viendrait.

Le lendemain, je faisais les cent pas nerveusement dans ma chambre. À quatre heures pile, on a frappé timidement à la porte. J'ai ouvert en vitesse et l'ai attirée à l'intérieur. Elle m'a embrassé passionnément.

— Vous me manquiez aussi, dit-elle.

— La chambre est assez miteuse. Mais je n'ai pas pu trouver mieux.

— Elle est assez bien pour nous deux.

Je m'étais procuré une bouteille de Carmel et deux verres. Je les ai remplis et nous avons trinqué.

— À notre amour, dis-je.
— Oui, à notre amour, dit-elle.

Je l'ai aussitôt déshabillée et l'ai renversée sur mon lit bancal avec un creux au milieu du matelas. Nous nous y sommes un peu enfoncés, mais cela ne nous a pas dérangés. Je lui ai fait l'amour avec passion, je ne pouvais plus m'arrêter.

— Tu vas me transpercer, a-t-elle murmuré.

— Je vais te baiser à mort.

— Oui, baise-moi à mort.

Le mercredi et le jeudi, je travaillais au chantier.

— Je n'aurai pas le temps mercredi et jeudi, mais je suis libre les autres jours.

— Je viendrai tous les jours, sauf mercredi et jeudi, dit-elle.

Elle est effectivement venue tous les jours. La semaine suivante, j'ai eu de nouveau des douleurs au pénis, et je lui ai demandé de ne plus venir aussi souvent.

— Comment ton mari a-t-il réagi l'autre fois, quand il nous a surpris ?

— Tu l'as entendu hurler, non ?

— Oui, bien sûr, mais je suis parti tout de suite.

— J'ai beaucoup pleuré, il a eu pitié et nous nous sommes réconciliés. Il voulait surtout savoir ce que je te trouvais et pourquoi je m'étais acoquinée avec toi.

— Et qu'est-ce que tu lui as dit ?

— Que je te trouvais très gentil, et seul, très seul.

— C'est tout ?

— Oui, c'est tout.

Dans la nuit du 29 au 30 novembre, les Nations unies adoptèrent une résolution dans la question palestinienne.

L'assemblée générale des Nations unies accepta le plan de partage par trente-trois voix pour, treize contre et dix abstentions. C'était donc décidé, nous aurions notre État juif.

Ce jour-là, l'allégresse régna à Tel Aviv. Les gens dansaient dans la rue. Les émigrants du café Shalom se joignirent à la foule en liesse. Le vieil avocat dansa la hora dans la rue, et Madame Rosenfeld et la dame aux seins amputés aussi, et même le monsieur méticuleux aux chemises immaculées et au nœud papillon bigarré. J'ai rejoint la ronde. C'était ma danse d'adieu à la Palestine, car trois jours plus tard j'embarquerais pour aller retrouver mon père.

30

Le 1er décembre, je suis parti pour Haïfa, j'y ai passé la nuit chez des parents éloignés et me suis rendu le lendemain matin au port. Mon bateau était un cargo vétuste qui battait pavillon grec. Il pouvait accueillir une trentaine de passagers dans de minuscules cabines de l'entrepont.

Je partageais ma cabine avec un comédien arabe du Caire. Quand le cargo a levé l'ancre, nous sommes tous montés sur le pont. Nous avons vu disparaître peu à peu les maisons claires et le vaste port de Haïfa.

— D'une certaine manière, j'ai des regrets, dis-je à l'un des passagers juifs. J'étais assez seul en Palestine, et je n'avais aucun contact avec les Sabras qui y sont nés, mais c'est malgré tout un pays juif. Je suis assez inquiet, et triste.

— Moi, c'est exactement pareil, dit le passager.

— J'ai peur pour ce pays.

— Qui sait ce qui arrivera aux Juifs quand ils proclameront leur indépendance en 1948 ? L'échéance est en mai, le 14 je crois. Alors les Anglais se retireront.

— Les Juifs seront libres, dis-je. Ils ne savent pas encore quel nom ils donneront à leur État, Judée ou Israël.

— Peu importe. C'est le nom de Liberté qu'il faut écrire en majuscules.

— Il est question d'une agression arabe. C'est évident que les Arabes ne se tiendront pas tranquilles.

— Dieu ait pitié de nous s'il y a la guerre, dit le passager.

Les pays arabes ont des armées régulières, et les vingt mille Jordaniens sous les ordres d'officiers britanniques représentent une force qu'il faut prendre en compte.

— Oui, la Ligue arabe. J'ai passé une nuit dans leur camp, ils sont cultivés et disciplinés.

— Les Arabes envahiront l'État juif et feront un massacre. Cela sera un deuxième Auschwitz.

— Vous croyez ?

— Ils sont pleins de haine. Ce sont les nouveaux antisémites après la Deuxième Guerre mondiale.

— Mais ils sont eux-mêmes sémites.

— Peu importe le nom. Au lieu d'antisémitisme, disons haine des Juifs.

— Vous avez vécu à Tel Aviv ? ai-je demandé.

— Non, à Tibériade, tout près du lac de Génésareth. Vous y êtes allé ?

— Une fois. Jésus a marché sur ce lac.

— Il y a beaucoup de légendes autour de ce lac, dit le passager. Je connais un restaurant de poisson là-bas. Le patron affirmait que même les poissons étaient saints.

Il n'y avait pas de salle à manger sur le cargo, les repas étaient servis dans la cuisine. J'ai trouvé cela sympathique. Nous étions à la même table que les matelots. Le repas était copieux et j'ai mangé de bon appétit. Mais ensuite, j'ai été malade. La mer était agitée, le cargo jouait littéralement à la balançoire sur les vagues. Je suis monté sur le pont supérieur, mais je n'ai pas tardé à constater que là-haut, j'avais encore plus le mal de mer. J'avais beau inspirer à fond, cela n'a servi à rien. Je me suis penché sur le bastingage et j'ai rendu mon repas. Le médecin de bord m'a dit que c'était courant, le mieux était de ne pas y penser.

— Je ne vais plus rien manger.

— Ce serait encore pire, dit le médecin. Vous pouvez manger normalement sans problème.

La nuit, dans la cabine, j'ai parlé avec le comédien arabe. Il ne parlait qu'anglais.

Il adorait Paris.

— C'est une ville formidable. Nulle part au monde il n'y a de femmes aussi séduisantes qu'à Paris. Et surtout, elles sont fantastiques au lit.

— J'aurais préféré aller à Paris, mais je vais à Lyon.

— Ah, Lyon, la ville de la soie et des deux rivières.

— Deux rivières ?

— Oui, vous ne saviez pas ? Le Rhône et la Saône. Ils se rencontrent au milieu de la ville sous les ponts.

— Il y a donc tant de ponts ?

— Oui, c'est très romantique de se promener sur les quais de Lyon.

— Et les femmes ?

— Pas terrible. Elles sont très bourgeoises et farouchement catholiques.

— On ne peut pas généraliser.

— Évidemment. En cherchant bien, vous trouverez aussi de quoi baiser à Lyon.

Il m'a fait un clin d'œil en riant, puis il a sorti une bouteille de vin de sa valise et a rempli nos verres à dents.

— Buvons aux Françaises, dit-il.

Je n'ai pas voulu jouer les rabat-joie, et j'ai trinqué avec lui.

— Vous êtes juif ?

— Oui.

— Je suis arabe, mais je ne hais pas les Juifs, au contraire. J'avais beaucoup d'amis juifs en Égypte.

Nous en sommes venus à la question palestinienne.

— Les Juifs ont chassé les Arabes de Palestine, dit-il. Ils prétendent que c'est leur terre, le pays que Dieu leur a offert il y a près de quatre mille ans, mais c'est ridicule. Qui peut invoquer des événements vieux de quatre mille ans ?

— Mais les Juifs avaient un pays qui a existé pendant plus de mille cinq cents ans. Êtes-vous déjà allé en Palestine ? Chaque pierre est un témoin du passé juif.

— Ça se peut, dit-il.

— Et le plus important : les Juifs ont édifié ce pays. Toutes les exploitations, presque tous les arbres de Palestine ont été plantés par des Juifs, jusqu'au moindre brin d'herbe.

— C'est possible, mais vous oubliez que les Arabes vivent en Palestine depuis le septième siècle. On ne peut pas les chasser comme ça, parce qu'un autre peuple prétend que le pays est à lui.

— Nous ne voulons pas chasser les Arabes. Ils doivent vivre avec nous.

— Ça ne marchera pas. On a déjà semé trop de haine.

— Des centaines de milliers de survivants des camps attendent de pouvoir immigrer. Et dès que les Anglais seront partis, ils viendront tous.

— Les armées arabes les en empêcheront.

— On parle de guerre, en Égypte ? ai-je demandé.

— Oui. L'Égypte entière est sur le pied de guerre. Nous attendons seulement que les Anglais se retirent, et cela devrait être le 14 mai. Alors des troupes égyptiennes marcheront sur le nouvel État juif.

— Seulement l'Égypte ?

— Non. Tous les pays arabes enverront leurs troupes. En premier lieu la Syrie et le Liban, qui sont limitrophes de la Palestine.

— Il paraît que les Syriens sont particulièrement dangereux ?

— Les Syriens haïssent les Juifs encore plus que les Égyptiens. Et ils sont dotés d'une artillerie et de blindés modernes. Les Juifs n'ont pas d'armée, juste une organisation de protection civile. Comment se défendront-ils ?

— Je ne sais pas. Mais il peut y avoir un miracle.

— Les Anglais ne sont pas tout à fait innocents. Ils doivent partir en mai, mais ils veulent revenir par la porte de derrière, en l'occurrence la Jordanie et la Ligue arabe, qui est sous commandement britannique.

— Oui, la Ligue arabe, dis-je. Je sais que ce sont des officiers anglais qui la commandent.

— Les Anglais sont malins, dit le comédien. Je parie qu'ils se mêleront du futur conflit judéo-arabe.

Nous avons encore bu du vin, puis éteint la lumière.

Je montais souvent sur le pont supérieur pour vomir. Le bateau tanguait toujours autant, il descendait à toute allure depuis la crête d'une vague, se redressait et escaladait la suivante. Après m'être vidé, je restais accoudé au bastingage et regardais la mer. Nous avons fait deux escales sur la côte grecque et une en Italie, à Naples, où nous avons pu descendre à terre. J'étais grisé par le spectacle du Vésuve et de cette cité méridionale. Répartis en groupes, nous avons regardé l'effervescence de cette grande ville qui passait pour être aux mains de la mafia. Nous étions encerclés de petits marchands, en fait des enfants. La ville offrait une image du chaos, un pêle-mêle de véhicules, de marchands qui hurlaient et de vieilles femmes qui gesticulaient. De retour sur le bateau, je me suis accoudé au bastingage et j'ai pensé à mon père. Cela faisait presque dix ans que je ne l'avais pas vu. J'avais douze ans quand nous avions quitté l'Allemagne. Mon père avait dit :

— Si Dieu le veut, nous nous reverrons l'an prochain à Paris. Paris est une belle ville, nous nous promènerons et nous prendrons du bon temps.

— Mais nous allons chez nos grands-parents en Roumanie, c'est à Siret que nous allons.

— Oui, a dit mon père. Il faut quitter l'Allemagne très vite, et la Roumanie est le seul pays où vous pouvez aller librement parce que vos grands-parents y vivent. Je dois rester ici, le temps de régler les affaires. Ensuite, j'irai à Paris et je vous ferai venir…

Qui aurait pu se douter à l'époque qu'une guerre mondiale allait éclater peu après, et que nous serions séparés de mon père ? La guerre est venue, et nous avons été déportés. Mon père n'est resté que peu de temps à Paris. Après l'invasion allemande, il a dû partir. Il s'est réfugié dans le Midi, à Villeneuve, il a changé de nom et s'est caché. Je me souviens que ma mère lui avait écrit du ghetto. Il n'y avait évidemment pas de poste normale, elle avait remis la lettre à un officier italien qui avait promis de l'expédier. Si la lettre était effectivement arrivée, mon père avait su où nous étions.

Une fois, quand j'étais petit – je devais avoir quatre ans –, mes parents m'avaient emmené faire des courses. C'était à l'époque de Noël et nous admirions les vitrines décorées. Un père Noël à la longue barbe blanche sonnait une cloche devant un magasin. Il portait un grand sac sur le dos. Quand il m'a vu, il a ouvert son sac et m'a demandé si je voulais des jouets.

— Oui.

— Est-ce que tu as été bien sage ?

— Oui, j'ai été sage.

— Reviens demain, pour la distribution des cadeaux.

— C'est quand, la distribution ?

— Quand le petit Jésus vient.

— Quand est-ce qu'il vient, le petit Jésus ?

— Si tous les enfants sont sages, il viendra bientôt.

Mon père m'a entraîné.

— Laisse le père Noël tranquille. Il ne peut rien te donner.

— Pourquoi, papa ?

— Parce que tu es un enfant juif.

— Pourquoi je suis un enfant juif ?

— Parce que tes parents sont juifs.

— Qu'est-ce que c'est, des Juifs, papa ?

— Les Juifs sont un peuple saint. Le bon Dieu les a élus pour rappeler ses commandements à l'humanité.

Ma mère, qui se tenait à côté, s'est mise à rire.

— Si tu es sage, nous t'achèterons un cadeau pour Hanoukka.

— Qu'est-ce que c'est, Hanoukka ?

— Le Noël juif.

— En fait, c'est la fête des lumières, dit mon père. La lampe à huile a brûlé pendant huit jours dans le temple, comme par miracle, jusqu'à ce que tous les ennemis du peuple juif aient quitté la Terre sainte. C'est pourquoi nous allumons huit bougies à Hanoukka, une pour chaque jour.

Ma mère a dit :

— Que veux-tu pour Hanoukka ?

— Un vélo.

— Tu auras un vélo, a dit mon père.

J'avais un petit frère, Manfred. Il était resté à la maison, sous la garde de notre bonne.

— Est-ce que Manfred aura aussi un vélo ?

— Non. Manfred aura un ballon multicolore.

— En cuir ?

— Non. En caoutchouc.

— Pourquoi en caoutchouc ?

— Parce qu'un ballon en caoutchouc rebondit mieux.

Ma mère m'a tapoté la tête.

— Nous allons dans ce magasin. Tu vas rester un moment dehors, mais ne te sauve pas.

Elle m'a attaché à une grille comme un chien avec mon grand cache-col bleu, puis elle est entrée avec mon père dans le magasin.

J'étais un gamin turbulent, et il ne m'a pas fallu longtemps pour dénouer l'écharpe et prendre mes jambes à mon cou. J'ai peut-être couru deux minutes, puis je me suis arrêté, inquiet, et j'ai cherché mes parents des yeux. Comme je ne les voyais nulle part, je suis entré dans une boulangerie pour demander :

— Vous n'avez pas vu mon papa ?

— Non, a dit la boulangère.

— Et ma maman ?

— Non plus.

Alors je me suis mis à pleurer, mais la boulangère m'a consolé :

— Ils vont bien revenir. Comment s'appelle ton papa ?

— Je sais pas.

— Et ta maman ?

— Je sais pas non plus.

La boulangère est sortie avec moi dans la rue et a regardé de tous côtés.

— Regarde bien. Est-ce que tu vois ton papa et ta maman ?

— Non.

Elle a encore jeté des regards perplexes, m'a caressé la joue et est rentrée dans sa boutique.

Le magasin voisin était une boucherie. J'y suis entré et j'ai demandé au boucher :

— Vous n'avez pas vu mon papa ?

— Non, a dit le boucher.

— Et ma maman ?

— Non plus.

Il s'est mis à rire, a levé son tranchoir et a fendu en deux une tête de veau.

— Tu as déjà vu une tête de veau ?

— Non.

— Celui-là est sorti en rampant de sa mère.

— Qui était sa mère ?

— Une grosse vache brune.

— Où elle est, la vache ?

— On l'a abattue hier.

— Et le veau, il était pas triste quand on a abattu sa mère ?

— Bien sûr qu'il était triste. Mais nous, les hommes, on s'en fiche.

— Pourquoi ?

— Parce qu'on ne pense qu'à la bouffe, dit le boucher.

Il est sorti de derrière son étal, m'a pris par la main et m'a poussé vers la sortie.

— Ton papa est sûrement en train de te chercher. Suis la rue, tu le verras.

— Ma maman aussi ?

— Oui, elle aussi.

Devant la boutique d'un chocolatier, j'ai vu un assassin sadique, du moins quand je m'en suis souvenu par la suite, il m'a semblé que ce devait en être un. C'était vieil homme maigre à la figure d'oiseau. J'ai sursauté quand il m'a dit :

— Dis-moi, petit, tu veux du chocolat ?

— Oui.

Il m'a pris par la main.

— Viens, on va t'en acheter dans ce magasin.

Nous sommes entrés.

— Alors, tu veux un petit nègre ou un petit père Noël ?

— Du massepain.

— Bon, du massepain, dit-il. Donnez à ce jeune homme une barre de massepain au chocolat, dit-il à la vendeuse.

Elle a ri et m'a tendu le massepain.

— Viens, on va aller chez moi, dit l'inconnu. Il y a beaucoup de jouets pour toi.

— Quels jouets ?

— Tout ce que tu peux imaginer.

Il m'a emmené dans un immeuble où il faisait noir. On a monté trois étages et il a ouvert une porte.

— Allez, viens.

Dans le séjour, il a défait son pantalon et m'a montré sa queue.

— Tu as déjà vu ça ?

— Non.

— Touche-la.

— Mais je ne veux pas !

L'homme m'a empoigné les cheveux.

— Tu en as, de jolies boucles. Bien plus jolies que les miennes.

Il a ri en montrant son crâne chauve.

— Quand j'avais ton âge, moi aussi, j'avais les cheveux bouclés. Mais le bon Dieu me les a repris.

— Pourquoi ?

— Parce que je n'étais pas sage, dit l'homme. Et toi, tu es sage ?

— Oui.

— Alors enlève ta culotte.

— Je ne veux pas.

— Tonton va se fâcher, dit l'homme.

Il a essayé de baisser ma culotte. Je me suis défendu avec l'énergie du désespoir et lui ai mordu la main.

Il s'est mis à jurer et m'a donné une claque.

— Espèce de petit salopard !

Alors d'un seul geste, il a ouvert ma braguette et attrapé mon pénis. Soudain, la porte s'est ouverte et sa femme est entrée. Elle est restée figée, semblant évaluer la situation, puis s'est précipitée sur son mari et lui a collé une gifle sonore. Ensuite elle m'a empoigné par le col et m'a traîné hors du séjour. Je suis sorti de l'appartement en courant et me suis précipité dans l'escalier. Une fois dans la rue, je suis tombé dans les bras d'un agent de police.

— Ah, le voilà, notre petit fugueur ! dit-il. Comment t'appelles-tu ?

— Ruben.

— Tes parents ont déposé plainte, dit l'agent de police. Viens, je t'emmène au poste.

Mes parents attendaient au commissariat. Ma mère pleurait. Mon père m'a regardé d'un air grave et m'a donné un baiser.

Accoudé au bastingage, j'ai revu mon père jouant au foot avec moi. Il m'avait acheté un vrai ballon en cuir que nous gonflions avec la pompe à vélo. Nous jouions la plupart du temps dans la salle de séjour, ce qui, naturellement, exaspérait ma mère. Un jour, j'ai emmené mon père à un match de mon équipe de minimes. Les garçons lui ont demandé de jouer avec nous, car je leur avais raconté que dans sa jeunesse, mon père avait été un grand footballeur. À cette époque, il avait trente-huit ans et l'air sportif. Il a ri et a ôté son veston.

— D'accord, les gars, j'en suis.

C'était un match amical, mais nous voulions gagner à tout prix, car nos adversaires étaient plus grands que nous, ils avaient au moins quatorze ans, et se moquaient souvent de nos dix ans. Mon père jouait avant-centre et marquait un but après l'autre. Je lui faisais souvent des passes et je jubilais quand il marquait un but tout de suite après.

En revenant à la maison après le match, j'étais fier de mon père et il l'était autant de moi. C'était la première fois que nous étions des copains. J'aurais voulu que cela ne finisse jamais.

Quand j'étais plus petit, il me prenait sur son dos en nageant. Je me souviens que ma mère nous regardait avec inquiétude depuis la rive. « Ne lâche pas le petit », criait-elle sans arrêt. Mais mon père ne me lâchait pas. De retour sur la berge, il me soulevait et me lançait en l'air. Ensuite nous faisions la course, mon père me laissait une vingtaine de mètres d'avance, mais il ne tardait pas à me rattraper et me dépassait en riant.

Nous habitions à Halle-sur-Saale, tandis que mes grands-parents, les parents de mon père, vivaient à Leipzig. Pour la fête de Pessah, la Pâque juive, nous allions toujours à Leipzig, les grands-parents préparaient un repas juif. À Pâques 1938, ma mère était partie la veille avec mon frère. Mon père et moi sommes venus plus tard.

Mon père était toujours en retard quand il prenait le train. Cette fois encore, nous sommes partis de chez nous à la dernière minute. Avant, nous habitions dans la Bernburger Straße, mais nous venions de déménager dans la Königstraße, qui était tout près de la gare. Nous sommes partis en courant, mais le train démarrait quand nous sommes arrivés à la gare.

Mon père a sauté sur le marchepied en m'entraînant. Une fois dans le train, nous nous sommes mis à rire. « On a failli rater le train », dit mon père.

À Leipzig, nous avons pris un taxi pour aller chez mes grands-parents. Ma mère et mon frère étaient déjà là. Les grands-parents m'ont embrassé, mon grand-père avait une barbe qui me chatouillait, ça me dégoûtait un peu.

Le repas rituel s'est déroulé comme d'habitude. Nous avons mangé de la matza, le pain azyme, et picoré dans les plats traditionnels de Pessah diverses crudités, des œufs, des noix et des pommes râpées. Le plus jeune enfant, en l'occurrence mon frère, devait ensuite poser en hébreu et en allemand les *kashes*, des questions prescrites liées à la Bible et à la fête de Pessah. Plus tard, mon grand-père a lu dans la Haggada l'histoire de la sortie d'Égypte. Il lisait en hébreu, mais nous avons pu lire ensuite le texte en allemand imprimé sur la gauche. Nous devions cacher une matza de notre grand-père – c'était un jeu de Pessah –, et lorsqu'il la retrouvait, il donnait un cadeau au « voleur ». Nous avons bu du vin doux casher. Un verre était mis de côté pour le prophète Jérémie qui franchirait la porte d'entrée sans être vu.

Nous sommes restés trois jours à Leipzig. Le troisième jour, mon père a dit :

— Aujourd'hui, nous allons à l'Éden.

— On peut venir ?

— Non, ce n'est pas pour les enfants.

— Qu'est-ce que c'est, l'Éden ?

— Un cabaret où on peut danser.

— Alors, nous, on va au cinéma.

— D'accord, dit mon père, et il nous a donné de l'argent.

Nous sommes allés voir un film avec Laurel et Hardy. C'était très drôle. En sortant, j'ai dit à mon frère :

— Et maintenant, on va à l'Éden.

— Mais papa a dit que ce n'était pas pour les enfants.

— Oui, je sais. Mais on y va quand même.

Nous avons demandé à des passants s'ils savaient où était l'Éden. Beaucoup ne le savaient pas, mais quelques-uns nous ont indiqué le chemin.

C'était assez loin, il fallait traverser pratiquement la moitié de Leipzig. C'est pourquoi nous avons fait le chemin en courant et sommes arrivés en nage à l'Éden.

Un portier en livrée rutilante se tenait devant l'entrée. Il nous a arrêtés :

— Ce n'est pas un endroit pour les enfants.

— On veut voir nos parents. Ils sont à l'intérieur.

Le portier réfléchit. Puis il nous laissa passer.

Nos parents furent abasourdis en nous voyant débarquer.

— Ce sont mes enfants, dit ma mère à ses amis.

Tous nous regardaient d'un air consterné. L'un d'eux approcha deux chaises et dit :

— Puisque vous êtes là, asseyez-vous.

Nous nous sommes assis. Il y avait un numéro de danse sur la scène. Puis ce fut le tour de deux clowns. L'un d'eux essayait de tenir en équilibre sur une jambe, mais l'autre l'en empêchait en le bousculant continuellement. Mon père a commandé pour chacun de nous une énorme part de moka avec de la chantilly.

Les souvenirs revenaient tandis que j'étais accoudé au bastingage. Je revoyais mon père jeune et pensais qu'il avait peut-être beaucoup changé. Cela faisait dix ans que je ne l'avais pas vu. « Tu avais douze ans quand tu lui as dit au revoir à la gare de Leipzig, et maintenant, tu es un homme. Il ne va pas te reconnaître. »

Je faisais les cent pas sur le pont quand le comédien est venu à ma rencontre.

— Alors, on prend l'air ? dit-il.

— La mer est très agitée. Je regardais les vagues.

— Vous avez encore le mal de mer ?

— Ça va mieux. On s'habitue au tangage.

— Ce cargo est une vraie coquille de noix. Je m'étonne que nous ne soyons pas encore tous noyés.

— Espérons qu'il tiendra jusqu'à Marseille, dis-je. À Marseille, nos soucis seront terminés.

— Vos parents vous attendent à Marseille ?

— Oui, ils seront au débarcadère.

— Vous êtes nerveux ?

— Oui, un peu.

— Depuis quand ne les avez-vous pas vus ?

— J'ai vu ma mère pour la dernière fois en 1944, et mon père en 1938…

— Cela fait longtemps.

— Oui. Je ne sais pas comment je me sentirai. J'étais indépendant en Palestine, et maintenant, on attend de moi que je reprenne mon rôle d'enfant.

— Cela fait du bien de redevenir quelque temps un enfant. Laissez-vous gâter par vos parents. Cela leur fera aussi du bien.

— Et ensuite ?

— Ensuite vous repartirez si vous ressentez le besoin d'être seul. À votre place, je ne m'en ferais pas tant.

— Vous avez peut-être raison.

Nous sommes allés déjeuner. Il y avait du rôti de porc avec du chou rouge et des boulettes.

— Les Juifs ont le droit de manger du rôti de porc ?

— Non. Mais je ne suis pas religieux, et j'aime bien le rôti de porc.

— Nous autres Arabes ne mangeons pas non plus de porc, dit le comédien. Je vais me plaindre auprès du cuisinier.

Il s'est levé et est allé trouver le cuisinier. Je l'ai entendu récriminer à haute voix. Le cuisinier s'est excusé et lui a apporté peu après du filet de bœuf.

— Tous les Juifs mangent du porc, ici, dit le cuisinier.

— Les Juifs sont des renégats, dis-je, mais les Arabes prennent au sérieux cette histoire de porc.

Il y avait aussi un dessert grec, du riz au lait à la cannelle, et du café noir. Après le déjeuner, nous avons joué aux cartes, puis nous sommes retournés sur le pont.

31

Le bateau est entré à dix heures du matin dans le port de Marseille. J'ai tout de suite reconnu mes parents sur le débarcadère. Ils agitaient la main, l'air radieux. Quand j'ai été près d'eux, mon père s'est mis à pleurer. Ma mère aussi avait les larmes aux yeux. Mon père ne pouvait pas s'arrêter de me caresser. Ses premiers mots furent :

— Depuis combien de temps ne nous sommes-nous pas vus ? Toutes ces années, je n'ai pas cessé de penser à toi, mon garçon. Je savais que vous étiez au ghetto.

— Alors tu as reçu notre lettre ?

— Oui, dit mon père. D'un côté, j'ai été heureux de vous savoir en vie, mais en même temps, j'ai vu comme il était difficile de survivre au ghetto. J'ai prié Dieu qu'il ne vous arrive rien…

— Nous avons eu de la chance de dépendre des Roumains. C'est vrai qu'ils ont exterminé des milliers de Juifs, mais quand ils ont eu fini de se défouler, ils ont laissé tranquilles ceux qui restaient.

— Tranquilles, c'est beaucoup dire, objecta ma mère. Pendant des mois, ils sont venus la nuit et ont emmené des gens sous prétexte de les envoyer au travail, mais ils les ont tous fusillés.

— Nous avons échappé à ces rafles parce que nous avions des papiers attestant que notre activité était importante pour le ghetto et que le gouvernement avait besoin de nous.

— Cela ne nous a pas empêchés d'avoir faim, dit ma mère. Heureusement que nous avions pu sauver les fourrures et les manteaux d'hiver, sinon nous serions tous morts de froid.

— Nous avons aussi eu la chance d'avoir un poêle et de pouvoir nous chauffer avec du bois, certes volé, mais qui brûlait.

— Et la nourriture ? demanda mon père.

— Je te l'ai déjà raconté, dit ma mère.

— Mais je veux l'entendre de Ruben.

— On faisait du marché noir. Quelques-uns de notre groupe allaient en cachette acheter des vivres dans les villages ukrainiens. C'était dangereux, celui qui se faisait prendre était abattu sur-le-champ. Il était strictement interdit de sortir du ghetto.

— Bon, mais tout ça, c'est fini, dit mon père. Maintenant, vous êtes dans un pays libre, et nous sommes de nouveau réunis.

Le voyage en train jusqu'à Lyon fut agréable. Mon père, très excité, racontait à tous les passagers son grand bonheur d'avoir retrouvé son fils. Les Français de notre compartiment souriaient avec compréhension. Ils m'ont posé quelques questions que je n'ai pas comprises, puisque je ne savais pas le français.

— Il vient de Palestine, dit fièrement mon père. Maintenant, il y a un État juif là-bas.

L'un des voyageurs demanda si ce qu'on lisait dans les journaux était vrai. Les agressions de Juifs par des Arabes et des Anglais par des Juifs. Mon père a traduit et j'ai répondu :

— Tout est vrai. C'est le chaos total, le pays est à feu et à sang ! Les terroristes juifs, en particulier, font sauter les casernes anglaises l'une après l'autre.

J'ai parlé de l'Anglais mort de l'hôpital Hadassah que

j'avais sorti de la salle d'opération et dont les pieds nus avaient frôlé mes épaules. Fier de mes aventures, mon père affirma que j'aurais pu devenir terroriste, mais que je ne l'avais pas fait parce que j'étais incapable de tuer.

— Il est trop sensible, dit-il.

— Oui. J'ai souvent eu l'occasion de rejoindre les terroristes, mais j'ai refusé. J'ai quand même passé trois jours en prison chez les Anglais, mais ils n'ont rien pu prouver contre moi.

— C'était une prison arabe ? demanda un des Français.

— Oui. C'était une prison arabe.

— Qu'est-ce qu'on vous donnait à manger ?

— De l'eau, du thé et du pain, un pain arabe appelé pita. Mais quelquefois il y avait aussi de la soupe claire.

— Ah, de la soupe, dit le Français.

Dans le compartiment, une fille et son ami s'embrassaient sans se gêner à bouche que veux-tu. Mon père m'expliqua avec embarras :

— C'est la France. Les jeunes couples font ça en public. C'est le seul pays au monde où on voit de telles choses.

Ma mère a déballé des sandwiches, des petits pains comme on en mange en Allemagne. En fait il ne s'agissait pas de nos *Brötchen*, mais d'une baguette coupée en morceaux.

— C'est du pain français, dit mon père. On ne connaît pas le pain noir ici, il n'y a que du pain blanc, mais les baguettes sont croustillantes, tu t'y habitueras.

Il a débouché une bouteille de vin, ma mère a sorti des verres de son sac. Mon père les a remplis et nous avons bu à nos retrouvailles.

— Si Dieu le veut, dit mon père, nous obtiendrons pour toi un permis de séjour illimité. Je connais un Juif qui est un ami du chef de la police. Il va tout arranger pour toi.

— J'ai un passeport britannique, dis-je.

— Tu peux le jeter, dit mon père. Ici, tu seras déclaré comme réfugié polonais. Nous sommes censés être de nationalité polonaise.

— Oui, mais est-ce que c'est mieux qu'un passeport britannique ?

— Tu as un passeport mandataire, dit mon père, il ne sera plus valable dès que les Juifs auront leur État. Et ce sera en mai 1948.

— Tu as raison.

Mon père m'a montré ses papiers.

— Regarde : réfugié de Pologne. C'est ce qu'il y a de mieux.

Nous sommes arrivés à Lyon. Mon père a hélé un taxi.

— Nous allons longer le Rhône, et je te montrerai tous les ponts.

J'ai baissé la vitre et me suis penché au-dehors pour profiter du paysage.

— C'est vraiment une belle ville, dis-je.

Nous sommes passés par le cœur de la ville et la rue de la République.

— C'est la rue commerçante, dit mon père. Beaucoup de Juifs ont leur magasin ici.

— Il y a des Juifs à Lyon ?

— Oui, dit mon père. Une communauté assez importante qui a survécu ici à la guerre.

L'appartement de mes parents se trouvait rue de Garet, tout près de l'Opéra. C'était un vieil immeuble, et nous avions six étages à monter.

— Nous vivons sous les toits, dit mon père. L'appartement est petit et assez vieillot, mais il te plaira.

Mon frère nous attendait à la maison. Il m'a pris dans ses bras.

— Alors, espèce de vieux routard. Il faut que tu me parles de la Palestine.

— Oui, plus tard.

— Tu sais, je fais partie d'un club sioniste. Tout le monde t'attend avec impatience.

— Tu leur as raconté que ton frère revenait de Palestine ?

— Évidemment. Je me suis fait vachement mousser avec toi. Un frère en Palestine, on ne voit pas ça tous les jours.

— Et ils veulent me rencontrer ?

— Oui. Ils rêvent tous de la Palestine. Tu verras quand on ira au club. Tu es une vedette là-bas.

— Il y a aussi de jolies filles chez les sionistes ?

— De très jolies. Et elles veulent toutes faire ta connaissance.

— Bon, alors en route pour ton club. Mais je ne sais pas un mot de français.

— Tu apprendras vite, dit mon frère. Et au début, je traduirai pour toi.

L'appartement était assez sombre et il fallait allumer la lumière même dans la journée. Il n'y avait pas de salle de bains, juste un petit cabinet de toilette, une chambre qu'occupaient mes parents, et le séjour, où mon frère et moi devions dormir.

Mon frère avait quinze ans quand j'avais quitté Siret. À présent, à dix-huit ans, il avait presque l'air d'un homme. Ma mère avait à peine changé. En revanche, je trouvais mon père vieilli. Cela faisait tout de même dix ans que nous nous étions quittés à la gare de Leipzig. Il n'avait pas encore cinquante ans, mais ses cheveux grisonnaient, et son visage s'était aminci et durci.

Ma mère dit d'un air gêné :

— Le cabinet de toilette est minuscule, et il donne dans la cuisine.

— Ça ne te dérange pas quand tu prépares le repas ?

— Je m'y suis habituée.

— Les Français font un repas chaud le soir, mais nous mangeons des tartines, comme en Allemagne, dit mon père.

— *Belegte Brötchen*, des petits pains tartinés, dis-je.

— Oui, dit ma mère, avec de la baguette. Papa a acheté du jambon et du fromage à l'épicerie d'en face, et nous boirons du vin, comme tous les Français.

— Le bordeaux est mon préféré, dit mon père.

Nous avons dîné ensemble.

— C'est un moment solennel, dit mon père, pour la première fois notre famille est réunie autour de la table.

Le lendemain était un dimanche. Mon frère, apprenti dans la fourrure, ne travaillait pas, alors nous avions le temps d'aller nous promener. Il m'a d'abord montré la place des Terreaux, qui n'était pas loin d'où nous habitions.

— C'est là que se rencontrent tous les Juifs de Lyon, dit-il. Viens, je vais te montrer un café typique d'émigrants.

Nous sommes entrés dans un petit café enfumé près de la fontaine. On y parlait yiddish, mais on entendait aussi de l'autrichien.

— La plupart sont des Juifs polonais, dit mon frère, mais il y a aussi beaucoup de Viennois.

Il m'a présenté à quelques personnes en annonçant fièrement :

— Mon frère de Palestine.

Ils m'ont serré la main, l'air ravi.

— Comment c'est, en Palestine ? demanda l'un d'eux.

— Quand je suis parti, on dansait dans les rues de Tel Aviv, parce que la radio venait d'annoncer l'adoption du plan de partage.

— Un pays juif, dit un autre, où les Juifs peuvent danser dans la rue.

— Nous voulons tous émigrer en Palestine, dit un chauve à moustache.

— Oui, dit un autre. Nous en rêvons tous.

— Qu'est-ce que vous faisiez en Palestine ? demanda une femme assise à la table des émigrants.

— J'ai été dans un kibboutz, mais j'ai aussi vécu à Haïfa, à Netanya et à Tel Aviv.

— Comment c'est, Tel Aviv ? demanda-t-elle.

— C'est incroyable, une véritable métropole juive.

Nous avons encore bu un Pernod et parlé un moment avec les émigrants, puis nous avons pris congé.

Mon frère m'a emmené place de la Comédie.

— Ici, il y a un dancing à l'ambiance intime, mais bizarrement il est fermé le samedi et le dimanche.

— Comment cela ? Il devrait y avoir du monde le samedi, le dimanche aussi.

— C'est vrai, dit mon frère, mais pas ici. Les femmes mariées qui cherchent une aventure y viennent l'après-midi. Elles se font inviter à danser par un jeune homme et vont ensuite avec lui dans un hôtel de passe. Il y en a quelques-uns sur la place de la Comédie, où on peut louer une chambre à moitié prix pour une heure. C'est pour les couples qui veulent s'envoyer en l'air vite fait.

— Et pourquoi le dancing n'est ouvert que l'après-midi, et en semaine ?

— Mais je viens de te le dire. Ce sont des femmes dont les maris sont bien plus vieux qu'elles. Pendant qu'ils s'occupent de leurs affaires, elles en profitent pour se trouver un homme jeune. D'ailleurs, la plupart des types qui viennent au dancing ont entre dix-sept et vingt-deux ans.

— Je voudrais bien y aller.

— On peut y aller ensemble, dit mon frère. Mais d'abord, il faudra que tu apprennes un peu le français.

— J'essaierai d'apprendre vite.

Mon frère m'a raconté qu'il avait eu des problèmes avec notre père.

— Pourquoi ?

— Parce que je voulais faire des études, mais papa était contre. Il était d'avis que j'apprenne un métier : « Un métier, c'est l'avenir assuré. » Comme il avait travaillé dans la fourrure, il m'a fait entrer comme apprenti chez un fourreur juif.

— La fourrure a toujours été un métier de Juifs.

— Ça l'est encore. Presque tous les pelletiers et fourreurs de Lyon sont des Juifs.

Nous avons descendu la rue de la République en tram jusqu'à la place Bellecour. Au milieu de la place, mon frère m'a montré la Maison dorée, un café-restaurant dansant.

— La plus célèbre boîte de tango de Lyon. Il y en a une autre, le Palais d'hiver, mais la Maison dorée est plus près, et plus belle.

— Une boîte de tango ?

— L'orchestre est fabuleux. Tu veux voir ?

Nous sommes entrés et nous sommes installés à une table d'angle. Mon frère a commandé du vin. En regardant autour de moi, j'ai été étonné de voir tant de jolies femmes.

— Lyon n'est pas aussi bourgeois qu'on le dit.

— Les femmes ne sont pas aussi libres qu'à Paris, mais avec un peu de chance, tu en trouveras aussi qui voudront coucher avec toi.

— Je voudrais au moins danser une fois, mais je ne parle pas français.

— Tu n'as pas besoin de parler en dansant, dit mon frère.

Il m'a montré comment on invite une femme.

— Tu t'inclines en disant juste : « Mademoiselle ? » – ça suffit. Elle se lèvera et dansera avec toi.

— Elle peut refuser ?

— C'est rare, dit mon frère. Ce serait impoli et contraire aux bonnes manières. À moins que la dame n'ait déjà promis la danse à un autre cavalier, mais dans ce cas, elle te le dirait et l'autre devrait être là, sinon, elle passerait pour une menteuse. Les Français sont très soucieux de ne vexer personne.

J'ai cherché la plus jolie fille, me suis levé sans hésiter et comme mon frère me l'avait dit, je me suis incliné en disant : « Mademoiselle ? » sur un ton interrogatif. À ma grande surprise, elle s'est aussitôt levée et a dansé avec moi. Je me suis borné à sourire, évitant toute conversation, je me sentais un peu bête, mais elle semblait trouver cela tout à fait normal.

Elle s'est blottie contre moi aux accents sirupeux du tango et a posé sa joue contre la mienne.

Quand j'ai rejoint mon frère, il s'est mis à rire :

— Tu as même dansé *joue contre joue* !

— Qu'est-ce que ça veut dire ?

— Les joues collées.

Mon frère n'a dansé qu'une fois. Je l'ai regardé et j'ai trouvé qu'il présentait bien. Nous étions le contraire l'un de l'autre. J'étais châtain aux yeux verts, lui avait les cheveux bruns et les yeux marron. Il était mince. Dans le fond, il était charmant. Je crois que les femmes l'appréciaient.

Mon frère avait décidé de partir aux États-Unis, avant tout parce qu'il voulait faire des études.

— Là-bas, on peut travailler dans la journée et aller à l'université le soir, dit-il, cela n'existe pas en France.

Le mardi eut lieu la grande rencontre au club sioniste. Comme la plupart des membres travaillaient, cela se passa le soir. Notre arrivée fut saluée par un « Shalom ! » sonore. Mon frère me présenta :

— Voici mon frère de Palestine.

Je faisais l'objet de l'admiration générale. J'ai lu mon nom sur une ardoise, on avait écrit en français : « Ruben Jablonski parlera de la Palestine. »

Mon frère avait donc annoncé mon intervention sans m'en parler. J'étais très embarrassé. Je lui ai dit :

— Comment veux-tu que je fasse un discours ? Je ne suis pas préparé et je ne sais pas le français.

— Tu peux parler allemand, dit mon frère. La plupart sont des enfants d'émigrants, et je traduirai pour les autres.

— Mais je n'ai rien préparé.

— Pas besoin. Ici, tout se passe simplement. Raconte ce que tu veux sur la Palestine.

J'ai pris place dans le cercle. Tous les regards étaient fixés sur moi. J'ai repéré une jolie brune qui me dévorait des yeux.

J'ai donc commencé à parler de la Palestine en évitant ce qui m'avait déçu. Je n'ai rien dit non plus de mes boulots à la plonge et sur les chantiers, de mon histoire avec la femme de l'avocat, du café des émigrants, ni du squat de Netanya avec la demi-folle qui couchait avec tout le monde. J'ai parlé du kibboutz, de Beth Eshel, où une pépinière était expérimentée dans le désert du Néguev ; j'ai parlé de mon séjour dans une prison arabe, des méchants Anglais et des attentats de terroristes juifs contre des casernes britanniques ; j'ai parlé des agressions arabes sur les autocars et les colonies juives, de mon arrestation au camp militaire de la Ligue arabe, de l'officier courtois qui nous avait invités puis, au petit matin, nous avait fait escorter jusqu'à la sortie du camp par une garde d'honneur. J'ai parlé de l'hôpital Hadassah et de l'Anglais mort que nous avions sorti de la salle d'opération et dont les pieds froids avaient glissé dans mon cou. J'avais très chaud. En jetant un coup d'œil à la jolie brune, j'ai vu qu'elle était encore plus enthousiaste. J'étais vraiment la vedette de la soirée. Plus tard, nous avons bu des sodas. La jolie brune s'est approchée de moi et m'a demandé tout de go si nous pouvions nous revoir. Je lui ai proposé d'aller au cinéma, et nous avons pris rendez-vous pour le dimanche suivant.

— Tu as eu du succès, dit mon frère en partant. Auprès des filles aussi. Il y en avait quelques-unes qui seraient bien allées au cinéma avec toi.

— Je n'en ai vu qu'une seule.

— Elle s'appelle Béa, dit mon frère. J'ai tenté ma chance avec elle, mais elle est claquemurée dans sa virginité.

— Tu veux dire qu'il n'y a pas d'ouverture ?

— Pas comme ça. De toute façon, ce n'est pas facile avec les Juives. Elles veulent toutes se marier, donc avant tout rester vierges.

— Alors ça ne sert à rien que je l'emmène au cinéma ?

— Essaie quand même. Elle est très jolie, tu y trouveras ton compte.

Le dimanche, j'ai retrouvé Béa sur la place des Terreaux. Elle m'attendait devant la fontaine, et m'a pris par le bras. Nous sommes allés à pied jusqu'à l'un des grands cinémas de la place Bellecour.

Au cinéma, je suis passé tout de suite aux choses sérieuses, je lui ai touché les seins, je l'ai embrassée et j'ai posé la main sur son genou. Elle n'a rien dit, m'a embrassé passionnément et m'a murmuré des mots tendres à l'oreille. Mais quand j'ai glissé la main sous sa robe, elle m'a repoussé.

— Pas plus loin, a-t-elle dit.

— Pourquoi ?

— Parce que je ne fais pas cela.

— Même pas avec celui que tu aimes ?

— Avec personne.

Une fois dehors, je lui ai demandé si je pouvais aller chez elle.

— Ce n'est pas possible, j'habite chez mes parents.

— De sévères parents juifs, dis-je en plaisantant.

— Oui.

— Alors à l'hôtel ?

Elle s'est fâchée.

— Je ne suis pas une prostituée. Ne me dis plus jamais ça. Promets-le.

J'ai promis. L'affaire était réglée.

Mon père a fulminé quand je lui ai raconté que j'écrivais un roman.

— Ôte-toi ça de l'esprit ! Gribouiller, quel métier de misère ! L'art peut te faire perdre la raison. J'ai connu beaucoup d'artistes à Leipzig.

— Et qu'est-ce que tu proposes ?

— Tu seras fourreur, comme ton frère. C'est un métier qui rapportera toujours.

En fait, mon père avait déjà contacté un fourreur juif, qui était prêt à me prendre en apprentissage malgré mon âge.

— Cela n'a pas été facile, dit-il. Ils veulent tous des apprentis de quatorze ou quinze ans. Mais ce fourreur est une vieille connaissance.

J'ai commencé la semaine suivante. On ne me donnait que des tâches sans intérêt, clouer des peaux sur des planches ou balayer l'atelier. J'ai fini par en avoir assez et j'ai dit à mon père que je n'apprenais rien chez ce fourreur. Mon père m'a conseillé de démissionner, ce que j'ai fait aussitôt, et une semaine plus tard, il m'avait trouvé une autre place. Dans cet atelier, on coupait principalement des vestes en peau de mouton, c'était facile et j'ai vite appris, si bien qu'au bout de quelques semaines, j'étais capable de couper tout seul. J'ai quitté l'atelier et trouvé une place de coupeur dans une fabrique. Pour la première fois, j'ai commencé à bien gagner ma vie. Je remettais mon salaire à mon père en ne gardant que de l'argent de poche pour des cigarettes, pour le dancing et à l'occasion pour une chambre d'hôtel.

Mon père m'a procuré de nouveaux papiers selon lesquels j'étais un réfugié polonais disposant d'un permis de séjour illimité en France. J'ai rangé mon passeport britannique dans un tiroir. À la fin de la semaine, je suis allé au bistro faire des exercices d'écriture. Mon roman sur le ghetto ne donnait rien, alors j'ai voulu écrire l'histoire d'un fou échappé d'un asile parisien. Nouvel échec. J'ai commencé un autre roman. Il s'agissait cette fois d'un kibboutz attaqué par des Arabes. Mais je n'ai pas eu davantage de succès et j'ai provisoirement abandonné l'écriture.

Ma mère avait de nombreuses amies dont beaucoup étaient à peine plus âgées que moi. L'une d'elles, Lina Weber, trente-deux ans, avait des vues sur moi. Son mari était voyageur de commerce et absent toute la semaine. Le mercredi, mes parents jouaient aux cartes chez les Weber et je les accompagnais en spectateur. Un jour, alors que nous partions, Madame Weber me dit :

— Venez donc me voir, Ruben. Je suis toujours seule à la maison, le soir.

Je ne me le suis pas fait dire deux fois et suis allé chez elle le lendemain soir. Elle avait couché ses deux jeunes enfants de bonne heure.

J'ai plaisanté un peu avec elle, j'ai bu un verre de vin, et j'ai soudain plaqué mes mains sur sa poitrine. Comme elle ne disait rien, je suis passé sous sa robe, et elle n'a toujours pas protesté. Je l'ai renversée sur le canapé et lui ai retiré sa culotte. Comme je m'y attendais, elle a noué les bras autour de mon cou et m'a mordu la joue. J'ai ôté mon pantalon et j'ai glissé mon pénis dans sa fente humide. Elle était chaude et passionnée.

— Pourquoi viens-tu si tard ? a-t-elle demandé. Je veux dire, pourquoi n'es-tu pas venu me voir plus tôt ?

— Je ne savais pas que tu le voulais. Tu es une amie de ma mère.

Elle a ri.

— J'espère que tu ne lui diras rien.

— N'importe quoi ! Je suis muet comme une tombe.

— Mon mari ne doit absolument rien savoir.

— Tu peux me faire confiance.

L'hiver était presque fini. En mars, mon frère et moi avons emprunté des skis et sommes allés à Grenoble. La montagne était magnifique. Nous sommes montés à pied et redescendus tout schuss, hâlés par le soleil de mars et la neige scintillante. Nous avons bu du vin avec les gens du refuge et sommes revenus de bonne humeur à Lyon.

J'ai dit à mon frère :

— On devrait faire ça plus souvent.

— Oui. Je ne te reconnais plus. Tu avais l'air si triste ces temps-ci.

— C'est parce que je n'arrive pas à écrire.

— Laisse-toi du temps.

— On me l'a déjà dit.

— Qui ?

— Un ami, en Palestine. Joseph Lindberg. Il m'a dit : « Un beau jour, cela t'envahira et coulera tout seul de toi, comme d'une source. »

— Oui, tu dois te laisser du temps, dit mon frère. Et ne dis rien à papa. Tu sais ce qu'il en pense.

— Oui, malheureusement.

Entre-temps, j'avais assez bien appris le français pour n'avoir plus besoin de mon frère comme interprète. J'allais de temps en temps au dancing et n'hésitais plus à inviter une fille à danser. Je pouvais faire la conversation en français. J'allais le plus souvent à la Maison dorée. Les filles y étaient vraiment jolies, mais je n'ai pas tardé à comprendre qu'elles venaient juste pour s'amuser sur la piste de danse, mais ne s'engageaient pas dans d'autres aventures avec un cavalier. Elles s'éclipsaient tout bonnement à la fin de la danse. Un jour, je suis arrivé à en raccompagner une, mais quand j'ai commencé à la peloter devant sa porte, elle s'est mise à crier. Ça a été à peu près la même chose avec une autre. Je l'ai raccompagnée chez elle, mais quand j'ai glissé la main sous sa jupe à la porte de l'immeuble, elle a carrément appelé à l'aide, si bien que j'ai pris le large.

Je suis aussi allé dans la boîte de la place de la Comédie, où des femmes mariées étaient censées venir en quête de jeunes hommes pendant que le leur tenait le magasin. Mais là non plus, je n'ai pas eu de chance. J'étais soit trop jeune, soit trop petit. Ceux qui avaient dix-huit ans s'en sortaient mieux. « Cela tient peut-être au fait que tu perds tes cheveux », ai-je pensé. En effet, je n'avais que vingt-deux ans, mais mon front commençait à se dégarnir. J'essayais de combattre la chute de cheveux à l'aide de toutes sortes de crèmes et d'huiles. Un médecin m'avait dit de ne plus boire de café, et de me frictionner le cuir chevelu à l'acide sulfurique. J'ai tout essayé, rien à faire, je perdais mes cheveux par poignées.

Pendant mes loisirs, j'ai tenté de reprendre mon roman sur le ghetto, mais les phrases ne voulaient pas venir. J'ai refermé mon bloc de papier en me disant : « Jablonski, laisse tomber, ça ne mène à rien. »

J'ai effectivement renoncé à écrire et suis tombé dans une profonde dépression. Rien ne pouvait me remonter le moral. C'est même devenu si grave que j'ai perdu mon emploi de coupeur. Je restais toute la journée à la maison à ruminer sans bouger. Ma mère était désespérée. « Mais qu'est-ce que tu as, mon garçon ? » répétait-elle sans arrêt. Elle pleurait, et ça me déprimait encore plus.

Mon père ne comprenait pas pourquoi j'étais déprimé. Il prétendait que je m'imaginais des choses, ce qui confirmait sa thèse selon laquelle j'avais de drôles d'idées.

« Mais qu'est-ce que tu veux, à la fin ? Tout va bien pour toi, tu as à manger, nous sommes ensemble et tu es libre. La guerre, le ghetto et toutes les misères, c'est fini, tout ça. Tu es jeune, tu as la vie devant toi. »

Mais cela n'arrangeait rien. Mon esprit s'assombrissait.

Je dormais mal et me réveillais au petit matin avec un étrange poids sur le cœur. J'avais parfois l'impression d'étouffer et je me débattais pour respirer. J'ai essayé de me changer les idées avec des femmes, mais ce fut un échec total. Je suis allé voir Lina Weber, l'amie de ma mère, mais j'étais complètement impuissant. Rien ne bougeait. Plus je m'efforçais d'avoir une érection, moins mon pénis m'obéissait. Il restait flasque et Lina eut beau tout faire pour lui redonner vie en le caressant, en le léchant et en l'embrassant, rien n'y fit…

— Je suis fichu, dis-je à Lina. Je suis un vieillard.

— Sottises ! À vingt-deux ans on n'est pas vieux. Il y a quelque chose qui t'oppresse. Tu dois trouver ce que c'est.

— Je voulais devenir écrivain, mais je n'arrive pas à écrire. J'ai perdu tout espoir.

— Dans ce cas, essaie autre chose, dit Lina.

— Mais je ne veux rien faire d'autre.

L'après-midi, je faisais de longues promenades au bord du Rhône. J'allais flâner au parc. Sur les bancs, il y avait parfois des femmes seules qui attendaient d'être abordées. J'ai fait quelques tentatives, mais devant ma triste mine, mon attitude et mes propos déprimés, elles se détournaient.

Une fois j'ai tenté ma chance auprès d'une prostituée. Elle était jeune et jolie, et elle m'a dit qu'elle le ferait sans préservatif. Nous sommes montés dans sa chambre mais lorsque je me suis déshabillé, elle a ri en voyant ma quéquette en berne.

— Eh bien, jeune homme, que se passe-t-il ? Pas envie ?

— Ça ne marche plus ces temps derniers.

Elle a essayé avec la langue, avec des massages, mais comme rien n'y faisait, elle s'est énervée.

— Vous faites un drôle de jeune homme, dit-elle. Déjà impuissant à votre âge, je n'ai jamais vu ça.

— Je suis désolé, mais je n'y peux rien.

Elle m'a pris dans ses bras et m'a embrassé avec compassion. Je l'ai payée et je suis sorti.

32

Le 14 mai 1948 eut lieu la proclamation de l'État d'Israël. La nouvelle fit les gros titres de la presse française. Le lendemain, la guerre éclata en Palestine. Tous les pays arabes déclarèrent en même temps la guerre au nouvel État juif. Les armées arabes franchirent les frontières. La presse française réagit avec pessimisme et prédit la chute imminente du nouvel État juif : c'était évident, comment un petit État faible, qui n'avait même pas d'armée, pouvait-il faire face à l'offensive concentrée des armées modernes des pays arabes ? Je suivais fébrilement les nouvelles. D'une certaine manière, ces reportages me firent oublier ma dépression. Puis vint la grande surprise. Les Juifs tenaient bon. Ils se battaient avec des armes de leur fabrication et des cocktails Molotov, et subissaient naturellement de grandes pertes. Puis on vit arriver des navires et des livraisons d'armes venues principalement de Tchécoslovaquie. Les Juifs reçurent un armement moderne, des chars, des avions et des canons, en particulier des bazookas et des roquettes antichars. La presse parla d'un brusque tournant dans le déroulement des combats. Les Juifs battirent les armées arabes. Des unités blindées juives avancèrent dans le désert du Néguev et repoussèrent l'armée égyptienne sur la presqu'île du Sinaï. Beer-Sheva fut libéré et peu après tout le Néguev. Les Juifs de Lyon jubilaient. Un miracle s'était produit. Une fête fut organisée au club sioniste. De nombreux jeunes s'enrôlèrent volontairement dans l'armée israélienne et embarquèrent pour Israël. J'ai vécu tout cela comme dans un rêve. Puis, la situation apaisée, ma dépression est revenue.

Mon père avait décidé de m'emmener consulter un psychiatre renommé, le docteur Larivé, médecin chef de l'hôpital psychiatrique de Lyon. J'étais terrifié en entrant dans l'hôpital, mais mon père m'entraîna énergiquement par la grille en fer forgé. Quelques malades qui se promenaient dans le jardin nous regardèrent en ricanant. Le docteur Larivé nous reçut dans son bureau. C'était un homme de la cinquantaine aux cheveux blancs. Il me regarda avec compassion. Mon père lui fit un résumé rapide de ma vie. Le médecin avait peu de temps et n'envisagea pas de thérapie verbale.

— Vous étiez donc en camp de concentration ? dit-il.

— Au ghetto.

— C'est la même chose.

Il prit quelques notes et poursuivit :

— Les dépressions sont des conséquences à long terme des camps de concentration. Nous avons eu quelques cas analogues ici.

Cela semblait assez superficiel, et au moment même où il le disait, je savais qu'il se trompait. Mon père, en revanche, le contemplait avec une telle déférence que je n'ai rien dit.

— Nous allons traiter votre fils par électrochocs, dit le docteur Larivé.

Mon père approuva aussitôt. Il ignorait ce qu'étaient les électrochocs, mais il était convaincu par tout ce que le célèbre médecin lui disait. Je n'ai pas fait d'objections.

— Vous viendrez deux fois par semaine à l'hôpital, vous recevrez le traitement ici.

— Mon fils devra-t-il rester à l'hôpital ? demanda mon père.

— Non, naturellement, dit le médecin. Il pourra rentrer chez lui après chaque séance.

J'avais deux séances d'électrochocs par semaine. Chaque fois, j'avais l'impression de recevoir un grand coup sur la tête. Je perdais aussitôt connaissance. Quand je revenais à moi, il n'y avait personne dans la salle. C'était comme s'ils avaient décidé que je n'existais plus. Je sortais, personne ne m'arrêtait. Les cinglés dans le jardin me regardaient en ricanant. Je franchissais le portail en fer forgé, content de me retrouver dans la rue. Je rentrais en titubant à la maison, j'étais dans le cirage.

Au bout de trois semaines, j'en ai eu assez. J'ai dit à mon père :

— Je n'y retournerai pas.

Mon père dit que les six séances d'électrochocs devraient suffire, mais qu'il voulait d'abord parler avec le docteur Larivé. Le médecin n'était pas particulièrement content que j'interrompe le traitement de mon propre chef, mais il finit par admettre que dans mon cas, les six séances suffisaient.

Mon frère avait raconté à ses amis que j'étais soigné par électrochocs. Ils en avaient parlé à d'autres et bientôt, toute la communauté juive de Lyon était au courant. À cette époque, on croyait généralement que ce traitement était réservé aux malades mentaux. Au club sioniste, les gens me regardaient d'un air perplexe et assez gêné. Au café d'émigrants, on me traitait aussi comme un malade mental. Les serveurs étaient sur leurs gardes comme s'ils craignaient que je pique une crise à tout moment.

J'étais toujours aussi déprimé, mais dans l'espèce de torpeur où j'étais, je ressentais un certain soulagement. J'avais perdu la mémoire à court terme et souvent, je ne me rappelais pas ce que j'avais mangé la veille. Quant aux blessures que l'on avait pu m'infliger récemment, je les avais carrément oubliées. La vie me semblait plus facile et je ne pensais plus à la grande désillusion que j'avais ressentie en constatant que je n'étais pas capable d'écrire. La mémoire me revint peu à peu et avec elle, la dépression. Le traitement n'avait pas été efficace. Je retournai voir le docteur Larivé, mais il me dit que l'effet de la cure ne se manifesterait qu'au bout de quelques mois. J'ai pris cela pour une échappatoire et je ne l'ai pas cru.

J'ai tenté ma chance auprès des femmes, mais sans succès. Elles remarquaient que quelque chose clochait chez moi. Ma tristesse les déprimait et elles ne me trouvaient pas engageant. Une fois, en dansant, je suis arrivé à accrocher une petite brune. Je l'ai persuadée de venir avec moi à l'hôtel, mais la catastrophe ne s'est pas fait attendre. Rien à faire, mon pénis restait tout mou. La petite a bien rigolé et a fini par me pousser hors du lit.

— Mais quel âge avez-vous donc ?

— Bientôt vingt-trois ans.

— On pourrait croire que vous en avez soixante-dix.

Cela m'a encore plus déprimé. De retour à la maison, je me suis regardé dans la glace et j'ai cru déceler des signes précoces de vieillissement, j'ai vu que mes cheveux étaient de plus en plus clairsemés, et cela m'a plongé dans le désespoir. Le lendemain, je suis allé voir notre médecin de famille.

— Est-ce qu'à votre avis je présente des signes précoces de vieillissement ? lui ai-je demandé.

Le médecin a examiné mon visage et a secoué la tête.

— Non. Vous avez tout à fait l'air d'un homme de votre âge.

— J'ai vingt-trois ans.

— Oui, je sais.

Je lui ai parlé de mon impuissance.

— C'est dans la tête, dit-il. Cela reviendra.

— Quand ?

— Quand vous irez mieux sur le plan psychique. J'ignore ce qui vous accable, mais c'est certainement dû à un profond traumatisme qui a ébranlé tout votre être et vous a désorienté. La vitalité est la meilleure expression de notre état intérieur.

— Je voulais devenir écrivain, et j'ai abandonné l'écriture.

— Recommencez, dit-il.

— Quoi ?

— À écrire.

— Mais mon père est contre.

— Les parents sont presque toujours contre, lorsque leur fils déclare qu'il veut être un artiste. Ne vous occupez plus de votre père et faites comme vous le sentez.

— Je vais essayer, ai-je dit.

33

Des mois passèrent. De temps en temps, j'allais avec des prostituées, rien que pour voir si ma puissance revenait, mais toujours avec le même résultat négatif. Les filles ne se moquaient jamais. Elles avaient pitié de moi et me consolaient. L'une d'elles m'a proposé sa rondelle. « Il y en a que ça excite beaucoup. Ça pourrait peut-être vous faire de l'effet. » J'ai essayé. Elle avait un gros postérieur qui ne m'attirait vraiment pas. Ça n'a pas marché, alors j'ai abandonné.

En automne 1949, un événement clé a transformé toute ma vie. Je venais de lire *Arc de triomphe* d'Erich Maria Remarque, un livre qui m'avait tant emballé que j'en parlais à longueur de journée. Pour la première fois, j'avais vu un auteur saisir une atmosphère et créer des caractères réussis avec une extrême concision, composer des récits passionnants et surtout des dialogues comme je n'en avais jamais lu. Cela m'a donné l'idée d'écrire mon roman du ghetto dans le même style. Je n'avais pas l'intention de l'imiter, mais je voulais parvenir à mettre en œuvre cette légèreté apparente avec laquelle Remarque décrivait des scènes impressionnantes, qu'il pimentait de dialogues très particuliers. Comme je l'ai dit, Remarque était l'impulsion, mais ce roman devrait être le mien.

C'est dans cet état d'esprit que je suis allé danser un soir. C'était une boîte d'étudiants. Les jeunes dansaient collés les uns aux autres, *joue contre joue*, des couples s'embrassaient à de petites tables. Après quelques danses sans succès, comme à l'habitude, j'ai quitté la boîte vers onze heures pour un café de la place de la Comédie. Quand le serveur est venu prendre ma commande, je lui ai demandé un verre de vin et de quoi écrire.

J'ai soudain ressenti ce que mon ami Joseph Lindberg m'avait prédit : un jour, cela t'envahira et s'écoulera tout seul de toi, comme d'une source. J'ai senti que le moment était venu. J'ai vidé mon verre et me suis mis à écrire, comme possédé. Au bout de deux heures, j'avais écrit trente pages. Tout d'un coup, je savais que cela marchait. J'étais capable d'écrire. J'étais un écrivain. Le serveur rangea et ferma la porte d'entrée.

— On ferme, me dit-il.

— Oui, je sais, dis-je en souriant.

Je lui ai rendu le crayon et les feuilles inutilisées, j'ai réglé en ajoutant un bon pourboire et je suis parti.

Je jubilais presque en revenant à la maison. Je dormais mal depuis des mois, mais cette fois, j'ai passé une bonne nuit. Au réveil, ma première pensée a été : tu peux de nouveau écrire. Qui aurait cru que je noircirais trente feuilles d'une seule traite ? Après le petit déjeuner, j'ai relu ce que j'avais écrit. C'était bon. Chaque phrase était juste. Il n'y avait rien à corriger ou à reprendre. C'était vraiment sorti de moi comme d'une source cachée. L'après-midi, je suis tout de suite allé dans un café et j'ai continué à travailler. C'était facile. Les mots coulaient simplement de ma plume. J'ai produit quinze autres pages avant de refermer mon bloc. J'étais à présent certain d'achever mon livre, mais j'ai décidé de ne plus écrire tant que je n'aurais pas la tranquillité nécessaire, je me sentais oppressé par le regard critique de mon père. « Le mieux, me dis-je, est que tu émigres en Amérique et que tu finisses ton livre sans ton père. »

Le projet d'émigrer en Amérique n'était pas une idée en l'air, nous en avions souvent parlé à la maison. Et ce projet ne tarda pas à être réalisé. Mon frère partit en 1950 pour New York, je devais le suivre en 1951, et mes parents en 52 ou 53. Nous avons demandé des visas au consulat américain. Comme nous étions ce qu'on appelait des *displaced persons*, nous les avons obtenus rapidement. À la fin de 1950, j'ai dû me rendre à Paris pour signer les formulaires. Tout a marché comme sur des roulettes. Le consul m'a demandé si j'avais été membre d'un parti ou d'une organisation communiste, ce que j'ai nié la conscience tranquille. J'ai donné mon nom, ma date et mon lieu de naissance. Et tout était réglé. En décembre 1950, j'ai reçu tous les documents nécessaires à l'immigration, et nous avons décidé que je partirais en mars 1951. Nous avons réservé mon passage à bord d'un paquebot français, le *De Grasse*. Peu de temps avant d'embarquer, j'ai dû retourner à Paris pour signer un document. Au lieu de revenir à Lyon, j'ai passé la dernière semaine avant mon départ dans la capitale. J'ai fait de longues promenades sur les Champs-Élysées tout en réfléchissant à mon roman. J'étais parfois tellement plongé dans mes pensées que je bousculais les passants. Une fois, je suis monté avec une pute pour tester ma virilité. Tout était en ordre. Elle m'a dit avec admiration :

— Eh bien, jeune homme, quel bel outil !

J'étais heureux. Je n'avais plus d'angoisses, j'écrivais et je n'étais plus impuissant. Que demander de plus ?

Un jour mon père m'avait dit :

— Alors, en fait, qu'est-ce que tu veux devenir, mon garçon ?

Et j'ai répondu :

— Rien du tout, papa. Je veux respirer, vivre et écrire.

Au ghetto, je pensais souvent à la libération et à la vie après la guerre. Mais il ne m'était jamais venu à l'esprit que je devrais entamer une carrière. Je ne voulais pas de carrière. Comme je l'avais dit, je voulais respirer, vivre et écrire. Je crois que les morts dans la boue du ghetto m'avaient donné raison. Qu'était une carrière, comparée à mon bonheur présent, au fait que j'avais récupéré ma virilité et la conscience de pouvoir de nouveau écrire ? J'ai pris une profonde inspiration, et j'ai senti que je vivais. J'ai goûté le printemps à Paris et la douceur du soleil. J'étais un homme libre, je pouvais m'asseoir dans un café, le ghetto était loin, je pouvais suivre les femmes des yeux et rester plongé dans mes pensées. Je n'avais plus à avoir peur des rafles, des tueries de masse, du fait d'être juif et hors la loi. Je n'avais même pas à avoir peur des Russes et du communisme, de l'intolérance et de l'oppression étatiques. Je pouvais exprimer librement mon opinion sans risquer d'être expédié en Sibérie ou dans les mines de charbon du Don. J'étais à Paris et je respirais le parfum de la liberté. J'allais partir pour l'Amérique, un pays libre où je pourrais vivre sans avoir peur. Et j'écrirais.

J'ai trouvé une chambre dans un hôtel bon marché, l'hôtel du Paradis, rue de Paradis, un établissement modeste, mais cela me convenait. La patronne m'a apporté le petit déjeuner typique, café croissant, dans ma chambre. J'ai traîné au lit en échafaudant des plans. Comment serait la traversée ? Est-ce qu'il vaudrait mieux me mettre à mon roman tout de suite à bord, ou attendre d'avoir regagné la terre ferme ? J'ai décidé d'attendre. Désormais, l'écriture ne me fuirait plus.

Le soir, je suis allé dans un café dansant. C'était la première fois que j'allais danser à Paris. Il y avait suffisamment de femmes. J'ai invité une très jolie Française, et à mon grand étonnement, tout a bien marché. Je lui ai dit que j'étais de passage et que je partais la semaine suivante vers l'Amérique. Nous avons pris rendez-vous pour le lendemain. Le lendemain, nous avons déjeuné ensemble, puis je l'ai emmenée à mon hôtel. Elle s'est montrée passionnée et je l'ai baisée deux fois, comme je le faisais toujours avant de devenir impuissant.

— Pouvez-vous imaginer que j'aie été impuissant ?

— Non, dit-elle en riant.

— Pourquoi ?

— Parce que vous êtes trop jeune. Et parce que vous avez une virilité exceptionnelle.

— J'ai fait une grave dépression. C'est pour ça.

— Pourquoi étiez-vous déprimé ?

— J'avais laissé tomber tout ce qui était important pour moi.

— Mais on n'abandonne pas ce qu'on trouve important.

— Vous avez raison. Je ne l'avais sans doute pas vraiment abandonné. Mais je m'en étais persuadé.

— C'était une femme ?

— Non, c'était l'art.

— Ah, vous êtes artiste ?

— Écrivain.

Mes parents m'ont accompagné jusqu'au Havre, d'où partait le bateau. C'était un jour de mars ensoleillé. Ils ont pleuré au moment des adieux, mais je les ai consolés :

— Vous nous rejoindrez bientôt. Nous nous reverrons tous à New York.

— Fais bien attention à toi, mon garçon, dit ma mère.

Et mon père :

— Écris de temps en temps, je veux dire des lettres, pas des livres.

J'ai ri :

— Les lettres, c'est vous qui les recevrez.

Le *De Grasse* était un élégant paquebot de luxe. Je voyageais évidemment en classe touriste, mais ce n'était pas si mal que ça. Je partageais une cabine avec un vieux monsieur qui ronflait, comme je n'ai pas tardé à le constater. J'ai fait un peu de bruit jusqu'à ce qu'il arrête. La cuisine était excellente. Il y avait un petit déjeuner à l'anglaise avec des œufs au lard, du jambon, du fromage, de la confiture et des toasts. Le café était bon. Les repas de midi et du soir étaient de même qualité. L'après-midi, du thé et des sandwiches étaient servis sur le pont. Il y avait aussi une piscine et un court de tennis.

J'étais allongé sur le pont au soleil de mars. Je me levais souvent pour aller au bastingage regarder la mer. Parmi les passagers, il y avait quelques Américains avec lesquels j'ai mis mon anglais à l'épreuve. Nous parlions du Nouveau Monde et des surprises que l'Amérique pouvait offrir.

— Que voulez-vous faire là-bas ? me demanda un des Américains.

— Écrire.

— Vous êtes écrivain ?

— Oui ?

— Vous avez un éditeur là-bas ?

— Pas encore. Je pense m'adresser à un éditeur de best-sellers.

— Alors c'est Doubleday.

— Oui. Je publierai mon livre chez Doubleday.

Une dame qui s'était jointe à nous s'écria :

— Oh, Doubleday ! Êtes-vous un auteur de Doubleday ?

— Oui, dis-je.

— Peut-on savoir quel est le titre de votre livre ?

— *L'Asile de nuit*, dis-je.

— Cela me fait penser à une pièce de Gorki.

— Oui, c'est un titre de Gorki, dit quelqu'un dans le groupe.

— Je pourrais naturellement changer le titre, dis-je.

— Les éditeurs changent toujours les titres, dit la dame. Vous pourriez aussi le raccourcir, par exemple au lieu d'*Asile de nuit*, simplement *Nuit*.

— *Nuit*, ce n'est pas mal, dis-je.

Elle demanda :

— Quand votre livre va-t-il paraître ?

— En 1953.

— C'est sûr ?

— Pratiquement certain.

— Il faut que je le note, dit la dame.

Elle sortit un crayon et écrivit dans son agenda : « Doubleday 1953. *L'Asile de nuit* ou *Nuit*. »

— Mais vous écrivez en anglais ? demanda un monsieur du groupe.

— Non, en allemand.

— Alors votre livre devra être traduit.

— Bien sûr, il sera traduit.

— Avez-vous déjà un traducteur ?

— Pas encore. Mais j'en trouverai certainement un.

— Comment vous appelez-vous ? demanda la dame.

— Ruben Jablonski.

— Et vous publierez sous votre propre nom ?

— Évidemment. Il n'y a que les crapules pour publier sous un pseudonyme.

— N'est-ce pas Schopenhauer qui a dit quelque chose d'approchant ?

— Tout à fait. C'est Schopenhauer, il détestait les pseudonymes.

— Donc Ruben Jablonski, dit la dame. Je note aussi votre nom. Et je guetterai la sortie de votre livre.

Un monsieur du groupe dit :

— Je vous chercherai dans le *New York Times.*

— Oui, faites donc cela, ai-je dit.

CATALOGUE DES MÉTÉORES

BERNARD AMY
M04 *L'Alpiniste*

SHOLEM ALEYKHEM
M35 *Étoiles vagabondes*

KENNETH BERNARD
M00 *Extraits des archives du district*

OLIVIER BRUNEAU
M17 *Dirty Sexy Valley*
M37 *Esther*

STÉPHANE CARLIER
M27 *Le Chien de Madame Halberstadt*

PIERRE CENDORS
M20 *Archives du vent*

BÉRENGÈRE COURNUT
M25 *Née contente à Oraibi*
M31 *De pierre et d'os*

LUCE D'ERAMO
M34 *Le Détour*

EDGAR HILSENRATH

M02 *Nuit*

M08 *Orgasme à Moscou*

M07 *Fuck America*

M15 *Le Nazi et le Barbier*

M36 *Les Aventures de Ruben Jablonski*

JULIA

M30 *Roulio fauche le poil*

ANDRUS KIVIRÄHK

M05 *L'Homme qui savait la langue des serpents*

M21 *Les Groseilles de novembre*

M33 *Le Papillon*

HADRIEN KLENT

M03 *Et qu'advienne le chaos*

M32 *La Grande Panne*

VALÉRIE MANTEAU

M18 *Calme et tranquille*

M26 *Le Sillon*

JEAN-PIERRE MINAUDIER

M11 *Poésie du gérondif*

MARIE REDONNET

M13 *La Femme au colt 45*

EMMANUEL RÉGNIEZ

M09 *Notre château*

D.A.F DE SADE

M01 *Les 120 journées de Sodome*

JUAN JOSÉ SAER

M14 *L'Ancêtre*

M22 *Glose*

GOLIARDA SAPIENZA

M06 *L'Art de la joie*

M10 *Moi, Jean Gabin*

M16 *Rendez-vous à Positano*

M19 *L'Université de Rebibbia*

M28 *Les Certitudes du doute*

FRANÇOIS SZABOWSKI

M24 *L'Amour est une maladie ordinaire*

SIGOLÈNE VINSON

M23 *Le Caillou*

HYAM ZAYTOUN

M29 *Vigile*

ALI ZAMIR

M12 *Anguille sous roche*

« Désormais, l'écriture ne me fuirait plus. »

Ce livre a été imprimé en avril 2021
par les imprimeries Corlet,
pour la collection Météores.
N° d'imprimeur : 21040264

www.edgar-hilsenrath.de

Conception graphique de la collection : Oskar
ISBN : 978-2-37055-272-3 | d.l. : printemps 2021

M 36